KB102851

오늘 밤,
거짓말의 세계에서

잊을 수 없는
사랑을

*

USO NO SEKAI DE, WASURERARENAI KOI O SHITA

©Misaki Ichijo 2023

First published in Japan in 2023 by KADOKAWA CORPORATION, Tokyo.

Korean translation rights arranged with KADOKAWA CORPORATION,

Tokyo through Danny Hong Agency.

이 책의 한국어판 저작권은 대니홍 에이전시를 통한
저작권사와의 독점 계약으로 ㈜바이포엠 스튜디오에 있습니다.
저작권법에 의해 한국 내에서 보호를 받는 저작물이므로
무단전재와 복제를 금합니다.

오늘 밤,
거짓말의 세계에서

잊을 수 없는
사랑을

이치조 미사키 지음 — 김윤경 옮김

일
러
두
기
———

1. 외래어는 국립국어원의 외래어 표기법을 따랐으나 일반적으로 통용되는 경우에
   는 관용에 따라 표기했습니다.

2. 본문 괄호 안의 설명은 옮긴이 주입니다.

3. 이 책에서 등장인물을 부르는 표현은, 보통의 경우 성을 부르고 가까운 사이일 경
   우 이름을 부르는 일본의 문화를 반영하여 표기했습니다.

차례

1년은 365일, 시간으로 환산하면 8760시간이다.

어마어마한 숫자구나 싶지만 아무래도 딱 와닿지 않는다.

죽음, 사랑만큼이나 그 숫자는 나의 의식과 감각에서 멀리 떨어져 있었다. 뭐든지 낱낱이 분해한다고 해서 해결될 문제도 아니다.

하지만 멈추지 못하고 이번에는 초 단위로 분해해 보았다.

3153만 6000초다. 점점 더 의미를 알 수가 없다.

딱히 와닿지 않을뿐더러 의미도 모르겠다.

다만 내게 주어진 시간이 그만큼이다. 남아 있는 생명이 그 시간만큼이다.

내게 남은 시간 동안 무엇을 할까. 뭘 할 수 있을까.

분명 아무것도 못 하겠지. 뭔가를 극복하거나 뛰어넘을 수도 없겠지.

그래도 생각한다. 내게 남은 시간이 채 1년이 안 될지 몰라도…….

좋아하는 사람에게 마음만은 전할 수 있었으면 좋겠다고.

Scene1.

쓰키시마 마코토

*

1

　내가 시한부 선고를 받은 것은 고등학교 1학년에서 2학년으로 올라가는 해, 3월의 일이었다.

　이른 봄에 피는 벚꽃조차 아직 하늘을 보지 못한, 겨울의 끝자락이기도 하고 봄의 시작이라고도 할 수 있는, 두 계절이 살포시 포개지는 시기였다.

　나는 어릴 때 몸이 약해서 자주 쓰러지곤 했다. 병약한 체질이었기 때문이다. 특히 초등학생 때는 툭하면 열이 나서 학교에 가도 보건실에 머무는 시간이 많았다.

　그런데 신기하게도 중학교에 입학하고 얼마 안 있어 체질이 바뀌었다. 가끔 열이 날 때가 있었지만 나 자신도 놀랄 정도로 건강해졌다. 내 몸은 확실히 내 것이 되었다. 고등학생이 되어서도 별 이상이 없었기에 병약하다는 사실은 어느덧 과거의 일이 되어갔다.

어쩌면 이대로 계속 건강하게 살 수 있을지 모른다. 2학년이 되고, 3학년이 되어도, 그 후에도 쭉……

그렇게 고등학교 1학년이 끝나갈 무렵의 일이었다. 학교에서 실시하는 건강검진과는 별도로 정기 검진을 받은 후, 병원에서 내원하라는 연락이 왔다. 특별히 몸에 이상은 느껴지지 않았지만 겨울에 몇 번 감기에 걸렸던 터라 면역력이 떨어졌다는 징후가 나타난 걸까 싶었다. 체질이 또 바뀌었나 싶어 은근히 신경이 쓰였다.

병원에서는 부모님과 함께 오라고 당부했다. 평균 키에 내성적인 나와는 달리 아버지는 키가 훤칠하고 무척 밝은 분이다.

"걱정 마라. 분명 별일 아닐 거다."

진료를 기다리는 동안 아버지는 이렇게 말씀하시고, 어머니도 긍정적인 말들을 건네며 기운을 북돋워 주셨다. 나는 지금까지 이렇듯 호쾌한 아버지와 자상한 어머니에게 수없이 격려와 용기를 얻었다. 이번에도, 설령 문제가 좀 있더라도 이겨낼 수 있으리라 믿었다.

병원에서 호출을 했지만 심각한 일은 아닐 거라고 낙관적으로 생각하려 애썼다.

"이 병의 경우, 앞으로 남은 시간이 1년이라고 생각하시면 될 것 같습니다."

하지만 그렇게 낙관적으로 여길 일이 아니었다. 간호사가 호명하자 부모님과 함께 진찰실로 들어갔다.

담당 의사가 검사 결과를 복잡하게 설명하더니 끝내 시한부를 선고했다.

"어……."

눈곱만큼도 슬프지 않았다. 그저 놀라고 당황했을 뿐이다. 아버지와 어머니도 무척이나 당황하고 곤혹스러워하셨다.

담당 의사 선생님은 그런 우리를 앞에 두고 못내 괴로운 표정으로 말을 이었다.

내 병은 국가가 지정한 난치병 가운데 하나다. 따라서 연구 대상이므로 병원비는 걱정하지 않아도 된다. 발병 사실이 확인되면 가능한 한 빨리 본인에게 알리라는 규정이 있다. 그런 설명이었다.

그 밖에도 여러 가지 주의 사항과 이 병을 대하는 자신의 각오를 덧붙였다. 병에 대한 간략한 설명, 보험 적용 방법, 부모님과 상세한 이야기를 나눌 일정을 정하고 싶다는 바람, 내게 남은 시간을 조금이라도 더 늘리기 위해 최선을 다하겠다는 의지 등이었다.

나에 관한 일인데 마치 타인의 이야기를 듣는 것 같은 막연한 느낌이 들었다. 말할 수 없이 큰 충격을 받은 탓에 머릿속이 새하얘져서 지금 벌어지고 있는 일과 나 자신을 제대로 연관 지어 생각할 수가 없었다.

그리고 그건, 나뿐만이 아니었던 모양이다. 아버지를 돌아보자 아예 넋이 나간 상태였고, 어머니는 시선을 아래로 푹 떨군 채 아무 말도 못 하고 있었다.

갑자기 들이닥친 현실을 전혀 이해도 납득도 하지 못하고 있는데, 담당 의사의 설명만이 이어졌다. 그러고는 먼저 나가 있으라는 말에 나만 진찰실에서 빠져나왔다. 한참 뒤 부모님도 뒤따라 나왔다. 수납처에서 병원비를 납부하고 주차장까지 아무 말 없이 걸었다. 우리 세 사람만이 현실에서 따돌림을 당한 것 같았다.

차에 탄 뒤에도 여전히 침묵이 이어졌다. 그런 상태로 얼마나 시간이 흘렀을까. 아버지가 가까스로 입을 열었다.

"……생각을 좀 해봤는데, 다른 병원도 찾아가 보자."

"네?"

깜짝 놀란 나를 보며 어머니도 아버지의 의견에 찬성했다.

"그래. 한 군데만 가봐서는 확실히 몰라."

쑥스러워서 직접 말한 적은 없지만 나는 부모님을 존경한다. 몸이 허약한 나를 언제나 가장 먼저 생각하고 살뜰하게 배려했으며 부족함 없이 키워주셨다. 두 분 다 자상하시고 때로는 너무 무른 듯해도 진심으로 존경하고 있다.

그런 두 분이 현실을 거부하고 저항하고 있다. 오늘 일은 잊고 다른 전문 병원에서 다시 진찰을 받아보자고 설득하셨다. 오진일 가능성도 있고, 의사의 말처럼 그렇게 심각한 상태가 아닐지도 모른다고.

"좋았어. 그렇게 하기로 하고 맛있는 점심이나 먹으러 갈까?"

아버지가 자동차에 시동을 걸며 짐짓 밝은 목소리로 제안했다. 나였다면 목소리가 떨려서 말도 잘 안 나왔을 텐데 역시 아버지는 달랐다. 차를 출발시켜 병원 주차장에서 빠져나갔다.

하지만 우리는 알고 있었다. 병원에서 내린 진단이 잘못되지 않았다는 걸. 단지 우리는 그렇게 잠시나마 현실에서 눈을 돌리는 데 필사적이었다.

그 후 다른 병원에 가서 시간을 들여 검사를 받았으나

이번에도 같은 진단을 받았다. 그래도 아버지와 어머니는 단념하지 않았다. 나도 마찬가지였다.

또다시 다른 병원을 찾아갔다. 결과는 같았다. 현대 의학으로는 치료하기 어려운 병이라는 진단이었다. 병이 중기로 들어서면 증상이 나타나 의식을 잃는 경우가 잦아지고 말기를 거쳐 죽음에 이를 거라고 했다.

여러 병원을 돌아다니며 검사를 받던 그 당시, 우리 가족에게는 많은 일이 있었다. 밝고 호탕한 성격이 장점인 아버지도, 지혜롭고 자상한 어머니도 여러 가지 일을 겪어야 했다.

슬픔이라든지 탄식이라든지. 많은 일을.

각자 마음속에는 고독과 침묵의 호수가 드넓게 자리하고 있었다. 우리 가족에게 그 호수를 만들어 낸 사람은 다름 아닌 나다. 내가 살날이 1년밖에 남지 않은 시한부일지도 모른다는 사실이었다.

울고 웃고 소리도 지르면서 당시에는 정말로 많은 일이 일어났다.

다만 그러는 동안 우리는 몇 가지 약속을 했다. 병을 사실로 받아들일 것. 억지로 밝은 척하지 않을 것. 웃음 역시 무리해서 참으려 하지 말고, 웃고 싶을 때는 웃고 울고 싶을 때는 울 것. 그리고 희망을 버리지 않을 것.

이런 약속을 정하고 나서 처음 진단을 받았던 병원을 다시 찾아갔다. 담당 의사와 상담 일정을 잡고, 무슨 일이 있을 때는 병원에서 성심성의껏 대응하겠다는 말을 듣고 연구에도 협력하기로 했다.

어느새 한 달 가까운 시간이 순식간에 지나가고 고등학교 1학년의 봄방학(일본은 4월에 신학기가 시작되기 전 3월 말부터 4월 초까지 봄방학을 갖는다)을 맞이했다.

봄방학 동안 우리 세 식구는 약속을 지키며 살아갔다. 처음에는 지나치게 서로를 의식해 오히려 부자연스러웠지만 차츰 괜찮아졌다. 부자연스러움은 저절로 도태되었다.

나는 봄방학에 들어가기 전부터 두 가지 새로운 습관을 들였다.

하나는 암흑 노트를 쓰는 일이었다. 이 노트에는 다른 사람에게 내보일 수 없는 감정을 적기도 하고 탄식을 솔직히 뱉어내기도 했다. 절대 아무에게도 보여주지 않았다.

그리고 노트를 한 권 더 마련해 이곳에는 밝고 희망적인 내용을 적었다.

영화나 소설에서 본 적은 있지만 내가 직접 쓰게 될 줄은 몰랐다. 의외로 생각을 정리하는 데 편리해서 내게 남은 날이 정말 1년이라고 가정해 놓고, 앞으로 하고 싶은 일을 차례로 써 내려갔다. 그리고 봄방학 때부터 하나씩 실행에 옮기기 시작했다.

처음으로 부모님과 떨어져 혼자 여행하면서 가족의 소중함을 다시금 깨달았다. 보고 싶었던 경치를 보며 '아, 나는 경치에 별로 감흥을 못 느끼는 사람이구나' 하고 새로운 내 모습도 알았다.

고등학생 용돈으로 사 먹기에는 비싼 라면을 옆 동네까지 가서 먹어보기도 하고, 저축한 돈을 찾아 만화책을 세트로 샀으며 전부터 갖고 싶었던 운동화도 구입했다. 이런 일들을 혼자서 했다. 담담하고 평온하게 내 방식대로 차근차근 실행했다.

인간의 욕구는 끝이 없는 것 같으면서도 의외로 한계가 있기 마련이다. 너무 엉뚱하거나 불가능할 게 뻔한 일이 아니라면 하고 싶은 일은 언젠가 다 하게 된다.

그런 가운데, 일찌감치 써놓고도 여전히 실행에 옮기지 못한 일이 있었다.

· 미나미 쓰바사에게 내 마음을 전한다.

그 무렵에는 고등학교 2학년 골든위크(4월 말부터 5월 초까지 이어지는 황금 연휴)도 끝나 있었다.

친구가 결코 많은 편은 아니지만 아주 적지도 않았다. 하지만 내 죽음이라는 슬픔에 말려들게 하고 싶지 않아서 학년이 바뀌는 시기를 틈타 적당히 거리를 두었다. 새로 친구를 사귀지 않았고, 사람들과 관계 맺지 않으려 애썼다.

그런 상황에서 아직 실행하지 못하고 있는 일이었다. 미나미 쓰바사에게 마음을 전하는 것.

미나미와는 1학년 때 같은 반이 되면서 처음 만났다. 언제나 웃고 있었고 활발해서 생명력 그 자체인 듯 빛이 났다. 그 애에게는 건강하고 안정된 빛이 넘쳐흘렀다.

동경 같은 마음도 있었을지 모른다. 생각해 보면 병약했던 초등학생 때부터 그랬다. 나와는 반대로 건강하고 밝은 사람이 좋았다.

다만 나는 미나미와 사귀고 싶은 건 아니었다. 그건 불가능한 소망일 뿐 아니라 사람들과 거리를 두겠다는 내 계획에서도 벗어나 있었다. 내가 바라는 건 사귀는 게 아니라 그저 순수하게 마음을 전하는 일이었다.

그러려면 격식을 차려선 안 된다. 편지를 써서 건네거나 불러내서 고백하는 방법은 좋지 않다. 더 일상적이고 자연스러운 방법으로 마음을 전해야 한다.

"어머, 쓰키시마? 오랜만이야. 왜 하늘을 보고 있어?"

어느 날 방과 후, 이 소망을 어떻게 하면 좋을까 하고 이런저런 생각을 하며 복도를 걷고 있는데 마침 미나미가 내게 말을 걸어왔다.

놀라서 허둥거리고 말았다. 2학년이 되면서 서로 다른 반으로 갈라진 뒤 이야기할 기회가 좀처럼 없었던 데다 그 애에게 어떻게 마음을 전해야 할지를 고심하고 있던 참에 나타났기 때문이다.

"아, 그게, 아니…… . 오랜만이야. 특별한 의미는 없어."

"그래? 그보다 진짜 오랜만이네. 잘 지냈어?"

잘 어울리는 짧은 머리를 찰랑거리며 미소를 지은 채 그 애가 스스럼없이 다가왔다. 다행히 주위에는 아무도 없었다. 우연이기는 하지만 분명 좋은 기회였다. 두근두근 뛰는 가슴을 진정시키고 자연스럽게 말하려 애썼다.

"으, 으응. 잘 지냈지. 너는?"

"쪽지 시험 망친 것만 빼면 잘 지내. 수업 끝나고 남아서 복습까지 하는데 아무래도 수학이 어렵네."

미나미는 누구와도 이야기를 잘하는 성격이라 대화가 쉽게 이어졌다. 다른 반으로 갈라졌다는 화제가 나와서 간

략하게 서로 근황을 주고받았다.

오늘 말해도 괜찮을까. 어떻게 말하면 좋지?

망설여졌지만 마음을 다잡았다. 언젠가는 해야지 하고 주저하는 동안 세상은 앞으로 나아간다. 더구나 나는 남들보다 훨씬 시간이 한정되어 있는 사람이다. 그런 상황임을 일깨우며 지금부터 어떻게 해야 할지에 생각을 집중하다 보니 미나미와의 대화 내용을 의식이 미처 따라가지 못했다.

"아 참, 별다른 일이 있긴 해. 실은 내가 얼마 전에 영화 관련 동아리를 만들었는데—"

대화 중이기는 했지만 타이밍으로 볼 때 지금밖에 없었다. 나는 황급히 입을 뗐다.

"저기, 있잖아……."

"응?"

너무 심각해 보이지 않도록 어색하게나마 웃음을 지어 보였다.

"사실은 나, 널 좋아했어. 아, 그렇다고 뭐 사귀고 싶다거나 그런 건 아니고 그냥 팬 같은 거랄까……. 저기, 1학년 때……."

각오를 단단히 하고 고백했는데도 뒷말을 차분히 이어 나갈 수가 없었다. 어떤 점에 끌렸는지도 덧붙였으면 좋았을걸.

"어머, 정말?"

내가 말이 막혀 버벅거리자 미나미가 놀란 기색을 그대로 드러냈다.

"으, 응."

"좋아하는데 사귀고 싶지는 않다니, 왜?"

하긴 궁금하기도 하겠지. 마음이 있든 없든 간에 고백받은 사람으로서는 의아한 말일 수밖에 없다. 그렇다고 병에 대해서나 앞으로 오래 살지 못할 수도 있다는 말은 할수 없어서 필사적으로 얼버무렸다.

"아, 아니, 그게……. 멀리서 바라볼 수 있으면 그걸로 충분하달까."

그러자 미나미가 풋, 하고 재미있다는 듯이 웃었다.

"희귀동물 보듯이?"

"아니, 그런 게 아니라."

"미안, 엉뚱한 소릴 해서. 나야말로 이렇게 대놓고 고백받기는 처음이라서 놀랐지만……. 그래도 무척 기뻐. 고마워."

아련한 빛처럼 미나미가 웃었다.

이 웃음을 보았다는 것만으로도 나는 용기 낸 보람이 있다고 생각했다. 방금 막 고백한 터라 그런지 약간 미묘한 분위기가 느껴졌다. 사실은 더 오래 함께 있고 싶었지만 "저, 그럼, 이만" 하고는 자리를 떠났다.

"응. 그럼 이만."

그렇게 말하고 미나미는 손을 흔들어 주었다.

갑자기 고백하게 된 바람에 그 애의 어떤 점이 좋은지까지는 전하지 못했다. 하지만 다시 한번 고백하는 것도 우습고 그 애를 불편하게 할 뿐이다. 아쉽지만 그냥 이걸로……

2

다음 날이 되었다. 어제의 고백이 찝찝하게 마음에 걸려 개운치 않았지만 여느 때처럼 하고 싶은 일을 생각하면서 학교에서 일상을 보냈다.

이동 수업이라 다른 교실로 향하다가 미나미가 절친인 하야미와 함께 걸어가고 있는 모습을 발견했다. 미나미와 시선이 마주쳤다.

그 애는 미소를 지으며 살짝 손을 들어 인사했다. 놀랐으나 나도 가볍게 인사를 건넸다.

"누구야?"

"1학년 때 같은 반이었던 쓰키시마."

미나미와 하야미가 주고받는 말소리가 들려왔다. 하지만 딱히 내 쪽에서 말을 걸지는 않았다. 목적지가 달랐던 우리는 제각각 다른 교실로 걸어갔다.

그 애는 친구와 함께 햇살이 쏟아지는 밝은 길을 걸었고 나는 혼자서 그늘진 길을 걸어갔다.

하고 싶은 일을 찾고 있었으나 더는 떠오르지 않았다. 이제는 가능한 한 사람들에게 상냥하게 대하며 내 운명을 어찌할 수 없게 되는 그날까지 조용히 살고 싶을 뿐이었다. 그리고 지금 내가 다른 사람들에게 베풀 수 있는 가장 큰 배려는 깊이 관계 맺거나 얽히지 않는 일이었다.

"요즘은 어떠니? 별일 없었고?"

하지만 최소한의 관계는 맺을 수밖에 없다. 그중 한 사람이 보건 선생님이다. 학교 측에는 2학년에 올라가면서 부모님과 함께 찾아가 병에 관해 솔직히 알렸다. 다만 다른 학생들에게는 비밀로 해달라고 부탁했고 학교에서는 우리의 뜻을 존중해 주었다.

만약의 경우를 대비해 정기적으로 보건 선생님을 찾아가 이야기를 나누곤 했다. 20대 후반이라는 보건 선생님은 약간 개성이 강한 분이다. 학창 시절에는 취미로 연극을 했다고 한다. 꾸밈없고 솔직하면서도 어른답게 생각이 깊고 마음이 넓으며, 내게 무척 신경을 써주었다.

"네, 별일 없어요. 맨날 똑같은걸요."

일주일에 한 번은 방과 후 보건실에 들렀다. 그리고 별로 특별할 것 없는 소소한 대화를 나눈다. 선생님이 타준 커피를 받아 들자 머그잔을 타고 따뜻함이 느껴졌다.

"여전히 아무하고도 가까이 지내려 하지 않는 거야?"

"네, 그렇죠 뭐."

"슬프게 하고 싶지 않아서?

"그거, 말로 하면 엄청 낯간지럽고 가볍게 들리니까 그만하세요."

진심으로 싫은 건 아니다. 거북하게 웃으며 말하자 선생님도 따라 웃으셨다. 일주일에 한 번 찾아가 대화를 나누기 시작한 지 벌써 한 달이 넘었다.

"자, 그럼 쓰키시마가 말하는, 낯간지럽고 가벼운 대사를 좀 더 들려줄까?"

"예전에 제가 한 말만 아니라면요."

"고독에는 네가 원하는 건 아무것도 없어."

나도 모르게 선생님에게로 시선을 돌렸다. 뭐라고 답해야 할지 몰라 망설이다가 물었다.

"무슨 뜻이에요, 그거?"

"대학생 때 어떤 연극에서 했던 대사."

"그렇군요, 어떤 내용이었는데요?"

"고독을 선택했던 소년이 결국은 사랑을 찾게 된다는 뭐 그런 거였어."

"거창하네요."

"그래? 일상적이고 흔해빠진 얘기 아닌가?"

선생님이 내게 무슨 말을 하고 싶은 건지는 짐작할 수 있었다. 슬그머니 선생님의 눈길을 피해 손에 쥐고 있는 머그잔을 기울여 안을 들여다보았다. 일렁이는 커피에 내 얼굴이 비쳤다.

"네가 살아가고자 하는 방식은 존중하지만 굳이 무리 하면서까지 사람들과 거리를 두어야 할까? 그러지 않아도 좋을 것 같은데."

"네."

"듣고 있니?"

"네, 그냥 뭐."

"설교쟁이 아줌마라고 생각하는 거지?"

"설교쟁이 누님이라고 생각하는데요."

내가 대답하자 선생님이 살짝 눈을 흘겼다. 그러고는

곧이어 한숨을 내쉬었다.

"그런 사탕발림은 어여쁜 또래 여학생에게 해주라고. 좋아하는 여학생이야 있을 거 아냐?"

"⋯⋯글쎄요."

미나미의 얼굴이 머릿속을 스쳐 지나갔지만 이미 깔끔히 단념한 터였다. 단념이라기보단 할 수 있는 건 다 했다고 해야 하나. 더는 조금도 흔들리지 않을 감정이었다. 앞으로도 달라지지 않을 것이다.

딱히 새로 하고 싶은 일을 찾지 못한 채 그 주 주말도 혼자 보냈다.

신작 게임을 구입해 몰두해 보았지만 과연 이게 내가 진심으로 하고 싶은 일일까, 하는 의문이 들어 도중에 그만뒀다.

월요일이 되어 다시 학교에 갔다. 바보같이 보일지 몰라도, 다른 교실로 이동하는 그 시간이 즐거웠다. 어딘가에서 또 미나미와 마주칠 수 있기 때문이다.

그런 생각을 하고 있는데 도서관 근처에서 미나미가 눈에 들어왔다. 하야미 그리고 처음 보는 여학생 두 명과 함께였다. 네 사람은 뭔가 난감한 듯한 모습으로 이야기를 나누고 있었다.

그때는 시선이 마주치지 않았다. 내가 먼저 말을 걸지도 않았다.

……언제부터일까. 언제부터 나는 그 애를 이렇게도 강렬히 의식하게 되었을까. 이런 내가 어느 순간 느닷없이 모습을 드러냈다. 시야에 그 애가 들어오기만 하면 심장이 애타게 아프고, 왠지 빛나 보이는 그 애의 모든 것이 특별하게 느껴졌다.

수업이 끝난 후, 보건실에 들렀다. 보건실에 가는 요일이 딱 정해져 있는 건 아니다.

내가 찾아가면 선생님은 커피를 내려주신다. 원두부터 갈지는 않지만 시중에 나와 있는 원두 가루로 정성껏 커피를 내릴 때면 무척 좋은 향기가 났다.

"그래서, 좋아하는 여학생은 생겼어?"

"그만 좀 하세요."

커피를 받아 들며 대답하자 선생님이 웃었다. 문득 뭔가 알아차린 듯했다.

"왠지 평소보다 더 생기가 없어 보이네. 무슨 일 있니?"

"평소보다 더, 는 안 붙이셔도 되는데."

미안, 미안을 연발하면서 선생님이 부드러운 미소를

지었다. 당연히 악의가 있어 한 말이 아니라는 건 잘 알고 있다.

내 앞에 있는 어른은 절대로 부주의하게 남을 상처 입히지 않는다. 의미나 의도가 없는 말은 하지 않을뿐더러 항상 상대를 배려한다. 부모님과 마찬가지로 존경할 수 있는 분이다.

그래서일까. 어느새 자연스럽게 속내를 털어놓고 말았다.

"사실은……, 하고 싶은 일이 거의 없어져서요."

"전에 말했던, 그 리스트?"

"네. 가장 어렵다고 생각했던 일을 완벽히는 아니지만 일단 해버려서……. 이젠 어떻게 해야 하나 하고."

"연애를 하면 되잖아?"

"……선생님, 너무 1차원적인 발상 아니에요?"

"연애야말로 가장 높은 단계잖아. 사람과 엮이는 데 있어서는."

나도 모르게 할 말을 잃었다. 그런 내게 선생님은 계속 말했다.

"약간 타산적인 얘기일지도 모르겠는데……. 너의 소망을 존중한다 해도 말이지, 아직 네겐 시간이 있어. 새로운 관계를 맺어도 제대로 헤어질 시간이 충분히 있다고."

전혀 생각해 보지 못한 발상이었다.

"긍정적이지 않은 발상이긴 하지만."

놀란 나를 보며 선생님은 약간 쓸쓸한 듯이 말했다.

"마지막은 자신이 정해도 되니까 한번 뛰어들어 봐. 간절하게 마음이 끌리는 일이나 사람이 있다면."

선생님의 말을 듣는 순간, 눈부시게 예쁜 미나미의 모습이 머릿속에 떠올랐다.

더 알고 싶고 많은 이야기를 나누고 싶다. 눈동자를 바라보며 웃고 싶다…….

시선을 어디에 둬야 할지 몰라 보건실 입구 쪽을 바라봤다. 그때 문이 딸깍 열렸다.

인생이란 때때로 인정사정없다. 그것이 인생에 대한 내 생각이다.

반면 그와 마찬가지로…….

인생이란 때때로 생각해 본 적 없는 좋은 일을 가져다준다.

"선생니~임. 계세요오~?"

앗, 하고 꿀꺽 숨을 삼켰다. 그곳에 나타난 사람은 놀랍게도 미나미였다.

학교는 정말 신기한 곳이구나 싶었다. 좋아하는 사람

이, 이곳 어딘가에 있다. 생각지 못한 순간에 그 사람이 눈에 보이면 심장이 달콤하게 옥죄어들곤 한다.

"어? 쓰키시마?"

미나미가 나를 발견하고는 놀라서 이름을 불렀다.

"응, 안녕."

"와아, 커피 마시고 있구나. 좋겠다. 선생님이 타주신 거야?"

"응. 그런 거지."

뜻밖의 상황에 내심 당황했지만 그래도 들키지 않고 자연스럽게 대답했다. 선생님은 조금 전까지 심각한 얘기를 나누고 있었다는 사실을 잊은 듯 평소처럼 미나미에게 말을 건넸다.

"미나미구나. 어쩐 일이야? 누가 다치기라도 한 거야?"

"그런 건 아니고요. 보건실 앞 게시판에 이걸 붙여도 될지 여쭤보려고요."

미나미는 그렇게 대답하면서 종이를 들어 보였다. '평범한 남학생 모집'이라는 뜻 모를 문구가 크게 인쇄되어 있었다. 선생님은 그 의미를 알고 있는 듯, 바로 대답했다.

"혹시 영화 제작 동아리, 그거?"

"네. 실은 아오이가 주인공을 맡기로 한 남학생을 쫓아

내는 바람에 새로 찾아야 해요."

"동아리 부회장인 하야미 아오이 말하는 거지? 근데 왜? 주인공 남학생이 뭐 이상한 짓이라도 한 거야?"

"아뇨, 뭔가……. 좀 성실하지 않고 간사스러운 데가 있다나, 뭐 그렇다네요."

"간사스럽다고?"

"남자 주인공 역에 자원한 연극부 학생인데 연기가 오버스럽다면서."

"신랄하네. 하긴 그렇게 하지 않으면 제대로 영화를 찍을 수 없겠지."

두 사람은 서로 다 아는 이야기인 것 같았지만 나는 무슨 말인지 전혀 알아들을 수가 없었다.

하야미라면 전에도 본 적 있는, 지금은 미나미와 같은 반인 여학생이다.

동급생들의 화제에 자주 오르내리는 여학생으로, 눈꼬리가 길고 시원스러운 눈매를 지닌 미인이지만 선뜻 다가가기 어려운 분위기를 풍기고 있어 스스럼없이 대할 수가 없다. 미나미와는 무척 가까운 사이 같았다.

내가 당황해하고 있는 걸 알아차렸는지 선생님이 설명을 덧붙여 주었다.

"아 참, 그렇지. 봄에 동아리 소개할 때는 아직 생기기 전이었으니 쓰키시마는 모르겠구나. 미나미가 어릴 적 친구인 하야미랑 같이 지난달에 영화 제작 동아리를 만들었어. 1학년을 포함해서 네 명이랬나? 그러고 보니 전부 여학생이네."

"네, 맞아요. 원래 중학교 때부터 그렇게 넷이서 영화를 만들었거든요."

"중학교 때 만든 거라면 봤지. 교무실에서도 화제가 됐었는걸. 무슨 상도 탔다면서? 학교 홍보도 될 것 같다고 교감 선생님이 흥분하셨지."

"그래서 교감 선생님 부탁으로 지난달에는 학교 소개 영상까지 만들었다니까요."

"응 알아. 하지만 무척 잘 만들었다고 좋아하셨어. 그 덕에 동아리 신설 절차도 순조롭게 진행됐으니 잘된 거 아냐? 활동 첫해에 운영비에 교실까지 지원받는 케이스는 좀처럼 드물거든."

"맞아요. 큰 도움이 됐어요."

미나미도 1학년 때는 나처럼 동아리 활동을 하지 않는 부류에 속했다. 그런데 2학년에 올라간 뒤 직접 동아리를 만들었다는 건 미처 몰랐다. 게다가 영화를 제작하는 동아리라고 한다.

놀란 얼굴을 하자 미나미가 내게로 시선을 돌렸다.

"응? 요전번에 내가 말 안 했나?"

"요전번이라니……."

"그때 말이야. 방과 후 복도에서 마주친 날."

"방과 후 복도……. 아, 미안. 그때는 여유가 없었어서 내가 얘기를 제대로 기억하지 못하는 건지도."

"하긴, 엄청 긴장하더라."

그날의 장면이 다시 머릿속에 되살아나서인지, 두 사람 다 애매한 표정으로 웃고 말았다. 보건 선생님이 그런 우리를 의아한 표정으로 보고 있었다. 이윽고 나와 눈이 마주치자……, 의미심장한 웃음을 지어 보였다.

완전히 뭔가를 눈치챈 얼굴이다. 인생 경험이 풍부해서인지 선생님은 많은 일을 훤히 꿰뚫어 본다. 그러더니 짐짓 밝은 목소리로 크게 말했다.

"그래서 미나미, 그 영화 제작 동아리가 어떻게 됐다고? 벽보였나?"

"아, 네. 기왕 주인공을 모집할 거면 임팩트 있는 게 좋을 것 같아서 만들었어요. 붙여도 돼요?"

"그럼 되고말고. 그런데 어떤 사람을 찾는 거야? 평범한 남학생?"

"네. 맞아요. 여름 영화제에 출품하려면 당장이라도 촬영을 시작해야 하거든요. 구체적으로 말하자면 진짜 평범한 남자애, 그런 느낌이요. 아오이가 기겁하니까 괜히 튀는 애 말고, 가능하면 동아리에도 들어 있지 않은 학생으로요. 연기 경험은 있든 없든 상관없지만 될 수 있으면 키는 170센티미터 전후가 좋아요. 피부가 하얘야 화면에 잘 받고요, 그리고 성실한 사람······."

미나미는 그렇게 말하다 말고 뭔가 알아차리기라도 한 듯 나를 쳐다보았다.

미나미만이 아니다. 선생님도 놀란 듯 내게로 시선을 휙 돌렸다. 어느새 보건실 안이 조용해졌다. 두 사람이 한꺼번에 쳐다보는 바람에 나는 괜히 초조해졌다.

"응? 아니, 저기······. 왜 두 사람 다 날······."

그러자 선생님이 탁 하고 내 어깨를 쳤다.

"가봐. 소년. 결정됐네."

선생님의 미소에는 좋다 싫다 말할 수 없는 압도적인 힘이 있었다.

3

"이렇게 선생님 추천도 있고 해서 쓰키시마를 데리고 왔습니다. 박수~!"

보건실에서 그 일이 있은 지 겨우 10여 분 뒤였다. 나는 동아리 건물 3층에 있는 영화 제작 동아리실 안에 서 있었다. 의자에 앉은 여학생 세 명 앞에서 마지못해 웃음을 지었다.

처음 와본 영화 제작 동아리실에는 카메라 삼각대를 비롯한 촬영 장비가 가지런히 놓여 있었다. 한쪽 구석에 설치된 선반에는 어떤 장비에 들어가는지 모를 배터리와 스마트폰이 충전되고 있다. 영상을 편집하는 용도인지 책상 위에 컴퓨터가 놓여 있고, 방 한가운데 책상 네 개를 붙여 배치해 놓았다. 그 책상 앞 의자에 부원 세 명이 앉아 나를 바라봤다.

미나미가 "박수~!" 하고 외쳐도 누구 하나 손을 움직이는 사람은 없었다.

하야미가 의아한 듯이 나를 바라보았다. 뭐라고 할까, 굉장히 위압감이 느껴졌다.

교복에 붙은 리본 색깔로 1학년임을 알 수 있는 작은 체구의 여학생은 "어? 어?" 하고 당황스러워하며 다른 부원들을 번갈아 바라보고 있다. 성실하고 사람이 좋아 보이는 인상이다.

또 다른 1학년생인 긴 머리 여학생은 여유로운 표정으로 "아아~" 하고 나를 쳐다보고 있다. 솔직히, 무슨 생각을 하는지 바로 알 수가 없었다.

"가봐. 소년. 결정됐네."

선생님이 그렇게 말했을 때, 나는 당황했다. 난처한 일이 벌어질 것 같아서였다.

"아니, 왜 그러세요? 영화 주인공이라니, 제가 그걸 어떻게 해요!"

"해보지도 않고 단정 짓는 건 좋지 않아. 그렇지, 미나미?"

애초에 자신에게 고백한 사람이랑 같이 영화를 만들다니 미나미도 곤란할 게 뻔하다.

그런데 미나미는 가만히 뭔가 생각에 잠겨 있었다.

"괜찮을 거 같아. 쓰키시마, 위생감도 있고."

이윽고 그런 말을 꺼냈다. 나는 여러 가지로 어리둥절하고 곤혹스러웠다.

"뭐? 위생감이라니? 청결감이 아니고?"

"내가 좋아하는 소설가가 중요하게 여기는 거야. 니시

카와 게이코라는 작가인데. 청결감같이 꾸밀 수 있는 게 아니라 생활 태도 그 자체가 성실하고 반듯한 느낌이지."

"미안, 잘 몰라서."

"좋네, 그 난처해하는 느낌. 평범해."

왠지 미나미는 내가 참여하는 게 결정된 사항인 것처럼 들떠 있었다.

"그럼 빨리 동아리실로 가자. 선생님, 쓰키시마 좀 빌려도 될까요?"

"좋지. 돌려주지 않아도 돼."

"DVD 대여해 주는 것처럼 말씀하지 마세요. 근데 진짜 가는 거야?"

그렇게 나는 미나미에게 이끌려 반강제로 동아리실까지 오게 되었다.

그리고……, 마치 수상쩍은 사람을 훑어보듯이 노려보는 하야미의 눈초리를 감당해야 했다. 하야미가 몸을 돌리더니 미나미에게 물었다.

"쓰바사, 역시 이번에도 그냥 넷이서 영화 만드는 게 어때? 각본은 내가 고칠 테니까."

"아오이, 모두 같이 정한 거 잊었어? 이번에는 이해하기 쉬운 소재로 만들어서 독립영화제에서 상을 노려보자고 한 거. 그러려면 남학생 역이 필요하잖아."

"감독인 네가 주인공도 연기하면 돼. 꼭 남학생 역이어
야 하는 건 아니니까."

"여자끼리의 우정 이야기로 바꾸자고? 그러면 기획 취
지에서 벗어나지."

미나미와 하야미는 진지하게 논의했다. 하지만 정작 중
요한 이야기가 빠져 있다.

나는 끌려왔을 뿐, 주인공 역을 맡겠다고는 말하지 않
았다.

당사자인 내 의견은 조금도 개의치 않고 두 사람은 대
화를 이어나갔다.

"그보다 넌 왜 남학생을 넣는 게 싫은데? 각본에 남학생
분량까지 써줘 놓고는."

"처음에는 뭐 괜찮지 않을까 싶었는데, 지원하는 남자
애들 보니까 영화가 목적이 아니라 죄다 쓰바사나 에나가
목적이잖아. 그래서 질려버렸어."

"쓰키시마는 그런 불순한 동기 같은 거 없어."

"아하, 그러세요? 진짜 그럴까요?"

좀 우스꽝스럽긴 하겠지만 냉큼 끼어들고 싶었다. '아
니, 애초에 난 지원하지도 않았다고!' 하며.

그런 생각을 하는데 문득 하야미가 노려보듯이 쳐다보고 있음을 알아차렸다.

"저기. 아, 뭐랬더라, 쓰키시마였나?"

"아, 네. 그런데요."

"왜 긴장하고 그래?"

"누군가가 노려보면 대개는 긴장할 겁니다."

솔직하게 대답하자 하야미가 얼굴을 찌푸렸다. 하아, 하고 한숨을 쉬더니 말했다.

"있지, 성가신 부탁이고 예의 없는 말일지도 모르지만, 그럼 어디 한번 말해볼 수 있어? 나는 미나미가 목적이 아닙니다, 하고."

"응? 왜?"

"얼른."

"아, 그러니까……. 나는, 미나미가 목적이 아닙니다."

"그거 진짜야?"

"아, 그게."

"대답해 봐."

"정말입니다. 딱히 저……. 애초에 그런 의도는 조금도 없고요."

당황했지만 켕기는 건 전혀 없었다. 뭔가 불순한 동기

로 이 자리에 있는 게 아니니까. 그런 나를 하야미가 뚫어
져라 바라보았다.

잠시 후 약간 의외라는 듯 중얼거렸다.

"그거. 혹시……, 거짓말 아냐?"

어떤 기준으로 판단한 건지는 모르지만 나는 안도하며
똑똑히 말했다.

"저, 미안합니다. 애초에 저는 영화에 참여하겠다고 말
한 적이 없어요."

"뭐? 아니 쓰바사, 너!"

"헤헤, 미안. 내가 경위를 제대로 설명 안 했지? 보건실
에 모집 벽보를 붙이려고 보건 샘한테 허락받으러 갔는데,
글쎄 거기 쓰키시마가 있지 뭐야. 어떤 사람을 모집하는지
설명했더니 선생님이 쓰키시마를 데리고 가라고 하셔서."

"그럼 가엾으니까 그만 보내줘. 네가 억지로 끌고 온 거
였네."

하야미가 깊이 한숨을 내쉬었다. 선생님의 말씀이 맞는
다면 두 사람은 소꿉친구다.

자유분방한 미나미와 똑 부러지면서도 미나미에게 휘
둘리는 하야미, 뭔가 이런 관계 구도가 엿보였다.

내가 이 상황에서 어떻게 해야 할지 망설이고 있을 때

미나미가 물었다.

"혹시 말인데 쓰키시마, 넌 어때? 영화는?"

"아, 어떠냐니⋯⋯."

"관심 없어?"

"그건⋯⋯. 보는 건 좋아하지만 내가 영화에 출연한다는 건 생각해 본 적이 없어서."

미나미와 나는 다른 애들 앞에 나란히 서 있었다. 어깨가 닿을락 말락 하는 거리여서 자꾸만 마음이 들썽거렸다.

시선을 다른 데로 돌리려는데 미나미가 내 어깨에 손을 탁 올려놓았다.

"괜찮아. 처음에는 누구나 긴장하는 법이니까."

"아니, 그렇지만."

"금방 익숙해져."

"하지만, 그게."

"막상 해보면 즐거울 거야. 빠져나갈 수 없을지도 몰라."

"어, 엉?"

"쓰바사, 소꿉친구가 성희롱하는 장면은 보고 싶지 않으니까 얼른 놔줘."

조금 전 보건실에서도 그랬지만 미나미의 성격이 달라 보였다.

평소보다 더 자유롭다고 해야 할지, 지나치게 자유롭다고 해야 할지…….

"왠지 미나미, 평소랑은 좀 다른 느낌이네?"

나도 모르게 그렇게 묻고 말았다. 미나미가 놀랐는지 눈썹을 치켜올렸다.

"어? 아아~ 응. 그럴지도 몰라. 아오이가 자주 영화 바보라고 놀리거든. 하긴 영화 얘기만 나오면 좀……, 아니 꽤 이상해지는 걸지도."

"꽤 정도가 아니지. 넌 우리가 생각하는 것보다 훨씬 이상하다니까."

하야미가 두 손 다 들었다는 듯이 말하는데도 미나미는 아무렇지 않게 웃었다.

작년에 같은 반이었지만, 미나미의 이런 모습은 처음 본다.

우연히 이렇게 엮였기 때문일까……. 마음 한구석에서는 미나미의 다른 일면을 조금 더 보고 싶다는 생각이 고개를 들었다. 하지만 그렇다고 영화 제작에 참여하는 건 역시 망설여졌다. 무엇보다 주인공 역할이라니 가능할 리가 없지 않은가. 폐를 끼칠 게 뻔하다.

더구나 병으로 죽을지도 모르는 내가 누군가와 엮이면,

그 누군가에게 언젠가 슬픔을 안겨주게 된다. 특별한 관계가 아니더라도 주변에 있던 사람이 죽는 건 견디기 힘든 일일 테니까.

그러니 나는 사람들과 관계를 맺지 말아야 한다. 그렇게 사는 게 옳다.

"조금만 더 생각해 보지 않을래?"

내가 더 이상 아무 말도 하지 않자 미나미가 이렇게 제안했다. 대본이라며 프린트물을 건네주기에 뿌리치기도 미안해서 일단 받아 들었다. 프린트물에는 〈난치병 소녀가 죽는 이야기〉라는, 단번에 사람들의 주목을 끌 만한 제목이 쓰여 있었다. 이것이 촬영하려는 영화의 제목인 모양이다.

결국 생각지도 못하게 미나미와 연락처를 교환한 뒤에야 동아리실에서 풀려 나올 수 있었다. 건물을 나와 어스름하게 해가 지는 하늘을 느끼며 혼자 집으로 향했다. 역으로 가는 도중에 슬며시 하늘을 올려다보았다. 목숨이 보장되어 있다면, 하고 무심코 생각했다.

하지만……, 생각해 보면 난치병을 앓지 않아도 애초에 목숨은 보장할 수 없는 게 아닐까.

4

또다시 아침이 오고, 이런저런 생각을 하며 학교에 갔다. 어제부터 막연하게 죽음에 대해 생각했다. 난치병을 앓기 전에는 죽음이 시간의 끝에 존재한다고 믿었다.

하지만 그건 아니다. 지금 이 순간조차 우리는 죽음이라는 테두리 안에 있다. 병을 앓고 있어도 그렇지 않아도 마찬가지다. 언제 무슨 일이 일어날지 아무도 알 수 없다.

그래도 내게는 1년이라는 명확한 기한이 있는 건지도 모른다.

누군가와 관계를 맺는다면 역시 그건……

그런 생각에 빠진 채 수업을 들었다. 쉬는 시간에는 창가 자리에서 밖을 내다보았다.

어렸을 때 병약했던 탓인지 내게는 어떤 능력이 생겼다. 학급에 녹아들지도 고립되지도 않고 적당히 교실 한쪽 구석에 존재하는 재주였다.

이윽고 점심시간이 되었다. 잠시 고민한 끝에 도시락을 들고 자리에서 일어나 옥상으로 향했다. 학교 옥상에는 둘레에 난간이 설치돼 있지만 그래도 위험해서 평소에는 문을 잠가놓는다. 학생은 허가받지 않고는 들어갈 수 없다.

남들에게는 말할 수 없지만 나는 보건 선생님의 배려로 옥상 열쇠를 한 벌 갖고 있었다. 옥상 문을 열고 한가운데로 걸어갔다. 혼자 가만히 하늘을 바라보았다.

피부로 바람을 느끼고 있자니 갖가지 소리가 바람에 실려 와 귀에 닿았다. 학교 건물에서 나는 떠들썩한 소리가 조그맣게 들려왔다. 모두 한데 모여 부대끼며 살아가고 있었다.

나만 홀로 그곳과는 다른 장소에 있었다. 병약했던 어린 시절부터 늘 그랬다.

나는 언제나, 혼자서…….

그때 등 뒤에서 벌컥 문이 열리는 소리가 났다. 무심코 뒤를 돌아보고는 소스라치게 놀랐다. 내 시선 끝에는 미나미가 있었다. 미나미는 겸연쩍은 듯 웃으며 내게로 다가왔다.

"미안. 따라왔어. 점심 같이 먹을까 싶어서 너네 교실로 가는데 네가 보이길래……. 영화 얘기도 할 겸해서."

또다시 심장이 달콤씁쓸하게 옥죄어 왔다. 내게 너무나도 특별한 사람이 느닷없이 시야 안에 나타났기 때문이다. 정신을 차리고 보니 어느새 눈앞에 있었다.

"아무렇지도 않게 옥상 문을 열어서 깜짝 놀랐어. 열쇠,

갖고 있었구나."

"아, 응. 비밀로 해줄래? 실은 보건 샘이 여벌 열쇠를 주셨거든."

"와, 진짜? 부럽네. 너, 선생님하고 꽤 친한가 보구나?"

"글쎄."

"의미심장하군. 하긴 선생님 예쁘시잖아. 애들한테 인기도 많고 매력적이랄까."

"하지만 내가 좋아하는 사람은 미나미뿐이야."

어째서 그 말이 그렇게 쉽게 튀어나왔는지 나 자신도 모를 일이었다.

아무리 한 번 고백했다지만, 이런 나에게 스스로 놀랐다.

미나미 역시 놀랐는지 눈을 동그랗게 떴다. 그러더니 가만히 웃었다.

"너 의외로 열정적이다."

"어, 아니, 그게 아니라. 그, 나도 모르게 그만……. 저기, 그러니까."

"귀가 새빨개졌어. 귀여워."

"그러지 마. 부끄럽게."

놀림을 당하면서 얼굴이 점점 더 빨개지고 있다는 것이 스스로도 느껴졌다.

그런 나를 보고 미나미가 웃는 건가 싶었지만, 조금 달랐다.

웃고는 있었으나 왠지 어딘가 쓸쓸해 보이기도 했다.

순간적으로 마음이 고요해져 아무 말도 할 수 없었다. 이윽고 미나미가 물었다.

"저기……. 물어보고 싶은 게 하나 있는데, 괜찮아?"

"응? 아, 괜찮아. 뭔데?"

"넌 언제 감미로운 번개에 맞은 거야?"

"감미로운 번개?"

"응, 감미로운 번개."

미나미는 그렇게 말하고는 시선을 하늘로 돌렸다. 그리고 무슨 대사 같은 걸 읊조렸다.

"사랑을 하지 않으면 인생에 의미가 없다. 상대를 그리워하고, 죽을 정도로 애절한 감정을 느끼지 않고서는 살아갈 가치가 없다. 사랑을 하지 못하는 건 노력하지 않아서다. 아무에게도 마음을 열려고 하지 않기 때문이다. 마음을 열고 살아가라. 그러면 언젠가 감미로운 번개에 맞을 것이다."

인상적인 내용이지만 들어본 적 없는 대사였다. 궁금해서 물어보았다.

"그건?"

"내가 좋아하는 영화에 나오는 대사야. 할아버지가 손녀딸에게 해주는 말. 사랑에 눈을 뜨렴, 하고."

그러고는 다시 쓸쓸한 듯이 웃었다.

"실은 나, 누군가를 좋아한다는 감정을 잘 몰라."

뜻밖의 말이었다.

"어, 그건……. 누군가를 좋아해 본 적이 없다는 뜻이야? 지금까지 한 번도?"

"응. 한 번도. 초등학교 때부터 쭉 영화 만드는 데만 빠져 있어서 그런가? 중요한 게 결핍되었을지도 모른다는 생각이 들어서 가끔 진지하게 고민할 때가 있어."

자신이라는 존재는 가까이에서 들여다보면 누구나 복잡하기 마련이다. 미나미도 마찬가지겠지. 학교에서 인기도 많은 미나미가 누군가와 사귄 적 없다니 신기하기는 했지만 조금은 알 것 같았다.

"그렇게 오래전부터 영화를 만들었구나. 하지만 뭐, 그렇게까지 고민할 필요는 없지 않나? 넌 이상형 같은 거 없어? 이런 사람이 좋다든가."

"내가 이상형을 말하면 아오이는 영화를 너무 많이 봐서 그렇다며 어이없어해. 굳이 말하자면 영화 주인공 같은 사람이 좋아. 그늘이 있다고 해야 하나, 슬픔을 끌어안고 싸운다고 해야 하나……. 아무튼 비밀이 있고 그걸 감추는 것 같은. 이해돼?"

무심코 씁쓸한 웃음이 새어 나오려 했다. 배경은 전혀 다르지만 어딘가 나와 비슷한 면이 있어서였다.

"어, 지금 비웃었지?"

"아니, 아니야, 비웃었다거나 그런 건 아냐. 하지만……, 그런 사람이 멋있는 건 배우가 멋있어서가 아닐까?"

"외모는 상관없어. 살아가는 자세가 좋다고 할까. 난 외모는 별로 신경 안 써."

"예쁘고 잘생긴 사람들은 다 그렇게 말하더라."

말을 내뱉자마자 실언했구나 싶었다. 하지만 미나미는 놀리듯 농담을 건네 분위기가 어색해지지 않도록 해주었다.

"그건 설마, 내 얘기야? ……그럼 혹시 넌 내 외모에 끌려서 좋아하는 거니?"

"……그것뿐만은 아냐."

외모에 끌렸을 뿐이라면 굳이 마음을 전하려고도 하지 않았을 것이다.

미나미의 인성과 성격에 끌렸던 거니까. 자상한 사람이라는 걸, 사람을 차별하거나 편견으로 선을 긋는 사람이 아니라는 걸 알고 있었으니까.

망설였지만 나는 결심을 굳히고 말하기로 했다. 감미로운 번개에 맞았을 때의 일을.

"다들……, 잊은 것처럼, 없었던 일처럼 여기지만 말이야. 1학년 때 우리 반에서 따돌림당하던 여자애가 있었잖아. 2학기에 전학 간 애."

옛날 일을 꺼내자 미나미의 표정이 약간 심각해졌다.

"나는 그 애를 괴롭히는 데 가담하지 않았지만, 그렇다고 도와주지도 못했어. 사실은 매일 그 애에게 인사하겠다고 마음먹었거든. 누군가 말을 걸어주기만 해도 분명 달라질 거라고 생각했어. 그런데 정말로 한심하게도……. 반 애들 앞에서는 그게 되질 않더라. 어쩌다 슬쩍 인사하고 웃어주는 정도밖에는 할 수가 없었어."

괴롭힘을 당했다고는 해도 반 애들 모두가 그랬던 것은 아니다. 괴롭힌 애들은 몇몇 여학생이다. 하지만 우리는 그런 일이 벌어질 때의 미묘한 분위기를 감지하고도 못 본 척했다. 최악이었다. 소극적으로 괴롭힘에 가담한 것과 다름없다.

그런데 미나미는 우리와 달랐다. 그 애가 괴롭힘당하고 있다는 사실을 알아차리고는 인사를 건넸다. 자연스럽게 먼저 말을 걸기도 하고, 수업 시간에 그 애가 어느 무리에도 끼지 못한 채 겉돌고 있으면 자신의 무리로 끌어들이곤 했다.

결국 그 여자애는 여름방학이 끝난 뒤 전학을 갔다. 집단 괴롭힘이 교내에서 문제가 되어 학교 측의 지도가 엄격해졌고, 반 아이들은 과거의 괴롭힘 자체를 없었던 일로 여겼다. 그런 와중에도 전학 간 여자애가 미나미에게 고마워했다는 건 알고 있었다. 미나미가 말을 걸면 무척 기뻐했기 때문이다.

이야기가 너무 길어질 것 같아 전부 다 말하진 않았지만 그 일을 계기로 미나미에게 마음이 끌리기 시작했다고 털어놓았다. 놀랄 정도로 조용히, 솔직하게 말했다.

그런데 신기한 일이 일어났다. 내 말을 다 들은 미나미가 어리둥절한 표정을 지은 것이다.

"아, 그렇지만 그……. 내가 걔에게 말을 건넨 건 쓰키시마 너 때문이었는데?"

뜻밖의 말에 당혹스러워하자 미나미가 자조 섞인 듯한 웃음을 지었다.

"나, 너보다 먼저 걔가 괴롭힘당하는 걸 알아차렸을 거야. 어설피 말리려 들다간 괴롭힘이 더 교묘해질 수도 있어서 결국 아무것도 하지 못했어. 근데 네가 걔에게 인사하는 모습을 보고서, 그래 그렇게만 해도 상당히 달라질 수 있겠구나 하고 깨달았던 거야."

"하지만 나……. 매일 그랬던 것도 아니고 넌지시 인사했을 뿐인데."

"어려운 문제니까. 하지만 그런 널 본 뒤로 나도 인사를 건넬 수 있게 되었어. 그리고 걔 전학 간 학교에서는 잘 지내고 있대. 지금도 가끔 메시지가 오는데 거기서 비로소 자신이 있을 곳을 찾았다고 하더라. 사진 있는데 볼래?"

미나미는 전학 간 그 애가 낯선 교복을 입고 친구로 보이는 학생들과 즐거워하는 사진을 스마트폰으로 보여주었다. 나는 아무 말 없이 그 사진을 들여다보았다.

그 애가 어떻게 지내고 있는지 궁금했었다. 전학 갈 때의 심정을 떠올리며 혼자 마음 아파했다. 그런데 그 애가 웃으며 지낼 수 있는 곳을 찾았다는 사실을 알고 나니 놀라우면서도 한편으로는 안심이 되었다. 분명 쉽지 않았을 텐데 친구들과 환히 웃을 수 있게 되다니…….

"몰랐어. 근데……, 정말 잘됐다."

안도하며 중얼거리고는 스마트폰에서 시선을 거뒀다. 눈이 마주치자 미나미가 웃었다.

그 순간 꼬르륵하는 소리가 들려왔다. 미나미가 "아!" 하더니 배를 움켜쥐었다.

"미안, 내 배였어. 우리 이제 밥 먹자."

미나미는 부끄러워하지도 않고 그렇게 말하더니 갖고 온 도시락 가방을 들어 보였다.

그대로 옥상에서 단둘이 도시락을 먹었다. 햇볕이 강했지만 옥탑이라고 불리는, 계단과 이어지는 건물의 그늘에 숨자 괜찮았다.

손수건으로 앉을 자리를 털어낸 뒤 옥탑 벽에 등을 기대고 앉았다. 각자의 손에는 도시락이 들려 있었다. "잘 먹겠습니다"라고 인사한 뒤 점심을 먹기 시작했다.

"우와, 너희 집 계란말이, 뭔가 특별하고 맛있어 보여."

"아, 아버지 취미가 요리거든. 한 개 먹어볼래?"

"고마워. 그럼 우리 집 계란말이도 먹어봐."

기분이 묘했다. 미나미와 옥상에서 도시락을 먹고 있다. 게다가 오늘은 전처럼 불완전하게가 아니라, 내 마음을 고스란히 전할 수 있었다.

한참 먹다가 젓가락을 멈추고 먼 곳을 바라보았다. 하늘이 드맑았다.

옆에는 좋아하는 사람이 있고, 이제는 마음속 응어리도, 하고 싶은 일도 없어졌는데…….

지금 죽는 것도 나쁘지 않겠다고, 철없는 생각을 떠올리고 말았다.

다만 목숨은 그리 쉽게 끊어지지 않는다. 아무 말 없이 하늘을 바라보고 있는데 시선이 느껴졌다. 미나미를 바라보니 두 손을 들어 엄지와 검지로 창문 같은 모양을 만들고 있었다.

"뭐 해? 아……, 혹시 영화에 쓴다든가 그런 거야?"

"눈치챘어? 쓸쓸한 얼굴이 왠지 느낌이 좋아서."

"쓸쓸한 얼굴은 무슨. 그냥 얼빠진 표정일 테지."

"그렇지 않다니까. 근데 무슨 생각 하고 있었어?"

"응? 그게……, 날씨가 참 좋구나 하고."

"거짓말!"

정곡을 찔려서 나도 모르게 웃고 말았다. 미나미도 웃으며 손을 내렸다.

그때 문득 미나미에게 물어보고 싶은 게 생각났다.

"그러고 보니 미처 물어보지 못한 게 있었는데, 네가 감독인 거야? 영화 말이야."

"아, 말 안 했나? 맞아. 아오이가 각본을 쓰고 내가 감독을 맡고 있어. 나는 취미로 카메라도 같이 만지지만."

"영화를 만들기 시작한 계기라도 있었어?"

"으음~ 의외로 단순해. 옛날에 어떤 영화를 봤는데 거기서 주인공이 영화를 찍었어. 그 모습을 보고 나도 해보고 싶더라고. 아오이가 예전부터 그런 데 빠삭하기도 해서 도움을 많이 받았고."

"아, 그랬구나. 뭔가 멋있네."

"근데 시간을 어떻게 효율적으로 활용해야 좋을지가 고민이야. 찍고 싶은 소재가 너무 많고 다양한 콩쿠르에도 도전하고 싶거든. 최근에는 독립영화 붐이 일고 있어서 올여름에도……"

미나미가 즐거운 듯이 이야기를 이어갔다. 이 애는 새로이 뭔가를 계속 만드는 사람이다. 앞으로도 이 일을 계속하겠지. 약간 부러운 마음이 들었다.

하지만 그렇다고 해도……. 역시 미나미가 만드는 영화에 참여하는 건 망설여졌다. 연기를 해본 적도 없는 내가 괜히 덥석 주인공을 맡았다가 작품을 망치지나 않을까 두려웠다.

"혹시 너, 영화 제작에 흥미가 생긴 거야?"

내 마음을 알아차린 건 아니겠지만 미나미가 몸을 앞으

로 내밀며 물었다. 나는 가만히 웃었다.

"아주 조금은. 그렇지만……, 난 연기를 해본 적도 없고."

"그건 괜찮아. 우리가 찍는 영화는 연기 경험이 없어도 할 수 있어."

"그런 영화가 있어?"

"있고말고. 아주 많아. 연기보다 등장인물의 자연스러운 모습이 중요하니까. 일부러 연기 습관이 배지 않은 아마추어를 주인공으로 영화를 찍어서 국제적인 상을 받는 감독도 있는걸."

또 내가 알지 못하는 미나미의 일면을 살짝 엿보았다. 그 애의 말에는 열의와 애정이 담겨 있다. 영화 제작에 얼마나 진심인지가 느껴진다. 미나미는 영화를 만드는 일이 말할 수 없이 즐거운 모양이다.

얼마 후 점심시간 종료를 알리는 종이 울려서 도시락을 정리해 옥상을 빠져나왔다. 헤어질 때 미나미는 내게 "연락 기다릴게" 하고 말했다. 나는 애매한 웃음을 지었다. 아무도 없는 복도에서 우리는 서로 등을 돌리고 각자 자신의 교실로 향했다.

"쓰키시마!"

몇 발짝 걸음을 떼었는데 등 뒤에서 미나미가 날 불러

세웠다. 반사적으로 뒤를 돌아보았다.

"우리의 동료가 되어줘. 같이 영화 만들자~!"

조금 떨어진 곳에서 미나미가 웃으며 소리 높여 말했다.

나는 다시 애매한 웃음을 보이며 "또 연락할게"라고 말했고 미나미는 고개를 끄덕였다. 오후 수업이 시작되고 여느 때처럼 평온하게 시간이 흘러갔다. 쉬는 시간이 되면 교실은 아이들이 제각각 떠드는 소리로 왁자지껄했다. 하지만 나는 그런 무리에서 떨어져 있었다.

여느 때와 다름없이 나만을 둘러싼 정적이건만 오늘따라 왠지 더욱 고요하게 느껴졌다.

하지만 그것도 지금뿐일 것이다. 내일이 되면 내 인생이 고요하다는 사실조차 깨닫지 못하게 된다. 그저 당연한 고요함이 눈앞에 가로놓여 있을 뿐이다.

그래도 좋고, 그게 좋다. 숙연하고 담담하게 혼자 이룰 수 있는 소망을 어떻게든 찾아내 죽을 때까지 그것을 홀로 이뤄나가자.

그렇게 생각하고 있었거늘……. 내 마음의 변화에 당혹스러웠다. 집으로 돌아가 '하고 싶은 일 노트'를 꺼내 들었다. 그 안에 새로운 소망을 적어 넣었다.

· 실패해도 좋으니까 영화 제작에 도전해 본다.

아무 말 없이 노트에 적힌 문구를 똑바로 바라봤다. 과장해서 말하자면 '인생의 선택'이 놓여 있었다. 채 1년도 안 되는 시간 동안 나는 무엇을 할까, 무엇을 하고 싶은 건가.

다른 사람들과 어우러져 살아갈 것인지, 그렇지 않을 것인지 선택해야 한다.

노트를 앞에 두고 꼼짝하지 않는 동안에도 시간은 여지없이 흘러갔다. 이렇게 오랫동안 움직이지 않고 생각에 잠겨 있긴 처음이었다. 어느새 방 안으로 석양이 비쳐 들고 있었다.

이렇듯 세상은 언제나 속절없이 흘러간다. 내가 뭔가를 해도, 하지 않아도 끊임없이 흘러간다. 이 세계에서 우리는 자신의 자유를 스스로 결정해야만 한다.

나는 과감하게 마음먹고 스마트폰을 들어 메시지 앱을 켰다.

— 영화 제작, 나도 참여해도 될까?

심장이 뛰는 걸 느끼면서, 입력한 메시지를 바라보았다. 그리고 미나미에게 보냈다.

바로 답장이 오지 않을 수도 있다고 생각하면서 미나미에게 받은 대본을 펼쳐 들었다. 글자를 눈으로 좇으며 시간에 신경 쓰지 않으려 했는데 예상과 달리 바로 답장이 왔다.

— 연락 고마워! 물론이지. 내일 방과 후, 동아리실에서 봐. 신입 부원!

왠지는 모른다. 하지만 열렸다, 고 느꼈다. 뭔가가 천천히 열렸다고.

— 알겠습니다. 감독님!

나는 미나미가 보내온 메시지에 이렇게 답했다.

그리고 오늘이라는 날과 앞으로 남은 시간을 의식하며 다시 대본을 읽기 시작했다. 내 방에 앉아, 내가 오랜만에 웃고 있다는 사실을 깨달았다.

5

"지금이 5월 셋째 주니까 7월이 되기 전에 어떻게든 촬영을 마쳐야 해요. 그때부터 여름방학까지 편집을 완료하고 독립영화제에 영화를 출품하는 겁니다. 이상이에요."

다음 날 방과 후, 나는 긴장한 채로 영화 제작 동아리실에 찾아갔다. 먼저 와 있던 미나미가 환영해 주었고 하야미는 의아하다는 눈길을 보냈다. 나는 준비돼 있던 다섯 번째 의자에 앉았다.

그러고 나서 동아리 회장을 맡고 있는 미나미에게 앞으로의 일정을 전해 들었다. 촬영 기간은 약 한 달, 편집 기간은 2주로 예정되어 있었다. 영화 제작 경험이 없어서 잘은 모르지만 꽤 빡빡한 일정인 듯했다.

조감독과 각본을 겸하고 있는 부회장 하야미 아오이도 소개받았다. 미나미와 하야미는 어린이집부터 시작해 계속 학교를 함께 다닌 오랜 친구로 초등학생 때부터 함께 영화를 만들어 왔다고 한다.

"너 쓰키시마한테 권한 거 진심이었구나. 아무래도 주인공 역은 거절당할 줄 알았는데."

하야미가 뭔가 실망스럽다는 듯이 말하자 미나미가 경쾌하게 대꾸했다.

"당연히 진심이지. 역할에 딱 맞는 이미지라서 꼭 영화에 출연했으면 했다고."

"그럼 한 번 더 확인하겠는데, 기획부터 다시 고쳐서 할 마음은 없는 거지?"

"응. 미안하지만 그럴 마음은 없어. 네가 늘 말했잖아? 보통 사람들이 좋아할 만한 걸 생각하라고. 봄방학 때부터 기획하고 모두 수긍해서 완성한 각본인데 이제 와서 버리긴 아깝지. 나도 도전해 보고 싶었고."

그러고 나서도 두 사람은 진지한 목소리로 한참 대화를 나누었다. 결국은 하야미가 고집을 꺾은 모양이었다. 하야미는 크게 숨을 몰아쉬고는 내게 질문을 던졌다.

"쓰키시마, 연기 경험은 있어?"

"아……. 그러니까, 없는데요."

"초등학교 때 학예회에서는 무슨 역을 맡았어?"

"나무였어요."

"나무?"

"마을 사람 같은 것도 했고요."

"마을 사람, 같은 거라. ……같은 거라니, 그게 뭔데?"

"그러니까 마을 사람 같은, 그런 역할이었던 것 같아서……. 장사꾼이었을지도 모르고."

하야미는 심문하는 듯한 눈초리로 날 응시했다.

초등학교 때는 자주 열이 나서 결석하는 바람에 연극에서 없으면 곤란한 역할은 내게 주어지지 않았다. 아무리 초보자라 해도, 경험이 너무 없는 걸까.

"뭐, 딱히 경험이 없는 건 괜찮겠지."

뭔가 용서받은 듯한 기분이 들어서 안도의 숨을 내쉬었다. 문득 깨닫고 보니 이런 광경을 미나미가 스마트폰으로 촬영하고 있었다.

"어? 왜 찍고 있는 거야?"

"그냥, 재밌는 장면이다 싶어서. 긴장과 안도가 실감 나게 표현되었거든."

"쓰키시마, 영화 제작 동아리에 있는 동안엔 이게 일상이 될 거야. 카메라에 익숙해지라는 뜻으로, 그리고 연출에 쓸 참고 자료라는 명목으로 쓰바사가 허가 없이 수시로 찍어댈 테니까."

예전 기억을 돌이켜 보면 미나미는 1학년 때부터 친구들이나 바깥 풍경을 자주 촬영하곤 했다. 그때도 영화 제작에 참고하려던 걸지도 모르겠다는 생각을 하고 있는데 동아리실 문이 열렸다.

"늦어서 죄송합니다. 종례가 길어져서요."

"죄송합니다."

그저께 동아리실에 함께 있었던 후배 여학생들이 들어왔다. '앗!' 하는 듯한 표정으로 나를 흘낏 바라보더니 각자 자리에 앉았다. 미나미가 두 사람을 내게 소개했다.

"이쪽 작은 친구가 이치카. 한 학년 아래지만 아오이랑 마찬가지로 나랑은 같은 어린이집에 다닌 소꿉친구야. 동아리에서는 배우를 하고 있어. 느긋해 보이고 머리가 긴 쪽이 에나. 중학교 때부터 후배이고 역시 배우."

소개받은 두 사람이 나를 바라보았다. 나도 간단히 내 소개를 했다.

"지난번에는 실례가 많았습니다. 쓰키시마 마코토라고 합니다. 1학년 때 미나미와 같은 반이었는데, 그런 인연도 있고 해서 오늘부터 동아리에 참여하게 되었어요. 잘 부탁드립니다."

"아, 네! 잘 부탁합니다."

미나미의 어릴 적 친구라는 이치카가 대표로 인사를 건넸다.

두 사람 다 배우라면 앞으로 찍을 영화에도 출연하겠지. 누가 여주인공 역일까, 궁금해하고 있는데 에나라고 불렸던 여학생이 계속 날 쳐다보는 시선이 느껴졌다.

"저기, 왜 그러시죠?"

"궁금한 게 있는데요, 혹시 쓰바사 선배를 좋아해요?"

그 순간 동아리실 안의 분위기가 싸해졌다.

나 자신도 얼빠진 짓인 줄 알지만, 나도 모르게 그만 미나미에게로 시선을 돌리고 말았다. 내가 고백했다는 사실을 미나미가 부원 모두에게 이야기했을 리 없다고 생각했지만 거의 반사적으로 나온 행동이었다. 미나미는 놀라더니 내 의도를 알아차렸는지 고개를 가로저었다. 다만 내 반응이 결정적이었다.

"아, 미안해요. 딱히 추궁할 생각은 아니었는데……."

에나가 미안해하는 표정으로 사과하자마자 하야미가 날카롭게 쏘아보았다.

"쓰키시마. 그런 꿍꿍이가 있는 거라면 나가줄래?"

"어?"

"빨리 나가라고. 그리고 모두 잘 들어. 지금부터 기획을 변경할 거야. 우선은 각본을 고쳐 쓰고……."

당황했지만 미나미가 상황을 수습해 주었다. 하지만 이 대로 가다가는 내가 미나미에게 호감을 갖고 있다는 걸 모두 알아차리고 말 것 같았다. 하야미가 단호하게 경고를 날렸다.

"쓰바사뿐 아니라 부원들에게 섣부른 짓 했다가는 가차 없이 쫓아낼 테니 그리 알아. 여차하면 교육위원회나 경찰에 연락할 거야."

"아오이, 왜 이렇게 유별나게 굴어? 쓰키시마는 그런 사람이 아니라니까. 나랑은 1학년 때 같은 반이었고 그래서 친근하게 여기는 것뿐이야."

"아오이 선배, 나도 쓰키시마 선배에게 이상한 거 물어봐서 미안해 죽겠는데, 그만해요."

언젠가 모두 알아차릴 테고 아오이가 잘못한 일도 아니다.

상황을 정리하고 나서 동아리 활동을 시작했다. 미나미가 모두에게 제안했다.

"쓰키시마가 합류한 첫날이니 오늘은 대본 읽기를 할까? 실제 촬영할 때는 대본하고 똑같이 말하지 않아도 괜찮지만, 우선 쓰키시마가 스토리를 파악해야 하니까."

"아, 그래도 일단 대본은 전부 읽어보고 왔습니다."

내가 그렇게 대답하자 미나미가 살짝 눈썹을 치켜올렸다.

"아, 정말? 역시 쓰키시마는 달라. 성실해. 쓰키시마에게 맡기길 잘했어."

으레 과장해서 추켜올리는 거려니 알면서도 미나미의 칭찬이 몹시 쑥스러웠다. 하지만 그 반응이 못마땅했는지 냉정한 말이 가차 없이 날아들었다.

"그럼 오늘부터 촬영하면 되겠네."

"어, 오늘부터라니……."

놀라서 목소리가 들린 쪽으로 시선을 돌렸다. 하야미였다.

느닷없이 촬영을 시작하자는 말에 당황해 있는데 하야미가 대본을 집어 들었다.

"대본의 흐름이 머릿속에 들어 있다면 아무 문제 없잖아? 옥상을 포함해 학교에서 촬영해도 된다는 허가도 떨어졌고 말이지. 무엇보다 쓰키시마는 처음이니까 현장분위기라든지 촬영의 흐름을 익히는 게 좋겠어. 아니면 뭐……, 할 말이라도 있어?"

하야미가 빤히 쳐다보는 바람에 나는 아무 말도 하지 못했다. 그런 내 등 뒤에서 나머지 세 사람이 허둥거리며 촬영 기자재를 확인하기 시작했다.

왠지 몰라도 하야미만큼은 화나게 하면 안 될 것 같았다.

동아리 회장이자 감독인 미나미의 지휘하에 영화 촬영이 본격적으로 시작되었다. 아르바이트를 해서 자력으로 마련했다는 촬영 기자재를 동아리실에서 꺼내 와 영화 〈난치병 소녀가 죽는 이야기〉를 옥상에서 촬영했다.

미나미는 원래 영화에 정취가 느껴지는 예술적인 제목을 붙이고 싶어 했다. 다만 이번 영화의 취지는 대중성에 있었기 때문에 어떤 의미에서 흔하고 사람들의 이목을 확 잡아끌 수 있는 지금의 제목으로 결정한 것이다.

모두 익숙한 모습으로 옥상에서 촬영을 준비하고 있는데 미나미가 아무렇지 않은 듯이 말했다.

"오늘은 말이지, 아오이가 말한 대로 네가 현장이나 촬영에 적응해야 하니까 널 메인으로 해서 찍을 거야."

"알겠어. 근데 정말 괜찮을까?"

"괜찮아. 연기가 필요 없는 장면으로 골랐으니까. 몇 페이지냐 하면……."

오늘 찍을 장면을 대본에서 확인했다. 궁금했던 여주인공 역할은 에나가 맡는다고 한다. 여주인공이 시한부라는 사실을 알게 된 주인공이 혼자 하늘을 바라보고 있는데 이치카가 연기하는 친구가 나타나 위로해 준다. 대본에는 그런 장면이 그려져 있었다.

내가 촬영에 익숙해지도록 돕기 위해 최대한 대사가 없는 장면을 고른 모양이다. 실제 촬영은 생각보다 훨씬 본격적이었다. 카메라도 여러 대 설치해 놓았다. 하지만 내 예상과 달리 카메라가 전부 스마트폰이었다. 놀라는 나를 보고 하야미가 찬찬히 가르쳐 주었다.

"스마트폰은 작아서 어디에나 놓고 찍을 수 있으니까 신선한 그림을 잡아내는 데 좋아. 앱도 편리하고 카메라에 비해 저렴한 데다 화질도 나쁘지 않고. 상업영화에서도 이렇게 해."

하야미와 미나미는 영화에 대한 확고한 신념이 있어 보였다.

콘티라고 불리는, 촬영 장면에 대한 설계도가 필요하다는 건 사전에 공부해 알고 있었지만 콘티에 너무 얽매이면 상상 이상의 연기가 나오지 않는다는 이유로 만들지 않는다고 했다.

대신에 두 사람은 여러 대의 스마트폰을 다양한 장소에 두고 좋은 앵글을 찾았다. 촬영용 스마트폰에는 각각 화면을 공유할 수 있는 앱이 깔려 있고, 현장에 가져온 노트북으로 모든 화면을 체크해 앵글을 확인한다.

리허설을 진행해 문제가 없음을 확인하고, 미나미의 신호로 본 촬영이 시작되었다.

"그럼 편하게 해볼까. 숏 들어갑니다. 레디……, 액션!"

무리하게 연기할 필요 없으니까 그냥 슬픈 일을 생각해, 라고 알려주기에 나는 하늘을 바라보며 슬픈 일을 떠올렸다. 비교적 심각한 표정으로 슬퍼하자 "컷!" 소리가 크게 울렸다.

"쓰키시마, 느낌 좋은데~"

"아니, 난 그저 우두커니 서서 하늘을 본 거뿐인데."

그 후로도 대사 없는 촬영이 계속되었다. 몇 개 정도 컷을 테스트해 보고 싶다고 하여 나는 옥탑에 기대거나 옥상 난간을 잡았다.

"아예 주인공 대사가 하나도 없는 형식으로 해볼래?"

촬영하는 도중에 하야미가 미나미에게 상의했다.

"셀카봉으로 위에서 찍어봤는데 이런 장면은 어떨까?"

오늘은 촬영이 없는 에나도 각도를 제안했다.

모두 지혜를 모아 그 자리에서 영화를 만들어 내는 감각이 신선했다. 긴장감이 돌긴 했지만 어제와는 완전히 다른 세계에 발을 들여놓은 것 같아 은근히 즐거웠다. 다만⋯⋯.

"그럼 이번에는 친구에게 위로받는 신을 찍어볼까. 적지만 대사가 있으니 잘 부탁해. 목소리는 아오이가 따고 바람 소리도 제거할 거니까 무리해서 크게 말하지 않아도 돼."

우선 이치카가 연기하는 친구가 옥상에 나타나는 장면을 촬영했다. 이치카가 난간 가까이에 서 있는 내게 다가와 괜찮냐고 물어보는데⋯⋯.

"나 난, 개, 갠차나."

뒤를 돌아보며 하는 대사인데 엄청나게 버벅거리고 말았다. 연기 이전의 문제였다.

그날 저녁, 나는 내 방에서 미나미가 빌려준 영화를 보왔다.

그 뒤로 몇 번이나 다시 찍었지만 발성과 발음이 문제가 되어 결국 대사는 후시 녹음으로 진행했다. 후시 녹음이란 촬영이 끝난 후에 편집된 영상을 보면서 대사를 따로 녹음하는 방법이다.

후시 녹음은 평소에도 자주 하기 때문에 전혀 문제 되지 않는다고 말해주었다. 하지만 내 자신이 너무 한심해서 발성 연습은 물론이고 연기 공부도 해야겠다고 다짐했다.

하지만 미나미는 연기 공부를 하지 않는 편이 더 좋다고 말했다. 자신들이 찍고 있는 영화는 자연스러움을 추구하며 연기 같은 연기는 절대로 배제하고 있어서라고 설명해 주었다.

"음, 등장인물이 되는 거예요. 내가 등장인물이라면 어떻게 반응할까, 자연스럽게 연기한다고 해야 하나, 연기를 하지 않는다고 해야 하나."

여주인공 역을 맡은 에나가 이렇게 설명해 주었지만 알 것 같기도 하고 모를 것 같기도 했다.

그래서 미나미가 참고로 보라며 영화를 빌려준 것이다. 이야기의 흐름과 캐릭터는 정해져 있지만 대사는 배우가 흐름에 따라서 애드리브로 하는 약간 특이한 작품이었다.

주요 인물을 연기하는 배우가 거의 아마추어였는데 이 작품으로 국제적인 영화제에서 상을 탔다고 했다.

영화에서는 배우가 기침을 했다. 목소리도 작다. 대사가 겹치는 부분도 있다. 그럼에도 뭐랄까, 너무나 자연스러웠다. 나도 그 자리에 있는 듯한 현장감이 느껴졌고 신기하게도 영화 안으로 빨려 들어갔다. 영상도 어찌나 아름다운지 한 시간 반이 순식간에 지나갔다.

이어서 미나미와 동아리 부원들이 중학교 때 만들어 콘테스트에서 우수상을 받았다는 영화를 보았다. 이번에 제작하는 영화와 마찬가지로 30분 길이였는데 에나의 연기력과 존재감에 어느새 압도되었다. 그곳에는 에나가 아닌 다른 인물이 있는 것 같았다.

그 에나가 〈난치병 소녀가 죽는 이야기〉에서 여주인공을 맡는다. 상대역은 나다.

나는 정말 이 영화에 어울리지 않는 게 아닐까 하는 생각에 사로잡혔다. 영화와 연기에 대한 지식이 아무것도 없을뿐더러 혀가 꼬여 말도 제대로 못 한다. 그리고……

"이 애 귀엽네."

"으……, 우와앗!"

이어폰을 끼고 몰입해 영화를 보는데, 어느새 아버지가

옆에 와 있었다. 언제 방에 들어왔는지도 몰랐다. 반사적
으로 영화를 일시 정지시켰다.

내가 당황해하자 뭔가 수상쩍다고 느꼈는지 아버지가
의미심장한 표정으로 웃으며 물었다.

"미안, 미안. 스토리 있는 성인물을 감상하고 있었던 거
야?"

"아니야, 무슨!"

"아, 미안. 그럼 어쩌다가 야한 장면이 나오는, 스토리
있는 동영상이었나?"

"뭐야, 결국 같은 말이잖아요."

"뭐, 세세한 건 신경 쓰지 말고."

아버지는 그렇게 말하더니 호쾌하게 웃었다.

"그래, 무슨 영화를 보고 있었니?"

아버지가 물었다. 알고 있었으면서 왜 놀리는 건지.

"친구가 중학교 때 만든 영화야."

"친구? 그렇구나……."

부모님에게는 영화를 찍고 있다는 말을 하지 않았다.
여러 가지 이유가 있지만 주인공 역을 맡아 영화를 찍고
있다고 말하기가 부끄러웠다.

"그런데 아빠, 뭐 할 말 있으세요?"

"아, 아빠 목욕하고 나왔으니까 이제 너 들어가라는 말 하려고."

"알았어요. 조금만 더 보고. 그러고 보니 엄마는 들어오셨어요?"

"아니, 오늘은 좀 늦는 모양이다."

우리 부모님은 맞벌이신데 지금은 아버지보다 어머니가 일을 더 많이 하신다. 대신 집에서 근무하며 시간을 융통성 있게 쓸 수 있는 아버지가 집안일을 거의 도맡아 하고 있다.

"자, 난 목욕하라고 분명히 말했다. 욕조 물에 어깨까지 푹 담그고 100까지 세."

"내가 무슨 애기야?"

아버지가 웃으며 방을 나갔다. 나는 아버지의 뒷모습을 잠자코 바라보았다.

저래 봬도 아버지는 예전에 수완 좋은 투자 펀드 매니저였던 것 같다. '그런 것 같다'고 한 건, 당시에는 마주칠 기회가 별로 없어서 아버지에 대해 잘 알지 못했기 때문이다.

옛날에는 아버지와 어머니 모두 대도시에서 일했다. 특히 아버지는 밤낮없이 일에 몰두했다.

하지만 초등학생 때 내가 입퇴원을 반복하자 아버지는

뭔가 생각한 게 있으셨는지 펀드 매니저 일을 그만두었다. 내 상태가 안정되었을 무렵에는 공기 좋은 지방 도시로 이사했고, 그 뒤로는 재택근무가 가능한 일을 하고 있다.

새로 이사한 후로는 학교에서 돌아오면 반드시 아버지가 있었다. 아버지는 언제나 나를 소중히 대해주었다. 과보호라고 할 만큼 지극정성을 기울였고, 세상에 괴로운 일이나 슬픈 일 같은 건 존재하지 않는 듯 늘 호탕하게 웃으셨다.

……내가 죽으면, 아버지는 어떻게 하실까.

떠올리지 않으려 했던 걱정이 문득 머릿속을 스치고 지나갔다. 그 걱정을 떨쳐버림과 동시에 아버지와 어머니를 위해서라도 힘내서 영화 주인공 역을 잘 해내야겠다고 마음을 다잡았다. 시한부를 선고받은 후에도 나는 나대로 내세계를 유지하면서 당당히 이 자리에서 애쓰고 있었다. 이런 모습을 보여드리는 일이야말로 내가 할 수 있는 최대의 효도일지 모르니까.

부모님께 효도하기 위해서라도 영화를 남기고 싶다는 생각을 하기 시작했다. 언젠가 내가 죽은 뒤 두 분이 영화를 본다면, 그러면…….

그런 생각을 하며 나는 이어서 영화를 보았다.

좋은 영화를 만들고 싶다는 갈망이 고개를 들었다. 적
어도 다른 친구들의 발목을 잡는 일은 하고 싶지 않다고.

6

다음 날인 목요일 방과 후에는 몇 마디 대사가 있는 장
면을 촬영하기로 했다. 각본을 담당하는 하야미가 주인공
의 대사는 꼭 필요한 말만 골라 최소한으로 줄였다면서 새
로운 대본을 건네주었다.

또박또박 발음할 수 있는 입술 운동을 배운 보람이 있
어 같은 장면을 여러 번 다시 찍긴 했으나 그날 예정된 촬
영은 기어코 마무리했다. 정말 마음이 놓였다.

금요일에 한 촬영도 실수가 많긴 했지만 어떻게든 다
해냈다.

문제는 휴일인 토요일에 일어났다. 처음으로 에나와 함
께 찍는 날이었다. 보건실에서 남주인공이 여주인공과 이
야기를 나누다 여주인공에게 직접 시한부 사실을 듣는 장
면이었다.

토요일이라면 보건실을 사용해도 좋다고 허락을 받아

놓은 터라 그날 오전에 동아리실에 모였다. 기자재를 들고 보건실로 가서 선생님에게 인사한 뒤 촬영 준비를 시작했다.

선생님은 영화 촬영에 참여하고 있는 내 모습을 보고는 놀라더니 이내 싱긋 웃어주었다. 보건실에 용무가 있는 학생이 오면 연락을 드리기로 하고 교무실로 향하는 선생님을 모두 함께 배웅했다.

"좋았어, 그럼 쓰키시마랑 에나는 침대 앞으로 와줄래? 오늘은 말이지—"

에나와 함께 미나미에게 다가가 촬영 순서를 점검했다.

에나의 연기는 이미 보아두었다. 그녀는 단순히 예쁘기만 한 게 아니었다. 평소 모습에서는 상상도 할 수 없는 깊은 감정을 표현해 내고 있었다.

"그럼 쓰키시마, 캐릭터는 네 모습 그대로가 좋으니까. 짝사랑하는 상대가 앞으로 살날이 얼마 남지 않았다는 것을 알게 되면 어떤 기분일까. 극단적이지 않고 자연스럽게 반응해 보는 거야."

미나미에게 연기 지도를 받은 나는 여전히 긴장하면서도 고개를 끄덕였다.

"에나는 연기의 흐름에 맞춰서 대본과 다른 대사를 하

겠지만 쓰키시마도 대본대로 똑같이 하지 않아도 되니까, 너무 무리하진 마. 대사를 암기하면 잊어버렸을 때 멈칫하게 되고 말도 발성도 부자연스러워지니까. 어쨌든 자연스러운 장면이 되도록 신경 써줘."

대본대로 하지 않아도 된다는 말은 매일 듣고 있다. 연기 경험이 없는 나로선 그게 더 고맙다. 해보지 않고서는 알 수 없는 불안이 있었지만 그런 감정까지도 포함해서 즐기는 중이었다.

하야미가 진행 사항을 확인함으로써 본 촬영에 들어가기 전에 필요한 작업이 모두 끝났다.

"가볍게 해볼까?"

미나미가 말하자 에나가 침대에 앉았다. 나는 그 앞에 섰다.

"그럼 숏 들어간다. 자, 레디……, 액션!"

미나미의 목소리를 신호로 촬영이 시작되었다. 여주인공을 연기하는 에나의 분위기가 단박에 바뀌었다.

"들었지? 내 병에 관한 거."

이 간극에 놀라고 말았다. 모든 것을 단념한 듯한, 될 대로 되라는 표정을 한 인물이 눈앞에 있었다.

"앞으로 반년이래. 이게 뭔가 싶고 믿기지 않아……. 사람이 말이야, 그렇게 쉽게 죽는 거야? 지금까지 15년이나 평범하게 살아왔다고."

그 뒤로도 에나의 대사가 이어졌다. 도중에 한순간, 이것이 현실인지 연기인지 분간하기 어려워졌다. 에나의 연기에 빠져들었는지도 모른다. 눈앞에 있는 사람은 절망한 동급생이다. 난치병을 앓아 살날이 얼마 남지 않은, 그래서 모든 것을 포기한……

그런 동급생에게 무슨 말을 해줄 수 있을까. 동정일까, 위로일까.

내 나름대로 대사를 하려 했으나 목이 막혀 아무 말도 나오지 않았다. 어째서일까.

동정과 위로. ……적어도 나라면 그런 말을 듣고 싶지 않기 때문인가.

"컷!"

미나미의 목소리가 들려 깜짝 놀랐다. 모두 걱정스러운 표정으로 나를 보고 있었다. 그제야 내가 대사를 하지 못하고 있었다는 사실을 깨달았다.

"앗, 미안."

"괜찮아, 괜찮으니까 신경 쓰지 마."

"나도 자주 그러는 걸요 뭐, 진짜 괜찮아요."

바로 사과하자 미나미와 에나가 웃으며 다독여 주었다.

마음을 가다듬고 다시 도전했다. 촬영에 집중해야 한다고 스스로 다독이며 에나와 호흡을 맞춰 대본대로 말했다.

하지만 잘되지 않았다. 나 자신도 알 수 있었다. 대본에 쓰인 대사를 그대로 따라 하려고 애쓴 나머지 나와 어울리지 않는 부자연스러운 발음과 말투가 되고 말았다.

초조해지니 긴장되고, 긴장하니 점점 더 자연스러운 연기에서 멀어져 갔다.

그 결과 같은 테이크를 여러 번 되풀이해서 찍어야 했다.

"쓰바사, 일단 좀 쉬는 게 좋겠어."

악순환이 계속되자, 비유가 아니라 진짜로 시야가 점점 좁아지는데 하야미가 이렇게 제안했다. 벌써 같은 장면을 몇 번째 다시 찍는 건지 알 수 없을 정도였다.

상대역인 에나에게 미안해서 내가 생각해도 한심한 표정으로 사과했다.

"마음에 담아두지 않아도 돼요."

에나가 웃으며 말해주었다. 어색한 웃음을 지으며 대답하려는데 "저기, 이거" 하며, 오늘은 촬영 보조를 맡은 이치카가 마실 것을 주었다.

고맙다고 말하고 기분 전환이라도 할 겸 복도로 나갔다.

……한심하기 짝이 없다. 미나미가 먼저 권하기는 했지만 스스로 결정해서 영화 제작에 참여하고 있으면서 대체 이게 무슨 꼴이냐.

10분간 휴식 시간이 주어져 체육관으로 이어진 통로로 나갔다. 심호흡을 하고 마음을 진정시켰다.

잘해야 해. 이젠 실수하지 마. 다른 사람들한테 민폐 끼치지 않으려면.

그런 생각으로 눈을 감고 깊이 숨을 들이마시는데 침착한 여자 목소리가 들려왔다.

"잘하겠다는 생각은 안 해도 돼."

얼굴을 들자 놀랍게도 눈앞에 하야미가 있었다. 나를 가만히 바라보며 다가왔다.

"아무도 너한테 그런 거 기대하지 않으니까. 잘하려고 하지 마."

멀리서 야구부가 외치는 구호 소리가 들렸고, 근처 체육관에서는 농구화가 마룻바닥을 스치는 소리, 공이 튕기는 소리가 들려왔다. 그런 여러 가지 소리 사이로 하야미의 맑은 목소리가 다가들었다. 하야미는 어느새 내 앞까지와 있었다. 가까운 거리에서 마주 서 있다. 신랄한 말을 던지며 하야미는 내게 뭔가를 전하려 애쓰고 있었다. 움츠러

드는 마음을 다잡고 시선을 마주했다.

"잘하려고 하지 말라니 무슨 뜻이야?"

"말 그대로의 의미야. 중학교 때 상을 받으면서 심사위원인 영화감독에게 들은 말이 있어. 에나는 연기에 대한 지능지수가 뛰어나게 높다고. 세상에는 그런 사람이 있어. 하지만 너는 그렇지 않아."

"하지만……, 적어도 노력은 해야 하니까. 모두에게 폐를 끼치고 싶지 않고."

"그렇다면 말해줄게. 노력하지 마."

솔직한 발언에 할 말을 잃었지만 하야미는 조언을 하고 있었다.

"노력하지 않아도 되고, 만들지 않아도 돼. 조감독이 뭘 잘난 듯이 이러나 싶겠지만 너한테서는 필사적인 게 느껴져. 이걸 말해야만 해, 아니면 반대로 이건 말하면 안 돼, 하고. 그런 생각을 다 빼고 그냥 있는 그대로 해봐."

필사적이라는 말을 듣고 지금까지 내가 연기해 온 모습을 객관적으로 머릿속에 떠올려 보았다. 현실이 아닌 연기일 뿐이었지만 하야미의 말이 맞을지도 모르겠다는 생각이 들었다.

나는 어쩐지, 항상 필사적이었다.

하야미가 해준 뜻밖의 말이 마음을 파고들어 멍하니 있는데 "아오이!"라고 부르는 미나미의 목소리가 들렸다. 우리의 대화를 지켜보고 있었는지 미나미가 모습을 드러냈다.

"감독, 왜?"

"소중한 배우를 괴롭히고 있지 않나 해서 보러 왔지."

"아, 딱히 괴롭히지 않았는데? 감독이 말하지 않으니까 내가 나선 거야. 무리하게 꾸미지 말라고."

"넌 좀 돌직구 스타일이니까."

"네, 네, 미안합니다."

하야미가 쓴웃음을 지으며 말하더니 가볍게 손을 들어 올리고는 그 자리를 떠났다. 미나미와 둘만 남았다.

"괜찮아?"

미나미가 마음을 써주며 웃었다. 그 웃음에서는 빛이 물방울이 되어 떨어지는 듯한, 눈부신 무언가가 느껴졌다. 분명 내가 걱정되어 일부러 온 거겠지. 감독이라 그런 걸지도 모르지만 자상한 마음이 전해져 왔다.

"응, 괜찮아."

"진짜로 무리하지는 마. 몇 번이든 새로 찍으면 되니까."

"알았어. 하지만……, 조금은 알 것 같아."

그런 대화를 주고받은 뒤, 미나미와 이야기를 나누며

보건실로 돌아왔다.

마음이 새로워진 듯 개운했다. 자연히 어깨의 힘도 빠졌다. 필사적으로 하지 말라는 하야미의 조언이 효과가 있는 듯했다.

같은 장면을 여러 번 다시 찍게 된 데 대해 에나에게 사과하고, 있는 그대로 해보겠다고 말한 뒤 촬영에 들어갔다. 미나미가 마음 편하게 하라며 웃어 보이고는 드디어 시작을 알렸다.

"그럼 자, 찍는다. 레디……, 액션!"

촬영이 시작되자마자 에나가 등장인물에 빙의한 듯 대사를 읊었다. 연기에 대한 지능지수가 높다는 평가를 받은 에나를, 있는 그대로의 나 자신으로 마주했다.

시한부 판정을 받은 사람에게 필요한 건 뭘까. 이 자리에서 어떻게 하는 게 가장 자연스러운 행동일까. 그런 생각을 하며 나는 자연스럽게 상대의 말에 대답하려 했다.

다만……, 그러다 나는 무언가를 깨달았다. 나이기에 알수 있었다.

실제로 눈앞에 닥치면 조금 다르다는 걸.

"저, 있잖아."

목이 잠겼다. 하지만 상관없다. 목소리가 잠기는 건 일상에서도 흔히 일어나는 일이다. 나는 다만 평소처럼 자연스럽게 말하면 된다. 자연스러운 내 모습을 이 자리에서 끌어내면 된다.

"난 네가 화를 냈으면 좋겠어."

내 말에 놀랐는지 에나의 눈이 살짝 커졌다.

살날이 얼마 남지 않았다는 사실을 알았을 때, 사람은 그리 쉽게 절망하지 않는다. 쉽게 무기력해지지 않는다.

나는 그 사실을 너무도 잘 알고 있었다.

"절망하는 건 쉬워. 하지만 말이지, 절망한다 해도 달라지는 건 아무것도 없어. 주위 사람들을 슬프게 할 뿐이고 자신도 슬퍼져. 그렇다면……, 차라리 넌 화를 내는 게 맞아."

대본의 흐름과는 달라져 있었다. 그래도 나는 계속 말을 이어갔다.

"꿈도 희망도 있었는데, ……하고 싶은 일도 있었는데, 왜 하필 나야, 말도 안 돼, 하고. 절망할 바에야 그렇게 화를 내라고!"

내 말을 듣고 에나가 표정을 바꿨다. 연기가 아니라 여주인공으로서 화가 난 듯도 하고 두려운 듯도 한 표정을 보였다.

"네가 뭘 알아!"

"네 모습이 부자연스럽다는 건 잘 알아."

"어디가, 뭐가 부자연스럽다는 거야?"

"너는 정말로 죽는다고. 앞으로 반년이라며? 그런데 어떻게 아무렇지 않을 수 있냐고! 인생을 포기한 척하는 거야? 그렇게 쉽게 포기할 수 없어. 다른 사람에게 화풀이하고 싶어지고. 평범한 사람이 미워지고. 그래서 자신도 싫어지고……. 하지만 그래도……."

언젠가 내가 암흑 노트에 휘갈겨 썼던 말이 뇌리에 스쳤다.

더 살아―

"더 살고 싶다고 발버둥 쳐야 하는 거라고!"

다음 순간, 에나가 침대에서 일어났다. 내게로 다가오나 했더니 손에 든 베개로 나를 힘껏 내리쳤다. 생각지도 못한 전개에 놀라 당황하는데 이번에는 아예 베개를 던져 버렸다.

"아무것도 모르면서 멋대로 말하지 마."

에나를 바라보니 눈에 그렁그렁 눈물이 고여 있었다.

"절망으로 도망치는 게 편해. 그런 것도 몰라?"

"편하다니, 그게 무슨 말이야?"

"그게, 그렇잖아……. 기대하지 않아도 되니까. 난 마음이 움직이게 두면 안 되는 거야. 누군가를 미워하고 싶지도 않고 부러워하고 싶지도 않아. 이런 감정만 생기지 않는다면 나는, 나는……."

에나의 눈동자에서 눈물이 주루룩 흘러내렸다.

"살고 싶다고, 살 수 있을지도 모른다고……. 기대하고, 상처받는 일도 없을 테니까."

나는 잠시 숨쉬기를 잊었다. 눈앞에 있는 사람은 에나가 아니라 시한부를 선고받은 인물이었다. 언젠가의 내가, 그곳에 있었다.

"컷!"

그 소리에 나는 현실로 돌아왔다. 단 몇 초였지만 촬영이라는 사실을 완전히 잊어버렸다.

"미안해요, 쓰바사 선배. 대본 흐름에 맞지 않는 말을 해서."

방금 전의 일이 촬영이었다는 증거로, 눈앞에 선 에나가 평소의 모습으로 돌아와 웃고 있었다. 그리고 아무 일도 없었다는 듯이 눈물을 닦았다.

"쓰키시마 선배도 미안해요. 너무 세게 때렸나 봐."

"아니……, 나야말로. 대본이랑 전혀 다른 말을 해서, 미안."

솔직하게 있는 그대로의 내 모습대로 해보자. 망치면 다시 하면 된다. 그렇게 생각하고 임했는데, 아마도 지금 찍은 장면은 못 쓰겠지. 실제 내 모습이 영화 주인공과는 다르다는 것을 깜빡 잊고 있었다.

나는 오히려 상대역인 여주인공에 가깝다. 살날이 얼마 남지 않았다고 시한부 선고를 받았다. 그 차이에 주의하지 못하고 재촬영하게 만든 데 대해 사과하려고 모두를 향해 돌아섰다.

하야미와 이치카가 놀란 표정으로 나를 보고 있었다.

"아, 미안. 시간도 한정되어 있는데……. 못 쓰겠지? 자연스럽게 한다는 게 꽤 어렵네."

"아니, 그게 아니라."

드물게 하야미가 말을 더듬자 미나미가 뒤이어 말했다.

"이건 이대로 좋을 것 같아. 굉장히 좋았어."

날 배려해서인지 그렇게 말해주었다. 미나미도 전에 없이 진지한 표정이었다.

"어, 그런가? 그래도 쓸 만해?"

"응. 좀 놀랐어. 너한테서 그런 연기가 나올 줄은 상상도 못 했거든. 나는 이 장면을 살리고 싶어. 이다음 장면을 어떻게 해야 할지 연구를 좀 해봐야겠어."

약간 어색해진 분위기 속에서 미나미가 웃어 보였다. "진짜야, 깜짝 놀랐어" 하고 에나도 미소를 지었다. 이치카 역시 덩달아 웃고 있었다.

그러고 나서 모두 함께 검토한 결과 어떻게든 이 장면을 살려 사용하기로 했다.

주인공이 감정을 드러낸 후의 장면도 이야기가 매끄럽게 이어지도록 하야미와 미나미가 그 자리에서 머리를 짜내 앞뒤 대본을 조금 수정했다. 그리고 새로 손본 대본에 맞춰 촬영을 이어 나갔다.

점심을 먹고 적절히 쉬기도 하면서 저녁이 되기 전에 보건실에서 찍어야 할 촬영을 모두 마쳤다. 보건 선생님께 연락해 감사의 인사를 전하고 동아리실로 돌아왔다. 기자재를 정리하고 충전하는 동안 미나미가 촬영 데이터를 컴퓨터로 확인하며 편집했다.

대략 살펴보는 작업이긴 했지만 채 30분도 되지 않아 끝났다. 스토리 전개에 어색한 부분이 없는지를 모두 함께 확인하기 위해 미나미가 편집 중인 데이터를 재생했다.

"난 네가 화를 냈으면 좋겠어."

화면 안에서 내가 진지한 얼굴로 말하고 있었다. 나 자신을 객관적으로 바라보니 기분이 묘했다. 유난히 진지한 표정을 하고 있는 데다, 생각 이상으로 목소리 톤이 높아서 부끄러웠다. 이런 내 모습을 보고 미나미는 틀림없이 장난을 치며 놀리고 하야미는 이 뜬금없는 애드리브에 뭐라 한마디 할 거라고 생각했다.

"……좋네, 역시."

그런데 미나미는 놀리기는커녕 진지한 표정으로 이렇게 말했다. 다른 스마트폰으로 다른 각도에서 찍은 영상으로 화면이 바뀌면서 에나가 나를 때리는 장면이 나왔다.

"내 대사랑 연기가 좀 진부했는지 모르겠어."

내가 보기엔 완벽한 연기였는데 당사자인 에나는 담담한 어조로 냉철하게 평가했다.

"에나 대사는 진짜처럼 실감 나서 좋았어. 연기도 과하지 않고."

미나미 역시 담담한 말투로 에나에게 소감을 전했다.

"그런가?"

"어떻게 그런 대사가 나왔어?"

"아마도 쓰키시마 선배가 이끌어줘서일 거야."

두 사람은 감독과 배우로서 연기를 분석하고 반성도 하며 여러 방면으로 평가를 내렸다.

한편 하야미는 아무 말 없이 화면을 바라보고 있었다.

그런 하야미에게 미나미가 말을 걸었다.

"네 생각에도 이 장면 좋은 거지?"

하야미는 바로 대답하지 않고 계속 화면에 시선을 고정
하고 있었다.

"……뭐 나쁘진 않아."

본심인지 알 수 없지만 한참 뒤에 그렇게 대답했다.

7

보건실에서 촬영한 그날 이후 연기를 대하는 나의 인식
이 조금 바뀌었다.

아무래도 나는 아마추어 그 이상도 이하도 아니다. 그
렇다면 어설프게 잘하려 하느니 그 자리에서 내 솔직한 느
낌을 성심성의껏 끌어내려고 노력하자.

그런 노력을 하면서 조금이나마 요령이 생긴 것 같았
다. 다만 그건 일상적인 연기였기에 할 수 있는 일이었다.
내가 아니어도 할 수 있는 일.

그래도 촬영은 즐거웠다. 게다가 조금씩이긴 하지만 영
화 제작 동아리 부원들 모두 나를 받아들이기 시작했다는

걸 느낄 수 있었다.

"앗, 마코토 선배."

촬영을 시작한 지 일주일 정도 지났을 무렵 다른 교실
로 이동하던 중이었다. 혼자 복도를 걸어가고 있는데 이치
카가 나를 불렀다.

같은 반인 듯 옆에는 여느 때처럼 느긋해 보이는 에나
도 있었다.

"안녕, 이치카."

"안녕하세요. 이동 수업이에요?"

"응. 선택 수업 시간이라. 두 사람은?"

"저희도 선택 수업이 있어서 과학실로 가는 중이에요."

"있잖아, 마코토 오빠."

에나는 어느샌가 나를 친근하게 느끼게 되었는지 '마코
토 오빠'라고 부르기 시작했다.

처음에는 이치카가 나무랐지만 내가 아무래도 상관없
으니 편하게 부르라고 말했다.

나를 보고 있던 에나가 씩 웃었다.

"이따 촬영, 기대할게."

그 말에 살짝 놀라며 "응, 나도" 하고 대답했다.

나는 1년 안에 생명을 잃을지도 모른다. 이런 나 때문에

슬퍼하는 사람을 늘리고 싶지 않다. 그런 생각으로 사람들과 가까워지기를 피하던 내가 이렇게 새로이 누군가와 관계를 맺고 있다.

더욱 가까워지고 싶다는 생각마저 들 정도다. 걱정과 슬픔에 갇혀 있던 어둠이 한순간에 빛나기 시작한 듯이 느껴졌다.

보건 선생님께는 영화 제작에 참여하기로 했다는 사실을 다시금 말씀드렸다. 선생님이 추천해 주지 않았다면 이런 기회조차 잡을 수 없었겠지. 솔직히 감사한 마음이었다.

방과 후의 햇살이 보건실을 환하게 비추는 가운데, 어딘가 감격스러운 듯한 목소리로 선생님이 말했다.

"쓰키시마는 이 학교에서 자신이 있을 곳을 찾은 거네. 옥상 외에 말이야."

나는 어색한 웃음을 지은 뒤 선생님의 눈을 보며 대답했다.

"옥상 외에 보건실도 있었죠."

"여기는 있을 곳이 아니지. 그냥 피난처. 커피와 잔소리밖에 없어."

"그래도 저는……. 아니, 그래서 저는 고마웠어요."

진심을 털어놓자 선생님이 웃었다. 나도 따라 웃었다.

그러고 나서 선생님은 이제 굳이 보건실에 올 필요 없다고 말씀하셨다. 지금 자신이 있고 싶은 곳을 소중히 여기라고. 섭섭하기는 했지만 선생님이 이렇게 말씀하실 줄 알고 있었다. 나는 고개를 끄덕이고 머리 숙여 인사한 뒤 보건실을 나왔다. 촬영을 하러 가야 한다. 내가 있고 싶은 장소로 발걸음을 옮겼다.

나의 하루하루가 조금씩 달라졌다. 우선 아침에 눈을 뜨고 새로운 하루를 맞이하는 것이 즐거웠다. 담임 선생님이 동아리 활동을 하려면 입회서가 필요하다고 해서 작성해 제출했다. 정식으로 부원이 된 것이다. 물론 동아리 활동이 마냥 즐겁기만 한 것은 아니었다. 툭하면 하야미에게 혼쭐이 났다.

"있잖아, 쓰키시마. 몇 번을 말해야 알겠어? 이번이 벌써 세 번째야."

하지만 부원들과 함께 무언가를 할 수 있다는 게 기뻤다. 하고 싶은 일을 혼자서 묵묵히 처리하던 때의 나로선 생각할 수도 없는 나날이었다. 게다가 매일같이 미나미와 이야기도 나눌 수 있다니.

"너 요즘 굉장히 즐거워 보여."

어느 날 촬영이 끝나고 동아리실에서 미나미가 그렇게

말했다. 나는 남아서 기자재를 정리하고 있었고 미나미는 촬영 데이터를 편집하고 있었다.

"어, 그런가?"

"응. 뭐라고 해야 좋을까……. 1학년 때는 한 발 물러나 있는 이미지였거든."

무심코 동작을 멈추고 말았다. 시선을 옮기자 미나미와 눈이 마주쳤다.

언젠가 다시 병약한 몸으로 돌아가는 것 아닐까. 당시의 나는 그렇게 생각하며 과거의 자신 안에 갇혀 있었다. 이런 생각이 영향을 미쳤는지, 말 그대로 항상 모든 일에서 한 발 뒤로 물러나 있었다.

그 무렵 나는 무엇을 두려워했던 걸까. 몸에 이상은 없었다. 용기를 내 모두의 울타리 안으로 들어갈 걸 그랬다. 두려워하지 말고 뛰어들었으면 좋았을걸.

죽음의 그림자에 위협당하기 전이었다면 다른 사람들과 관계 맺는 데 주저할 필요도 없었는데…….

"단순히 커뮤니케이션 능력이 부족했을 뿐이야."

그렇게 대답하고 미나미에게서 시선을 거두며 자조하듯이 웃었다. 내 반응이 의외였는지 미나미가 살짝 놀란 얼굴을 했다. 좋아하는 마음은 변함없지만 나는 미나미와 지금 정도의 거리감에 만족하고 있었다. 과분한 거리라고 여겨질 정도였다. 좋아하는 마음을 이대로 가만히 두고 이 아이를 가까이에서 느낄 수 있다.

내 병. 미나미. 지금 푹 빠져 있는 영화 제작. 이들의 존재를 느끼면서 나는 내게 주어진 하루하루를 열심히 살았다. 즐겁게 살았다.

즐거운 나날은 시간이 무척 빠르게 흘러간다. 어찌나 빠른지, 촬영을 시작한 지도 어느새 3주가 지났다. 아쉽고 서운하지만 금요일이면 교내에서의 촬영이 모두 끝난다. 다음 주부터는 교외에서 촬영할 예정이다. 한 달간의 촬영 기간도 드디어 끝이 보이기 시작했다.

영화 제작 일정이 빡빡해서 일요일을 제외하고는 매일 촬영이 계속되었다. 하지만 내일은 토요일인데도 촬영을 쉬기로 결정했다.

"그래? 쉬는구나."

동아리실로 돌아와 정리를 마친 뒤, 조감독인 하야미에게 그 소식을 전해 들었다. 에나와 이치카는 둘이서 놀러 갈 계획을 짤 거라며 들떠 있었다.

이윽고 다들 돌아가고, 편집 작업이 남은 미나미와 기자재의 충전 상태를 확인하고 있던 나만 남았다.

이제 나는 어떻게 할까. 내일 오전에는 병원에 가야 하지만 오후에는 아무 일정도 없다. 그런 생각을 하고 있는데 미나미가 말을 걸었다.

"아, 쓰키시마!"

"응, 왜?"

"내일 말인데, 시간 있어?"

"그게, 오후부터라면 시간 있어. 정확히는 11시 정도부터……."

미나미가 편집 작업 중이라 조금 긴장했다. 편집 중에 뭔가 미비한 점을 발견했거나 내가 나오는 장면을 다시 찍어야 하는 상황이 생긴 걸까.

걱정하며 쳐다보고 있는데 미나미가 상상도 하지 못한 말을 꺼냈다.

"그럼 오후에 데이트할래?"

"아, 네. 알겠습니다. 데이트 말이죠……. 뭐? 데이트?"

8

다음 날, 부모님과 함께 병원에 가서 검사를 받았다.

"모처럼이니 맛있는 거 먹으러 가자"라는 아버지의 제안을 미안한 마음으로 거절하고 미나미와의 약속에 늦지 않도록 서둘러 약속 장소로 향했다.

약속 시간보다 10분 먼저 번화가 근처 공원에 도착했다. 휴일에 이성과 만나는 건 처음이라 일찍 나갔지만 미나미가 먼저 도착해 있었다.

"그럼 오후에 데이트할래?"

어제 미나미의 이 말을 듣고 순간 당황했다. 하지만 진짜 데이트가 아니라 미나미에게는 따로 목적이 있는 듯했다.

"촬영이 계속 이어져서 너도 힘들었을 거고, 나도 공부해 두고 싶어서."

"공부……, 라니?"

"응. 다음 주에 공원에서 데이트 장면을 찍을 예정이거든. 그 전에 데이트나 연애에 관해 공부하고 싶어. 영화 주인공이랑 데이트하기 전에 나랑 연습해 보자."

역시 데이트하자고 한 이유는 따로 있었다. 연애가 뭔지 잘 몰라 고민하던 미나미가 지금 만들고 있는 영화를 위해 직접 체험해 보려 한 것이다. 하지만 이유가 무엇이든 미나미와 단둘이 놀러 간다는 사실에 기쁘기만 했다.

"근데 미나미, 지금 찍고 있는 거야?"

미나미가 공원에 도착한 나를 스마트폰으로 촬영하고 있었다. 데이트 풍경을 찍고 싶다는 말을 이미 들었기에 나도 모르게 미소를 띠며 묻자 미나미가 웃으며 벤치에서 일어났다.

"기다렸어? 하고 물어봐."

"응? 아, 응. 그러니까……, 기다렸어?"

"아니. 지금 막 왔어."

"무슨 소리야? 나보다 먼저 와서 기다렸으면서."

"데이트할 때는 이렇게 말하는 거 아냐?"

사복 입은 미나미의 모습은 처음 보지만 자연스럽고 캐주얼한 복장이 무척 잘 어울렸다. 잡지 모델이나 SNS에 올라온 패션 인플루언서들의 계정을 보는 듯해서 감독보다 여배우라고 불려야 맞을 것 같았다.

촬영을 멈춘 미나미가 오늘의 데이트 일정을 쭉 이야기했다.

"그래서 오늘 말인데, 우선 줄곧 가보고 싶었던 가게로 가서 점심을 먹고 거리를 조금 산책한 뒤에 공원으로 돌아올 거야. 그때부터는 촬영에 관해서 간단히 의논 좀 해도 되겠지?"

"응. 나는 괜찮아."

"그럼 갈까?"

그러더니 미나미가 자연스럽게 내 손을 잡았다. 너무 놀랐다.

"저기, 미나미. 왜 그래?"

"응? 데이트니까 손잡아야지."

"아니, 그건 사귀기 시작했다거나 뭐 그럴 때 하는 거 아닐까?"

"좀 조사해 봤는데 첫 데이트에서 손잡는 건 이상하지 않다던데."

당황한 사람은 나뿐이고, 미나미는 딱히 아무것도 느끼지 못하는 것 같았다. 그건 내게 특별한 감정이 없다는 증거이긴 했으나 그래도 바짝 긴장이 되었다.

"너 혹시 처음이야?"

"어, 응. 그렇긴 한데…… 넌 처음 아니야?"

"나야 어린이집 다닐 때라든지 짝꿍이랑 손잡고 그러지 않았을까?"

"보통 그건 제외지."

이야기하는 동안에도 손을 잡고 있었다. 긴장과 초조함 때문에 얼굴이 달아오르고 손에 땀이 날까 봐 여간 신경 쓰이는 게 아니었다.

"저기, 미나미. 역시 손잡는 건……."

어떻게든 거절하려 했지만 그런 내게 미나미가 웃어 보였다.

"이제 가자."

"어, 잠깐."

그렇게 미나미에게 손이 잡힌 채 둘이서 혼잡한 거리 속으로 섞여 들어갔다.

우선은 미나미가 전부터 가고 싶었다는 세련된 햄버거 가게로 갔다. 붐비기 전에 들어가 그 가게의 간판 메뉴인 특제 햄버거를 주문했다.

어느새 긴장이 풀려서 어떤 햄버거가 나올지 기대하며 기다리고 있는데 상상도 하지 못한 크기의 햄버거가 나왔다. 타워 모양으로 여러 층을 올려 만든 햄버거였다.

미나미가 덥석 베어 물라고 하기에 과감히 도전했다. 입을 한껏 크게 벌려 햄버거에 갖다 댔지만 속 재료가 너무 많아서 다 삐져나오려 했다. 그 바람에 이러지도 저러지도 못하고 쩔쩔매고 있는데 미나미는 이런 내 모습을 보며 마냥 즐거운 듯이 웃었다.

점심을 먹고 나서는 거리를 산책했다. 상쾌한 바람이 불어 사람들의 발걸음을 경쾌하게 해주었다. 미나미가 잡화점을 둘러보자고 하기에 여전히 손을 잡은 채로 여러 가게를 들여다보았다. 가게 안을 둘러보던 중 파티용으로 쓰는 화려한 선글라스를 발견했다. 무심코 써보고 있는데 어느새 미나미가 커다란 코와 수염이 붙어 있는 우스꽝스러운 선글라스를 쓰고는 나를 바라보았다. 웃음이 터져 나왔다. 미나미의 의도를 종잡을 수 없었지만 함께 보내는 시간이 한없이 즐거웠다. 미나미는 호기심이 왕성하고 생기가 넘쳤으며 주위 사람들의 시선은 아랑곳하지 않고서 한 번뿐인 인생을 마음껏 즐기고 있었다.

미나미는 다른 사람들이나 상점에 폐가 되지 않는 선에서 데이트 풍경을 촬영했고 나도 미나미를 따라 하며 그런 그녀를 촬영했다.

미나미는 평소에도 순수하고 천진난만했다. 천진난만하다는 건 어쩌면 인생에서 가장 중요한 자질일지 모른다. 있는 그대로를 받아들이고 그런 상태로 인생을 즐긴다.

"미나미는 우리 아버지랑 닮은 구석이 있는 것 같아."

거리 산책을 마치고 음료수를 사서 예정한 대로 공원에 돌아왔다. 미나미와 나란히 벤치에 앉아서 나도 모르게 그런 말을 꺼냈다.

"너희 아버지랑? 어떤 점이 닮았어?"

아버지랑 닮았다고 하면 기분 나빠할 수도 있었지만 미나미는 오히려 재미있어하며 물었다.

"그러니까, 그……. 씩씩하고 천진난만한 게."

"애들한테 하는 말이잖아."

"아, 나쁜 뜻이 아니라."

"알아. 그렇구나. 왠지 너희 아버지를 만나보고 싶어졌어."

그러고 나서 서로 가족에 대한 이야기를 나눴다. 미나미에게 나이 차이가 많이 나는 오빠가 있다는 사실도 처음 알았다. 벌써 사회인이라고 했다.

"넌 외아들이야?"

"응."

"알 것 같아. 어딘가 사랑을 듬뿍 받고 자란 느낌이 나."

"그럴지도. 근데 실은 어릴 때 몸이 약해서 부모님께 걱정만 끼쳐드렸는걸. 그리고……."

나도 모르게 쓸데없는 말까지 꺼낼 뻔해서 아차, 하고 깨달은 순간 입을 다물었다.

어릴 때뿐만이 아니다. 나는 지금도 분명 부모님에게 근심 덩어리다.

내 앞에서는 절대 내색하지 않지만, 소중한 자식이 병으로 자신보다 먼저 죽을지도 모른다니……, 얼마나 괴로울까.

그런 생각에 마음이 울적해지려는 순간 찰칵, 하고 익숙한 소리가 들렸다. 시선을 돌리니 미나미가 스마트폰으로 나를 찍고 있었다.

"뭐 해?"

"아, 분위기 있어 보여서. 나도 모르게 찍고 말았네."

"분위기는 무슨. 공원은 정말 예쁘지만."

"……가끔 말이야, 넌 여기서 사라지잖아."

"응?"

"갑자기 휙 사라져. 그럴 때, 뭐라고 해야 하나. 사람은 단순하지 않구나 싶어. 다양한 이야기를, 다양한 사람이, 다양한 방법으로 끌어안고 있구나 하고."

죽음을 생각하고 있을 때 나는 이 지상에서 모습을 감추는 건지도 모른다. 그 후에는 그림자가 있을 뿐. 미나미가 그 그림자를 알아차린 것이다.

뭐라고 대답할지 고민하는데 "그러고 보니까" 하고 미나미가 말을 이었다.

"보건실에서 네가 보여준 연기, 정말 좋았어. 어떻게 그런 말을 끄집어낸 거야?"

촬영한 지는 좀 됐지만 내가 한 애드리브를 다시 떠올리자니 부끄러웠다. 뭐라고 설명해야 좋을지 망설였지만 내 생각이 잘 전달될 수 있도록 최선을 다해 대답했다.

"미나미랑 부원들이 자연스러운 연기와 대사를 중요하게 여긴다는 건 알고 있었으니까. 있는 그대로의 내 모습대로 하려고 했는데…… 그랬더니 그런 말이 나와버렸어."

"네가 보기엔 부자연스러웠어? 시한부를 선고받고 절망하는 게."

미나미는 어디까지나 일반론으로 물었지만 난 가슴이 철렁하고 내려앉으며 두근거렸다.

"부자연스러운 건 아니지만…… 뭔가 더 진짜가 있지 않을까 생각했던 것 같아. 절망하는 건 놀랄 정도로 쉽잖아. 그렇지만 그 상태에서는 아무 데도 갈 수 없으니까."

내 경험을 떠올리며 말하자 뭔가 의외라는 듯 미나미가 되물었다.

"넌, 그렇게 깊이 뭔가에 절망한 일이 있었던 거야?"

무심코 나는 미나미를 쳐다봤다. 가볍게 웃으며 심각한 분위기를 바꾸려 했다.

"패션 센스, 같은 거지."

별로 재치 있는 농담은 아니었지만 내게 맞춰주려는 듯 미나미가 웃었다.

그런 뒤 다음 주 촬영 허가를 받아놓은 이 공원에서 영화에 관해 잠시 의견을 주고받았다. 야외 촬영 현장 답사는 이미 끝났다고 들었지만, 당일에 시간을 낭비하지 않도록 미나미는 나를 여러 장소에 세워놓고 촬영 각도를 확인했다.

이 짧은 회의를 마친 뒤에는 근처에 있는 게임 센터로 향했다. 촬영과 관련한 사항을 확인하려는 목적은 아니었고 순수하게 미나미가 궁금해해서였다. 데이트가 뭔지 알아보겠다는 명목으로 인형 뽑기에도 도전해 보고 둘이서 같이 하는 게임도 즐겼다. 이렇게 노는 모습도 촬영했다.

저녁이 되어 게임 센터를 나왔다. 붉은 노을이 물든 하늘을 올려다보며 역까지 걸었다. 역 앞에서 헤어질 수 있었지만 미나미가 해 질 녘 경치를 찍고 싶다고 해서 나도 따라 한 정거장을 더 걸어갔다. 경치를 찍은 뒤에는 자료의 일환이라며 나를 찍으려 했지만, 내가 보기엔 미나미가 훨씬 더 멋진 모델이다. 나중에 데이터를 건네주기로 하고 내가 미나미를 찍어주었다.

둘이 선로 옆길을 따라 걸었다. 화제는 어느 사이엔가 촬영 중인 영화로 옮겨가 있었다.

"네가 맡은 역은 어디에나 있는 평범한 남학생이어야 했는데."

한창 영화 이야기를 하다가 미나미가 나를 보며 말했다.

"보건실에서 보여준 연기도 그렇고 뭔가를 마음속에 끌어안고 있는 듯한, 평범하지만 평범하지 않은 남학생이 되었어."

그건 연기하는 내가 그렇기 때문인지도 모른다. 모든 면이 평범하지만 난치병으로 시한부를 선고받았다는 것만은 평범에서 벗어나 있었다.

"지금 각본 그대로도 좋긴 한데, 네가 보여준 그 연기를 더 본격적으로 스토리에 살릴 수는 없을까 하고 나 혼자 이런저런 궁리를 해보고 있거든. 시놉시스를 완전히 바꿀 순 없겠지만 뭔가 방법이 있지 않을까 하고. 너는 뭐 좋은 아이디어 없어?"

지금까지 창작에 관여한 적도 없고 아이디어라고 부를 만큼 제대로 된 의견을 내지도 않았다.

그래도 힘이 되고 싶어서 미나미를 촬영하던 손길을 멈추고 곰곰이 생각했다.

그랬더니 어떤 생각이 불현듯 떠올랐다. 순간 말이 튀어나올 뻔했지만 마음 한구석에는 망설임도 있었기에 얼른 입을 꾹 다물었다.

"뭔데? 뭐든 좋으니까 말해봐."

하지만 다 보고 있었다는 듯한 미나미의 재촉에, 망설

이다 입을 열었다.

"으음, 만약에 말이야. 영화는 여주인공이 난치병으로 죽는 이야기지만 알고 보니 남주인공도 병을 앓고 있었고…….. 그 사실을 감추고 있었다는 설정은 어때?"

어떤 의미에서는 생뚱맞은 이야기일지 모른다. 하지만 이건 내게 현실이었다. 조금이라도 미나미에게 힘이 되어 주고 싶은 마음에, 나는 그렇게 제안했다.

"그 얘기, 더 자세히 해줄 수 있어?"

"응. 예를 들어 말하는 건데. 숨기고는 있지만 사실 주인공도 시한부를 선고받은 상태라 여주인공이 느끼는 괴로운 심정이나 슬픔을 누구보다 잘 아는 거지. 그래서 보건실에서 여주인공에게 살날이 얼마 남지 않았다는 걸 알았을 때 과감하게 직설적으로 말해서 여주인공의 본심을 끌어낸 거야. 뭐 이런 식으로."

이렇게까지 깊게 얘기해도 괜찮을지 불안하긴 했지만 절대 알아차리지 못할 거라고 결론 내렸다. 그 주인공이 설마 나라고는!

내 말을 다 듣고 난 미나미가 가만히 생각에 잠겼다. 그 상태로 10여 초가 흘렀다.

"재밌을 거 같은데, 그 얘기."

이윽고 미나미가 활짝 웃으며 말했다.

"그래?"

"응. 제목에서 여주인공만 난치병에 걸린 이야기라는 느낌을 주고는, 실은 남주인공도 난치병을 앓고 있었다. 하지만 주인공은 그 사실을 끝까지 숨긴다. 그건……, 주위 사람들을 슬프게 하고 싶지 않아서?"

미나미의 질문을 듣고 나는 생각했다. 영화 주인공으로서가 아니라 내 경험에 빗대어서.

"그렇지 않을까? 아니, 분명 그럴 거야."

미나미는 이렇게 설정을 바꿀 경우, 어떤 장면을 추가해야 관객의 마음을 움직일 수 있을지 생각하기 시작했다. 추가되는 장면을 최소한으로 줄여야 했기에 나도 함께 머리를 맞댔다.

둘이 아이디어를 내고 정리하며 이웃 역까지 걸었다. 그러고도 아쉬워서 또다시 한 정거장을 더 걸었다. 그 무렵에는 이미 해가 다 기울고 밤하늘에 별이 빛나기 시작했다. 어느 정도 생각이 정리된 뒤 집이 서로 반대 방향인 우리는 역 구내에서 헤어졌다. 전철을 타고 자리에 앉아서 밖을 내다보았다. 그때 미나미에게서 메시지가 왔다.

— 오늘 고마웠어. 바로 시나리오랑 연출을 생각해 보려

고 해.

고지식할 정도로 착실하게 보고한다는 생각에 저절로 웃음이 났다. 여러 번 메시지를 주고받으며 오늘 이야기한 아이디어를 함께 확인했다. 이제 남은 건 영화 동아리 부원들에게 이 사실을 어떻게 전하느냐인데…….

— 상의하고 싶은 게 있는데, 주인공 설정을 바꾸는 거나 추가 장면 얘기는 부원들에게 비밀로 해주지 않을래?

메시지를 주고받다가 미나미가 그렇게 제안했다.

— 촬영도 편집도 그렇게 품이 들지 않으니까 다른 애들 몰래 우리 둘이 영화를 두 가지 패턴으로 만들어서 어느 쪽이 좋은지를 비교해 보게 하면 어떨까 싶어.

미나미는 모두를 놀라게 하고 싶은 모양이었다. 그뿐만 아니라 아무것도 모르는 상태에서 비교해야 부원들이 작품이 좋은지 아닌지를 순수한 시각으로 판단할 수 있을 거라는 게 미나미의 생각이었다.

나는 찬성이라고 전했다. 영화가 완성될 날이 전보다 더 기대되었다.

9

그다음 주 방과 후부터 다시 촬영이 시작됐다. 학교 밖에서 촬영하기는 처음이었다. 여전히 나 때문에 다시 찍어야 하는 상황이 벌어지긴 했으나 촬영은 계획대로 착착 진행되었다.

그리고 서운하게도 크랭크업이 다가오고 있었다.

토요일에는 병원에서 하이라이트 장면을 촬영했다. 하야미의 어머니가 간호사로 일하는 병원에 협력을 구해 비어 있는 병실을 사용해도 좋다고 허가를 받았다.

난치병을 앓는 여주인공의 촬영 신이 많은 날이었다. 하필 내가 다니는 병원이라 놀랐지만 촬영 시간은 한정되어 있었다. 에나는 한 번도 NG를 내지 않고 촬영을 마쳤고, 이치카와 나도 바짝 긴장해서 연기해 어떻게든 무사히 크랭크업을 맞이했다.

이로써 공식적인 촬영은 전부 완료했지만 미나미와 나는 상황이 달랐다.

다른 부원들이 점심을 먹으러 간 사이에 우리 둘은 병실에서 추가 장면을 촬영했다. 미리 수차례 연습한 데다 대사도 없는 장면이라 단 한 번에 끝낼 수 있었다.

연출 면에서 필요하다는 미나미의 제안에 따라 주인공이 밖에서 병원을 바라보는 장면도 찍었다. 다른 부원들에게 들키지 않고 무사히 촬영을 마쳤을 때는 누가 먼저랄 것도 없이 하이파이브를 하며 기뻐했다.

그렇게 원래 예정한 대로 7월이 시작되기 전에 촬영을 모두 끝마쳤다. 어느새 기말고사 주간이 시작되었다. 기말고사를 마치고 나니 여름방학이 코앞으로 바짝 다가와 있었다. 독립영화제 출품 마감일도 임박해 영화 제작 동아리는 막바지 작업에 쫓기기 시작했다. 미나미와 하야미가 본격적으로 편집 작업에 돌입했고, 나머지 세 사람도 가능한 두 사람을 도왔다. 미나미와 하야미가 기말고사를 대비해 공부하는 기색은 없었다.

그런데도 시험 점수가 나온 뒤 등수를 들어보니 하야미가 나보다 성적이 좋았다. 미나미는 수학 점수가 위태롭다고 걱정했으나 낙제는 면했다.

내 성적은 그냥저냥 봐줄 만한 정도였다. 그리고 몸 상태로 말하자면, 시한부를 선고받았다는 것이 거짓이 아닐까 싶을 정도로 아무런 이상이 없었다.

올 3월 초에 시한부 1년을 선고받았으니, 7월로 들어서면서 4개월이 된 셈이다.

다행히 자각 증상은 아직 없지만, 병이 중기로 넘어가면 서서히 증상이 나타난다고 했다. 이 사실을 떠올리면 때때로 더럭 겁이 나곤 했다. 하지만 나는 변함없이 내 일상을 보냈다.

하루하루가 미끄러지듯 흘러 여름을 향해 조용히 나아가고 있었다.

미나미는 다른 버전으로 찍은 영화를 집에서 편집했다. 나도 돕고 싶어서 녹음 기기를 집으로 가져와, 추가 장면에 필요한 음성을 녹음해 미나미에게 보냈다.

원래의 각본대로 찍은 영화와 다른 설정으로 찍은 영화, 이 두 버전으로 여름방학 전에는 영화가 완성될 것이다.

대개 영화가 완성되면 회의를 겸한 시사회를 여는 모양이었다. 에나 가족에게 허락을 받아 에나의 방을 시사회장으로 사용한다고 했다.

시사회 당일, 나는 너무 놀라 에나의 집 앞에서 멍하니 서 있었다. 처음 보는 근대적이고 호화로운 대저택에 압도되었기 때문이다.

인터폰이 어디 붙어 있는지 몰라 어렵사리 찾아 누르자 에나가 나와 맞아주었다.

다른 식구들은 다 외출해 없고, 부원들은 모두 와 부엌에서 요리를 준비하고 있다고 말해주었다. 에나가 안내하는 대로 넓은 집 안으로 들어가 2층에 있는 방으로 향했다.

방 두 개를 이어 만든 화려한 이곳이 에나의 방이라고 한다.

"쓰키시마, 왔어?"

"와, 진짜 있네."

"어서 와요, 마코토 선배."

요리 준비를 마치고 모두가 다 모이자 시사회가 시작되었다. 상영 전에 감독이 한마디 하는 게 통례인 듯, 부원들이 재촉하자 미나미가 앞으로 나섰다.

"이번에는 다섯 명이 만든 첫 작품입니다. 재미있게 봐주세요. 아, '죽어주세요'라고 말한 건 아니에요. 어라? 말장난한 건데 모르겠어?"('楽しんでください'(재미있게 봐주세요)와 'たの死んでください'(죽어주세요)의 발음이 같다는 걸 이용한 말장난)

"쓰바사, 얼른 시작해!"

방 안의 전등이 꺼지자 하야미와 내가 앉은 소파 중앙으로 미나미가 돌아와 프로젝터와 연결되어 있는 노트북을 조작했다. 드디어 영화가 화면에 떠올랐다. 프로젝터의 불빛이 우리의 얼굴을 비추었다. 그때 미나미가 쳐다보는 시선이 느껴졌다.

나와 눈이 마주치자 미나미는 즐거운 표정으로 미소를
지었다. 반면에 나는 바짝 긴장되었다. 처음부터 끝까지
영화를 이어 보기는 처음인 데다 미나미가 편집한 다른 버
전의 영화를 처음 공개하는 자리이기도 했다.

영화가 시작되고 원래의 각본과는 다른, 예정에 없던
장면이 흘러나왔다. 남주인공 역할인 내가 병원에서 나와
뒤를 돌아보며 건물을 바라보고 있다.

"응……? 쓰바사, 뭐야 이게?"

예상대로 하야미가 놀라서 물었지만 미나미가 "쉿! 상
영 중에는 조용히!"라고 속삭이자 바로 입을 다물었다. 나
는 심장이 마구 뛰는 소리를 들으며 영화를 지켜보았다.

〈난치병 소녀가 죽는 이야기〉라는 제목은 그야말로 흔
하디흔하지만 영화 자체는 정감이 넘치는 작품이었다.

평범한 일상을 보내던 고등학교 남학생이 에나가 연기
하는 다른 반 여학생을 만난다. 어른스럽지만 왠지 어두워
보이는 그 여학생은 반 아이들과도 잘 어울리지 않는다.

이치카가 연기하는 친구를 통해 두 사람의 인연이 시작
되지만, 자신만의 단단한 껍질 안에 갇혀 있는 여학생은
그 남학생에게도 마음을 열지 않는다.

어느 날 남학생은 자신 앞에서 쓰러진 여학생을 보건실로 데려간다. 이때 여학생이 병을 앓고 있다는 것, 앞으로 살날이 얼마 남지 않았다는 것까지 알게 된다.

보건실에서 눈을 뜬 여학생은 남학생에게 비밀을 들켰다는 사실을 알아차리고 절망하며 자신의 상황을 비관적으로 이야기한다. 둘의 대화는 생각지 못한 말다툼으로 번지고 여학생은 비로소 마음속 깊이 감춰두었던 솔직한 심경을 털어놓는다.

그때부터 여학생은 서서히 변화하며 남학생에게 마음을 열기 시작한다.

이 남학생과 함께 남은 날들을 보내는 여학생. 두 사람은 거리와 공원에서 데이트를 하고 방과 후 교실에서 이야기를 나눈다. 운동장에서 실컷 달리기도 하며, 언젠가 할 수 없게 될 일들을 하나하나 해나간다.

예전에 육상 선수였던 여학생이 운동장에서 숨을 헐떡인다. 바람을 가르며 달리는 건 기분 좋은 일이다. 땀을 흘릴 수 있다는 것도 기쁘다. 살아 있다는 것만으로도 행복해서 "나, 더 살고 싶어"라고 울며 말한다.

하지만 여학생의 병은 악화되고 마침내 입원 생활이 시작된다.

증상은 점점 더 악화되어 가지만 여학생은 지금에 만족해한다. 마지막으로 온 힘을 다해 살기를 정말 잘했다고 말한다. 그리고 계속 병문안을 오는 남학생에게 "이제 오지 마"라고 부탁한다.

자신은 점점 죽음을 향해 다가갈 것이다. 남학생의 기억 속에 예쁜 모습으로만 남고 싶다.

그렇게 말한 뒤 여학생은 가까스로 웃어 보이며 작별을 고한다.

"고마워……. 나와 함께해 줘서. 너의 말이 있었기에 마지막까지 앞을 보고 살 수 있었어. 안녕. 아마도 널 좋아한 것 같아."

그로부터 몇 개월 후, 여학생의 장례식이 치러진다.

남학생은 여학생의 친구에게서 그녀가 죽기 전까지 행복해 보였다는 말을 전해 듣는다. 그리고 여학생이 병실에 두고 소중히 여겼다는 사진을 건네받는다.

사진 속에는 두 사람이 있다. 언젠가 여학생과 장난치며 찍었던 사진이다. 여학생이 남학생 옆에서 환히 웃고 있다. 그 나이의 여학생들이 그러하듯 행복한 표정으로 웃고 있었다.

그렇게 이야기가 끝나고 엔딩 크레디트가 올라왔다. 원

래 영화는 여기서 끝날 예정이었지만 엔딩 크레디트가 흐른 뒤 추가 장면이 등장했다.

여학생이 입원해 있었던 병실에 환자복을 입은 남학생이 앉아 창밖을 바라보고 있다.

"그 애를 만났을 때 나는 이미 시한부 3년이라는 선고를 받은 상태였다."

남학생의 독백이 음성과 함께 자막으로 나타났다.

"나는 나와 비슷한 상황이었던 그 애를 만났고 그 애에게 버팀목이 되어주기로 마음먹었다."

"그 생명도, 이제 스러지려 한다."

마지막으로 남학생은 여학생과 함께 찍은 사진을 들여다본다. 화창한 날. 무지개. 남학생이 좋아하는 것을 마음속으로 읊조린다. 아버지가 만든 요리. 어머니의 미소. 그리고 너.

"나와 함께 살아줘서 고마워."

남학생의 대사로 영화가 끝난다.

영화가 끝났지만 움직이는 사람은 아무도 없었다. 얼마 후 에나가 일어나 불을 켰다. 잠시 침묵이 흐른 뒤 하야미가 후우, 하고 숨을 내쉬었다.

"이거, 어떻게 된 거야?"

감독인 미나미에게 나지막이 물었다. 화를 내는 게 아니라 담담한 말투였다.

"놀랐어? 주인공 설정을 지금처럼 바꾸면 보건실에서 쓰키시마가 보여준 연기를 좀 더 리얼하게 살릴 수 있지 않을까 해서."

"……아, 역시 그런 거였구나. 무슨 말인지 알겠어."

"네가 보기엔 어때? 재미없었어?"

미나미가 되물었지만 하야미는 아무 말도 하지 않았다.

그렇게 몇십 초쯤 지났다. 어쩌면 몹시 화가 난 게 아닐까 걱정되었지만, 그렇진 않았다.

하야미는 다시 숨을 내쉬고는 말했다.

"에나, 다시 한번 불 좀 꺼줄래? 그리고 쓰바사는 그 노트북 좀 줘봐."

불 꺼진 실내에서 하야미가 영화를 처음부터 다시 살펴보기 시작했다. 추가된 장면과 그 전후의 흐름을 확인하기 위해서였다. 작업이 끝나자 다시 불을 켜고는 생각을 짚어가며 이야기하기 시작했다.

"첫 장면 말인데……, 뒷부분이 약간 길어. 기왕 할 거면 어설프지 않아야 해. 쓰바사는 싫어할지 모르지만 관객이 이해하기 쉽게 하려면 주인공이 일상을 소중히 여기는 장면을 살짝 추가해 주는 게 좋겠어. 그러고 보니 예비로 촬영한 장면 중에서 쓸 만한 게 있었어. 그 밖에는—"

하야미는 내가 녹음 기기를 집으로 가져와 작업해 넣은 부분을 비롯해 부족한 점, 수정할 부분을 몇 가지 꼽아주었다. 우리가 시도하고자 한 게 무엇인지, 그 의도를 이해했기에 나온 반응이었다. 그리고…….

"이렇게 지금 말한 부분만 고친다면……. 솔직히, 아주 좋아. 의외로 재미있었어."

나는 무심코 미나미와 얼굴을 마주 보았다.

"응. 나도 재미있었어. 설마 남주도 병이 있었다니."

"내 생각도 그래. 굉장히 좋았어."

에나와 이치카도 긍정적으로 평가해 주었다. 이때부터 우리는 기존 버전의 영화와 비교해 보았다. 그 결과, 역시 처음에 본 영화가 더 좋다는 결론에 도달했다.

그러자 하야미가 뭔가 각오한 듯한 표정으로 미나미에게 물었다.

"있잖아, 쓰바사. 이거, 출품 마감일이 사흘 후지?"

"아, 응. 그러네."

"그러네, 라니? 내가 못 살아. 그렇지만 해보는 수밖에 없으니까 또 수정할 점이 없나 샅샅이 찾아보자고. 그리고 이거, 작품 개요도 변경하는 게 좋을 것 같아. 그 수정은 내가 할 테니까—"

"아오이, 왠지 무척 신난 것 같은데? 왜 그래?"

"……실은 쓰키시마가 그날 보여준 연기가 약간 신경 쓰였거든. 그런데 새로운 설정에 장면까지 곁들이니까 더 자연스럽네. 게다가 쓰바사가 제안한 변경안이고……. 기왕 출품할 거면 나도 상을 노려보고 싶어서."

"좋았어, 그 투지. 근데 나 배고파. 작업은 내일부터 하고 밥 먹지 않을래?"

"뭐야? 쓰바사, 너 때문에 완성이 늦어졌는데."

"괜찮아. 모처럼 이렇게 모였으니 뒤풀이하자고. 실제로는 다 끝나지 않았지만."

하야미는 어이없다는 표정을 지었지만 곧 "그래, 그러자"라고 찬성했다.

부엌에서 요리를 가져와 각자 먹을 것을 앞에 두고 건배했다. 시끌벅적한 뒤풀이가 시작되었다. 나는 조금 전의 긴장을 잊고 순수하게 그 시간을 즐겼다. 에나, 이치카와도 편안하게 이야기를 주고받았다.

그저 즐겁기만 하던 이 자리의 분위기가 약간 이상해진

건, 뒤풀이할 때마다 에나가 꼭 마셔보라며 하야미에게 권한다는 아마자케(쌀과 쌀누룩을 원료로 발효시켜 만든 단술로 알코올 도수 1퍼센트 미만이다)를 꺼내 왔을 때부터였다. 하야미가 취했는지 귀찮을 정도로 내게 말을 걸었고 역시 아마자케를 마신 이치카가 자꾸만 실실 웃었다.

그런 소란도 어느덧 가라앉았다. 미나미와 나를 빼고 모두 소파에서 곯아떨어졌다.

"아아, 결국 또 똑같은 광경이군."

미나미는 조용히 숨소리를 내며 자고 있는 세 사람을 보며 웃었다.

"세 사람은 늘 이래?"

"뒤풀이 때는 대개 이런 편이야. 지금은 아마자케지만 어른이 되면 어떨지 걱정이긴 해. 진짜 술을 마시면 어떻게 되려나."

그렇게 말하면서도 미나미는 소중한 것을 보듯 그윽한 눈빛으로 세 사람을 바라보았다.

네 사람의 관계는 앞으로도 변함없이 계속되겠지. 나는 그런 생각을 했다. 마실 것이 아마자케에서 술로 바뀌어도. 그 외에는 변함없이. 쭉…….

아쉽게도 나는 함께하지 못하겠지. 병에 관한 생각이

머릿속을 스쳤다.

"잠깐 밤바람 좀 쐬지 않을래?"

쓸쓸해진 마음에 잠자코 있는데 미나미가 제안했다. 에나의 방에는 근사한 베란다가 딸려 있었다. 달빛이 곱게 내려앉은 밤, 나는 그곳에 미나미와 나란히 서서 이야기를 나누었다.

"아오이도 좋다고 해서 다행이야. 잘될 것 같아. 편집한 내가 제일 즐거웠어. 추가 장면은 특히 편집한 보람이 있었네. 근데 너는 어땠어? 영화 제작에 참여한 거 처음이잖아. 즐거웠어?"

해맑게 웃는 미나미의 얼굴을 곁눈질로 보면서 나는 내 마음을 다시 확인했다.

"그럼……. 나도 무척 즐거웠어. 영화에서나 보던 일이 내 인생에서 일어날 줄은 상상도 못 했거든. 같이 하자고 해줘서 정말 고마울 뿐이야."

너무 짧은 대답이었는지 모르지만, 거짓 없는 내 본심이었다.

하고 싶은 일 노트를 혼자 들여다보고 있기만 해서는 도저히 이룰 수 없는 일이었다.

가능하다면 앞으로도 모두와, 미나미와 함께하고 싶다

는 소망이 고개를 들었다. 하지만……

'아직 심각한 단계는 아니지만 여름방학 중에는 증상이 나타날 가능성이 있습니다. 그런 경우도 생각은 하고 계세요.'

내 머릿속에는 바로 얼마 전에 담당 의사가 해준 말이 또렷하게 박혀 있었다.

5월 어느 날인가부터 영화 제작에 참여하게 됐고, 6월과 7월이 순식간에 지나갔다. 정말로 즐거웠지만 한정된 시간 안에서 하루하루가 의외로 빨리 가버렸다. 하지만 어쩔 수 없지.

영화 동아리에 관여하는 건 여기까지로 하는 게 좋겠다. 나는 타이밍을 가늠해 보았다. 내 역할을 다 끝낸 지금이 떠나기에 가장 적절한 순간이었다.

"또, 없어졌네."

그런 생각에 빠져 있는데 문득 미나미가 나를 바라보고 있다는 게 느껴졌다.

"응?"

"여기서, 네가 사라졌어."

"아니……. 사라지다니. 분명히 난 여기에 있는걸."

심각해지지 않으려고 미소를 보였지만 미나미에게 그

런 내 모습이 어떻게 비칠지는 알 수 없었다.

"너는 어딘가 좀 특이해."

미나미가 불쑥 중얼거리듯이 말하곤 웃었다. 잠깐 뜸을
들인 뒤 말을 이었다.

"보건 샘하고도 왠지 모르게 친하고 말이지. 하지만 그
걸로 으스대지도 않고, 영화 제작도 함께해 주고⋯⋯. 다
정하지만 때때로 이곳에서 사라지고⋯⋯."

미나미가 만들어 내는 분위기가 묘하게 바뀌었다. 나는
어느새 미나미를 향해 돌아섰다.

"그뿐만이 아니야. 작년에 집단 괴롭힘이 있었을 때 말
인데⋯⋯. 괜히 눈에 띄게 행동하면 괴롭힘당하던 그 애에
게도 안 좋을 거 같아서 나, 내가 하는 행동을 다른 애들이
알아차리지 못하게 하려고 조심했거든. 인사도 그렇고. 근
데 너는 알아차렸잖아. 어떻게 안 거야?"

미나미가 그 점을 파고들 줄은 생각도 하지 못했다. 망
설였지만 솔직히 대답했다.

"하긴⋯⋯. 미나미는 티를 내지 않았어. 하지만 나한테
는 확실히 보였거든."

"그건 왜?"

"난 줄곧 널 보고 있었으니까. 깨달았을 때는 이미 내 시

선이 네게서 떠나질 않았어."

별이 무척이나 아름다운 밤이었다. 어둠과 달과 별만이 우리를 내려다보고 있었다.

맑은 밤하늘이 머리 위로 느껴졌다. 미나미가 미소를 띤 채 말했다.

"아마 예전 같았으면 그런 말을 들어도 아무런 감흥이 없었을 거야. 나는 사랑이 뭔지 몰랐으니까. 노래나 영화에만 있는 거였거든."

그렇게 말하고 나서 미나미는 바로 물었다.

"괜찮다면 우리, 사귀지 않을래?"

나도 모르게 미나미의 눈을 마주 보았다. 모든 소리가 그녀의 눈동자로 빨려 들어간 듯한 감각에 휩싸였다. 내가 당황해하자 미나미는 다시 미소를 보이며 말했다.

"사람을 좋아한다는 게 어떤 건지 나, 조금은 알 것 같아. 네가 내 이상형에 가까울지도 몰라. 슬픔 비슷한 걸 끌어안고 뭔가를 감추고 있는 듯이 보여서……. 영화가 아니니까 그저 착각이라는 건 알아. 하지만 지금, 나는 너밖에 보이지 않게 되었어. 무엇보다도……, 너하고 함께 있는 시간이 즐거워. 그거야말로 엄연한 사랑 아냐?"

눈앞에서 벌어지고 있는 일이 현실이라고는 생각되지

않았다. 다만 심장이 벌떡거리는 소리와 밤바람의 감촉이 꼼짝없이 현실임을 일깨워 주었다. 곤혹스럽다. 맙소사, 이런 일이 일어나다니!

나는 살날이 1년도 채 남지 않은 사람이다. 연인이 되면 그녀를 슬프게 할 뿐이다.

연인의 죽음이라는 고통스러운 경험을 안겨주게 된다. 내 병을 알게 된다면…….

"착각, 일지도 몰라."

그래서 나는 필사적으로 내 감정을 꾹 억누르며 말했다.

"단지 친구로서, 아니면 부원으로서 좋아하는 감정일 수도 있어. 즐거워서, 그래서……."

내 말을 들은 미나미는 아무 말도 하지 않았다. 잠시 뒤 조금 웃음을 띠고 말했다.

"그럼 시험해 볼까."

"어? 시험해 보다니……, 뭘?"

"키스해 보는 거야. 그래서 두근두근 가슴이 뛰면 난 너를……, 마코토를 좋아하는 게 틀림없어. 착각이 아닌 거야."

미나미가 바짝 다가오며 거리를 좁혔다. 예전 같았으면 당황하고 부끄러워했을 말을, 나는 어쩐 일인지 두려워하고 있었다. 되돌릴 수 없을 것 같은 기분이 들어서였다.

하지만 농담일 테지. 툭하면 장난을 잘 치니까, 실제로 할 리가 없어.

미나미는 놀라고 당황하는 나를 보며 웃고 놀리고, 그러려는 거…….

다음 순간, 지금껏 느껴보지 못한 부드러운 감촉이 입술에 와 닿았다. 마치 생명의 전부인 것처럼 느껴졌다. 내 앞에는 두 눈을 내리감은 미나미가 있었다.

이윽고 내게서 몸을 떼어낸 미나미가 나를 보고 수줍게 웃었다.

"엄청나게, 가슴이 두근두근했어. 역시 나, 널 좋아하는 거야."

아아……. 왜 하필 지금인가. 신은 여태까지 내 소망을 모조리 무시해 왔으면서, 그래놓고서 하필 지금, 이루어져서는 안 되는 꿈을 이뤄주려 하고 있다.

노트에조차, 이 소망은 적지 않았는데…….

마음속에서는 알고 있었다. 이대로 앞으로 나아가면 안 된다는 걸.

하지만 태어나서 처음 경험하는 일이었다. 좋아하는 사람에게 '좋아한다'는 말을 들었다.

이런 일이 내게도 허용되는 걸까.

내 생명이 어찌 될지는 아직 모른다. 그래도 나는 신중하게 선택할 거니까.

마지막에는 그런 삶을 선택해 보일 테니까. 그녀를 슬프게 하지 않는 삶을.

그러니까……

"나도 널 좋아해. 정말로, 많이 좋아해."

말이 슬픈 기도처럼 혹은 눈물처럼 조용히 그 자리에 떨어졌다.

그 기도를 건져 올리듯이 미나미가 웃음을 보였다.

"그럼 연인이 되는 거지?"

"응."

"앞으로 잘 부탁해, 마코토."

내가 좋아하는 사람은 영화를 만든다. 다정다감하고 마음이 어여쁜 사람이다.

그런 사람이 나만을 바라보고 있었다.

갈 곳을 모르는 채로, 우리의 사랑이 앞으로 나아간 순간이었다.

Scene2.

하야미 아오이

*

1

아이란 어느 정도 아이이고 어른이란 어느 정도 어른인 걸까.

때때로 나는 의미도 없이 그런 걸 생각한다.

내가 어릴 때 알던 어른은 많은 걸 알고 있는 사람이었다. 숙제할 때 모르는 부분을 가르쳐 주고 다양한 놀이를 알려줬으며 의지할 수 있고 곁에 있으면 안심이 되었다.

아이가 누구를 어른으로 느낄지는 참으로 다양하겠지만, 내게 그런 존재는 아버지였다.

영화감독을 지망하던 아버지는 세상의 기준으로 보면 백수였다. 집에서는 언제나 함께 있었고, "나는 어른이니까"가 말버릇이었다. 초등학생 때 학교가 쉬는 날이면 둘이서 온종일 오래된 영화를 보았다. 그 어른이 언제부터인가 내게 거짓말을 하기 시작했다. 사실은 훨씬 전부터 했는지 모른다. 나도 성장해서 조금은 어른에 가까워졌기에 거짓말을 알아차리게 된 것뿐일지도.

상대의 거짓말을 꿰뚫어 볼 줄 아는 사람이 어른이라면, 나는 어른 같은 거 되고 싶지 않았다.

그래도 눈앞의 어른은 거짓말을 멈추지 않았다.

자상해서 좋아했는데. 소중한 사람이라 계속 옆에 있어주었으면 했는데.

어느 날, 그 어른은 사라졌다.

"잠깐 나갔다 오마. 금방 돌아올 거야."

초등학생인 내게 그렇게 말하고는 집을 나갔다. 당시에는 항상 그랬던 것처럼 괴로운 표정으로 거짓말을 하고서…….

여름방학이 시작된 지 2주가 지나고 어느새 8월을 맞이했다.

여름방학에 들어선 뒤로, 아니 시작되기 전부터 여러가지 일이 있었다. 쓰바사와 쓰키시마가 제안한 설정으로 영화를 대폭 수정하느라 독립영화제 출품 마감일을 간신히 맞출 수 있었다.

작품을 여유 있게 만들면 가장 좋지만, 우리에게는 가끔 이런 일이 생긴다. 막바지에 이르러 쓰바사가 변경안을 제안하고 결국 아슬아슬하게 기한 내에 작품을 제출하는 일이.

하지만 나는 알고 있었다. 그렇게 해서 작품이 더 좋아진다는 것을.

지금도 잊을 수 없다. 중학교 3학년 여름에 네 명이서 영화를 만들어 중학생을 대상으로 하는 콘테스트에 작품을 출품했다. 그때도 마감일 직전에 쓰바사가 변경안을 제시했다. 모두 협력해서 어떻게든 그 방안으로 영화를 완성한 결과, 우리 작품이 우수상을 받았다.

어떤 일에도 좀처럼 감정의 동요가 없는 나 역시 그때는 감동하고 말았다. 친구들과 함께 목표한 일을 달성하는 기쁨을 알고 말았다. 창작의 매력에 빠져버렸다.

그 일 이후 우리는 전보다 더 열정적으로 영화 제작에 몰두했다. 쓰바사가 마감일 직전에 변경안을 내는 일이 있었지만 그것을 하나의 징크스처럼 생각하고 받아들였다. 그렇게 하면 반드시 좋은 결과가 나왔으니까.

그래서 이번에도 어쩌면, 하는 기대가 있었다. 어쩌면 이 영화도…….

"그러면, 다시 한번……. 아오이, 듣고 있어?"

동아리실에서 책상에 턱을 괴고 생각에 잠겨 있는데 쓰바사가 말을 걸었다. 시선을 돌려 바라보니 동아리 회장인 쓰바사가 기념패를 손에 들고 모두의 앞에 서 있었다.

"아, 응. 듣고 있어."

"그럼 다시 한번……. 독립영화제 특별상, 앗싸~!"

쓰바사가 이상한 선창을 하며 주먹을 높이 치켜들었다. 나를 제외한 다른 부원들은 망설이면서도 주먹을 위로 올리며 "앗싸~!" 하고 따라 외쳤다.

"쓰바사, 왜 그래? 앗싸~, 라니"

"응? '따냈어!'가 좋으려나?"

"그런 문제는 아니지만, 그게 그나마 나을지도."

"그럼 다시……."

"엇, 또 하려고?"

"뭐 어때? 몇 번을 하든. 축하할 일인데."

올해도 여름에 열린 독립영화제에 무사히 영화를 출품했다.

심사 전형을 통과하면 나이나 경력에 관계없이 영화를

출품할 수 있는 영화제로 출품된 작품 수는 모두 50편 가까이 된다. 그 영화들을 미니 시어터에서 약 일주일 동안 상영한 뒤 관람객의 투표로 상위 10개 작품을 선정하고 심사위원들이 심사를 한다. 독립영화의 제전이다.

출품된 작품 수가 많아서 아무리 영화를 좋아하는 사람이라도 모든 작품을 보기는 어렵다. 이벤트 홈페이지에 게재될 제목과 개요를 결정하는 단계부터 실질적인 심사가 시작된다.

이 독립영화제에서 〈난치병 소녀가 죽는 이야기〉가 특별상을 받았다. 작년에도 심사 전형을 통과해 작품을 출품하기는 했지만 표를 많이 얻지 못해 그냥 묻히고 말았다.

따라서 이번 결과는 쾌거라 할 만했다. 기뻐할 일이다. 하지만…….

"자, 그럼 다시 한번. 독립영화제 특별상, 따냈다~~!"

쓰바사의 선창으로 모두가 "따냈다~~!" 하고 소리 질렀다. 무심코 쓰키시마를 보니 멋쩍은 듯 미소 지으며 손을 들어 올리고 있었다.

내가 진심으로 기뻐하지 못하는 건 아마도 이 쓰키시마 마코토라는 남자애 탓이다.

그 애를 바라보고 있는데 쓰키시마에게 쓰바사가 말을

걸었다.

"주연인 데다 마코토의 아이디어로 상을 탔으니까 더 힘차게 '따냈다!' 하고 외쳐야지."

"응? 무슨 그런. 나는 모두의 작품에 끼기만 했을 뿐인데."

쓰바사는 언제부터인지 쓰키시마를 성 대신 '마코토'라는 이름으로 부르고 있었다. 이름으로 부르는 것뿐이 아니었다. 믿을 수 없게도 연인이 되었다고 한다.

연애가 뭔지 모르겠다던, 그 쓰바사가…….

쓰바사와 나는 어린이집에 다닐 때부터 친구다. 초등학교 5학년 무렵부터 함께 영화를 만들어 왔다.

우리는 좋아하는 것이 비슷했다. 무언가를 아름답다, 추하다 여기는 기준이 아주 비슷했다. 그렇기에 쓰바사는 언제나 나를 의지했으며 영화의 변경안을 낼 때도 반드시 사전에 나와 상의하곤 했다. 하지만 이번만큼은 달랐다.

나중에 안 사실이지만 이번 변경안은 쓰키시마의 아이디어였다고 한다. 쓰바사의 아이디어라고 철석같이 믿었던 나는 놀란 한편 기분이 썩 좋지 않았다. 가까워진 두 사람을 보며 나는 조금은 될 대로 되라는 식으로 말했다.

"그래서 감독! 다음 작품 말인데."

"아, 미안 미안. 다음 작품 말이지. 다음은~"

내 말을 듣고 쓰바사가 차기작에 대한 구상을 이야기하기 시작했다. 에나는 방글방글 웃으며 즐거운 듯이 쓰바사가 하는 말에 귀를 쫑긋 세웠고, 이치카는 메모라도 할 것 같은 모범생 모드로 이야기를 듣고 있었다.

에나는 중학교 때부터 함께 영화를 만들었다. 쓰바사와 내가 중학교 2학년이었을 때 1학년에 무척 예쁜 전학생이 있다는 말을 듣고 영화 출연을 제안하기 위해 만나러 갔다.

"영화를 만드는 게 무슨 의미가 있어요?"

당시 에나는 웃지 않는 아이였다. 뚱한 표정에 냉랭하기 짝이 없는 태도였다. 에나의 아버지가 유명 기업의 임원이라는 소문은 이미 들었다. 아버지가 최근에 재혼했다는 소식도.

"의미 같은 건 없어. 의미는 만드는 거니까."

냉랭한 태도를 보이는 에나에게 쓰바사는 주눅 들지 않고 대답했다.

"그거야말로 의미를 모르겠는데요."

"그야 당연하지. 알려고 하지 않으니까."

처음에는 거절당했지만 쓰바사는 계속해서 에나를 설득했다. 쉽지는 않았지만 쓰바사의 끈질긴 제안에 결국은 에나가 꺾이고 말았다. 하지만 꺾인 것처럼 보였을 뿐, 사실 에나도 쓰바사와 함께 무언가를 하고 싶었던 것이 틀림없다. 당시에는 쓰바사만이 에나의 대화 상대였다. 에나는 철저하게 단단한 벽을 치고서 남들이 다가오지 못하게 막았다.

속 편하고 순수한 쓰바사만이 그 벽을 없는 것처럼 취급했다.

"아버지는 딸이 아니라 아들을 원하셨던 모양이에요."

지금은 이해하지만 에나도 벽을 치고 싶었던 건 아니다. 벽을 만들 수밖에 없는 이유가 있었다.

에나가 언젠가 불쑥 우리에게 나약한 속내를 보여주었다. 중학교 1학년생이었던 에나에게 그건 드러내고 싶어도 드러낼 수 없었던 구조 신호 같은 것이었으리라.

"하지만 엄마가 더 이상 아기를 낳을 수 없어서……. 내가 중학생이 될 때까지는 그래도 괜찮았어요. 그런데 아버지는 아무래도 단념할 수 없었나 봐요. 최악이죠. 어느새 이혼 얘기가 진행되고 있었고, 재혼을 하더니 저한테 엄마랑 만나면 안 된다고 했어요."

영화에서 많이 봐서 알고 있는 일이었다. 소중한 사람이 없어지는 일. 부모가 이혼하는 일.

당시의 나는 두 가지 일 모두 영화에서뿐 아니라 현실

에서도 일어난다는 걸 잘 알고 있었다.

에나도 나와 마찬가지로, 낳아준 부모와 다 같이 살지 않는 가정이었다. 특히 어머니에 대한 사랑이 깊었던 듯, 어머니와 만날 수 없다는 사실에 괴로워했다.

그런 에나에게 중학생인 우리가 해줄 수 있는 건 아무것도 없었다. 그렇게 생각했다.

휴일인 어느 날, 쓰바사가 영화 촬영이 있다며 에나를 불러냈다. 의아해하는 에나와 전철에 탔다. 나까지 셋이서 예전에 에나가 어머니와 함께 살았던 동네를 찾아갔다.

행복의 형태는 한 가지가 아니다. 그것도 영화를 통해 알고 있었다.

나의 어머니와 아버지가 느끼는 행복의 형태가 달랐던 것처럼 에나의 가정도 그랬을 것이다.

"어려운 건 잘 모르지만……. 그래도 에나가 느끼는 행복의 형태는 정해져 있는 게 아닐까?"

그날 낯선 동네의 카페에 앉아 어머니를 만나러 간 에나를 기다리는 동안 쓰바사가 내게 한 말이었다.

어머니와 재회했을 때 에나는 울었다. 예전에 에나가 살았던 집 근처까지 갔다가 그냥 돌아가려는 에나를 쓰바사가 말렸다. 그때 우연히 에나의 어머니가 집에서 나왔다. 어머니가 먼저 에나를 발견했다. 떨어져 사는 모녀가 거리를 둔 채 마주 서 있었다. 영화에서 본 적 있는 장면이 었다. 새삼 영화는 현실을 반영한다는 걸 깨달았다.

에나를 본 어머니는 무척 놀란 듯했다. 놀라기만 한 게 아니었다. 에나를 향해 달려왔다. 멍하니 서서 "엄마"라고 중얼거리는 에나를 와락 끌어안았고 에나는 큰 소리로 울었다.

"에나, 어머니를 만나서 진짜 다행이야."

에나가 어머니와 이야기하는 동안, 우리는 근처 카페에서 에나에게 연락이 오기를 기다렸다.

해맑게 웃는 쓰바사에게 현실은 만만치 않으며 행복의 형태는 한 가지가 아니라고 이야기했다. 그때 쓰바사는 말했다. 그래도 에나가 원하는 행복의 형태는 정해져 있는 게 아닐까 하고.

어머니와의 재회 후 에나는 달라졌다.

부모님이 이혼한 뒤 만나지 못했던 어머니와 꽤 오래 이야기를 나눴다고 한다. 지금도 어머니를 무척 사랑한다는 말도 전했다.

확실히 들은 건 아니지만 어머니는 에나가 새어머니와 빨리 친해질 수 있도록 일부러 연락을 자제하셨던 모양이었다. 그래도 에나를 마음속 깊이 사랑했던 것이다. 에나와 재회했을 때 어머니는 딸만을 보고 전속력으로 달려왔다. 그리고 에나를 있는 힘껏 끌어안았다.

어머니는 딸이 언제나 웃기를 바라는 마음에서 '웃음 소 笑' 자를 넣어 에나笑菜라는 이름을 지었다고 한다. 에나는 어머니와 떨어져 사는 동안에도 그 사실을 잊지 않도록, 무슨 일이 있어도 웃음을 잃지 않도록 자신의 이름대로 사는 사람이 되고 싶다고 말했다. 늘 웃으며 살고 싶다고.

"에나는 지금이 더 자연스러워."

어떤 의미로는 개성이 강한 에나와 대조적으로 이치카는 별로 특징이 없는 아이였다.

나와 쓰바사의 소꿉친구로 어릴 때부터 함께 놀았다. 무슨 놀이를 해도 이치카가 늘 따라다녔다. 우리가 처음 영화를 만들었을 때도 출연자가 되어 도와주었다. 이치카가 마음이 착하고 누구보다 성실하며 노력파라는 걸 우리는 잘 알고 있었다.

자유분방하지만 실행력이 뛰어난 천재 기질의 쓰바사.

우리 넷 중에서 사실은 가장 똑똑하고 예쁜 에나.

어떤 일이든 열심히 하는 노력파 이치카.

대단한 능력은 없지만 영화에 관한 지식만큼은 갖춘 나.

영화 제작 동아리는 이런 우리만의 모임이었다. 에나와 이치카가 우리 둘이 다니는 고등학교에 후배로 입학하자 학교에 정식으로 동아리 신청을 했고, 감사하게도 바로 동아리로 인정받았다. 소액이지만 동아리 운용비와 부실까지도 지원받았다. 이곳은 우리 네 사람만의 성이었다. 적어도 나는 그렇게 생각했다.

그런데…….

"아오이, 듣고 있어?"

쓰바사의 목소리에 나는 다시 현실로 돌아왔다. 그리고 아무렇지 않게 대답했다.

"듣고 있어. 올겨울 '고교생 영화 콩쿠르'에 참가한다는 거잖아. 중편영화니까 촬영 기간이 길어질 거고. 제작이 늦어지지 않도록 가능하면 여름방학 중에 소재를 결정해서 방학이 끝난 뒤 바로 촬영에 들어간다. 줄거리나 아이디어는 항상 모집 중. 자, 어때?"

내가 들은 내용을 정리해서 말하자 쓰바사가 기쁜 표정으로 고개를 끄덕였다.

"뭐야, 제대로 듣고 있었네."

"쓰바사가 하는 말을 흘려들을 리 없잖아."

"……지금 그 대사, 촬영할 테니까 한 번 더 말해줄래?

역시 내 파트너야. 자연스럽고 좋았어."

"미안. 못 들었어. 뭐라고?"

"내 말, 흘려들었잖아!"

그러고는 바로 차기작에 대한 기획 회의로 넘어갔다. 다행히 동아리실에는 에어컨이 설치돼 있지만 낡아서 성능이 썩 좋지 않았다. 컴퓨터를 가동시키면 바로 땀이 배어 나온다.

이런 동아리실에서 바라보는 하늘은 끝없이 푸르렀고 창밖에서는 매미가 목숨을 다해 울어댔다.

기획 회의 때는 쓰바사가 자유롭게 발언하고 이치카도 성실하게 의견을 냈다. 에나는 가끔 날카롭게 문제점을 짚어냈다. 쓰바사가 의견을 물으면 쓰키시마가 찬찬히 생각해 대답했다.

나는 모두의 의견을 적절히 정리하고 토론이 주제에서 벗어나려 할 때면 회의의 궤도를 수정했다.

다양한 아이디어를 화이트보드에 적어나갔다. 하지만 어느 순간부터 아이디어가 고갈되었고 대화는 똑같은 내용을 빙글빙글 되풀이하고 있었다.

"일단 좀 쉴까?"

내 제안으로 회의를 멈추고 잠시 휴식 시간을 갖기로

했다. 음료가 떨어져서 사러 가야 했다. 가위바위보에서 진 쓰바사와 내가 교내에 있는 자동판매기로 향했다.

동아리실을 나오자 뜨거운 공기가 후욱 하고 온몸에 휘감겼다. 마치 사우나에 와 있는 것 같은 더위다.

"우아, 진짜 덥다. 여름이 맞네."

쓰바사는 뭐든지 기쁜 듯이 말한다. 실제로 쓰바사 앞에서는 온갖 일이 즐거워지는 것 같다.

초등학생 때처럼 둘이서 나란히 걸어갔다. 쓰바사는 여름 풍경을 담는다며 스마트폰을 들고 주변을 찍었지만 늘 하는 행동이라 딱히 신경 쓰지 않았다. 익숙해진 지 오래다. 이렇게 사람은 무슨 일에든 적응해 가는 걸까. 영화 제작 동아리가 다섯 명이 된 데도, 어쩌면…….

자동판매기는 체육관 바로 옆에 있었다. 그늘진 한쪽 구석에서 쓰바사가 자동판매기에 동전을 넣었다. 그리고 부탁받은 음료의 버튼을 눌렀다.

그제야 문득 두 사람만 있다는 데 생각이 미쳤다. 나도 모르게 입을 열었다.

"있잖아."

"으응?"

"왜 쓰키시마랑 사귀는 거야?"

사방은 귀가 찢어질 듯한 매미 울음소리로 요란한데 왜 말은 이렇게도 잔잔히 울리는 걸까.

내 물음에 쓰바사가 돌아보았다. 그리고 침착하게 대답했다.

"어? 좋아하니까."

"그거……, 진심으로 하는 소리야?"

"응. 지난주에도 동물원에서 데이트했는데 새삼 아, 정말 이 애가 좋아, 하고 느꼈어."

"헐. 어떤 점이?"

"그늘이 있는 거."

"뭐? 쓰바사, 너 영화를 너무 많이 본 거 아냐?"

"농담이야. 뭐, 처음엔 농담이 아니었지만……. 마코토랑 같이 있으면 마음이 아주 차분해지고 왠지 두근두근해. 날 정말 소중하게 여기는구나, 하고 느껴지는 순간이 많아. 내가 소녀란 걸 깨닫게 해준다고나 할까."

"우와, 내가 미쳐."

"그리고 뭐라 해야 하나. 굉장히 다정하거든. 약간 분위기 같은 게 너희 아버지하고도—"

내가 인상을 찌푸리고 있다는 걸 알아차렸는지 쓰바사가 "아!" 하더니 얼른 입을 다물었다.

"누가 뭐 어쨌다고?"

"아, 미안. 아무것도 아냐."

"내 음료, 네가 쏘는 거야."

"어? 어, 그럼 할 수 없지. 블랙커피면 되겠어?"

인원수대로 음료를 뽑아 쓰바사가 팔로 세 병을 감싸 안듯이 들고 내가 두 병을 손에 들었다.

"앗 차가워, 빨리 가자."

쓰바사가 말하며 돌아서는데 어쩐 일인지 그 자리에 쓰키시마가 나타났다.

"어라? 왜 왔어? 마코토."

"아, 응. 혹시나 손이 모자라지 않을까 해서."

쓰키시마는 그렇게 말하고는 다가와 쓰바사가 안고 있던 음료를 받아 들었다.

"아, 살았다. 고마워."

"아니야, 내가 들어오는 바람에 음료 들고 오기가 힘들어졌잖아. 앞으로는 내가 사 올게."

"마코토, 이러니저러니 해도 남자네. 양손으로 몇 병 정도 들 수 있어?"

"글쎄. 다섯 병은 들 수 있지 않을까?"

나는 그 말을 듣자마자 "쓰키시마!" 하고 불렀다. 뒤돌아보는 쓰키시마에게 양손에 들고 있던 음료를 떠안겼다.

"자, 이것도 갖고 가. 떨어뜨리면 안 돼."

"아, 네. 알겠습니다."

쓰키시마는 놀란 눈치였지만 금방 훗, 하고 웃으며 받아 들었다.

"마코토, 너무 물러."

쓰바사가 즐거워하며 웃더니 쓰키시마가 들고 있는 음료를 가져가 나눠 들었다.

2

결국 그날은 뾰족한 성과 없이 회의를 마무리했다.

하지만 이후로 회의를 거듭할 때마다 조금씩 방향이 가닥을 잡았다. 이번 영화의 주연은 이치카가 맡으면 어떨까, 라는 의견이 나왔다.

이치카를 주연으로 한다면 어떤 영화가 좋을까. 이치카에게서 대사를 끌어내려면 어떤 스토리가 적절할까. 논의가 활발해지면서 점차 현실성을 갖춰나갔다.

기획 회의를 진행하는 동안, 쓰바사와 쓰키시마는 집으

로 돌아가는 길에 종종 데이트를 하는 것 같았다. 연애 이야기를 좋아하는 이치카가 회의 중간 휴식 시간 때마다 귀를 쫑긋 세우고 흥미롭게 이야기를 듣고 있는 걸 보면 어쩐지 그런 낌새가 느껴졌다.

쓰키시마는 집에 일이 있다며 가끔 동아리 활동에 빠졌지만 회의에는 성실하게 계속 참여했다. 그런 쓰키시마를 병원에서 우연히 본 건 8월의 어느 평일이었다.

우리 집은 맞벌이로, 엄마는 내가 초등학교 6학년 때 재혼해 간호사로 일하고 있다.

여름방학인 그날, 나는 엄마가 깜박하고 놓고 간 물건을 전해주러 병원으로 향했다. 엄마가 재혼하기 전에는 직장에 다니지 않는 아버지와 함께 엄마에게 물건을 가져다준 적도 있었다.

영화감독을 꿈꿨던 친아버지는 다정다감했지만 경제적으로 무능한 사람이었다. 결국 프로 영화감독이 되지 못한 채 내가 초등학교 4학년이던 어느 날 홀쩍 자취를 감췄다.

아버지가 내게 남긴 것은 넘치도록 많은 영화 DVD와 영화 관련 서적, 오래된 카메라 같은 기자재였다. 그리고 상대의 거짓말을 어느 정도 감지해 낼 수 있는 날카로운 촉도 함께 물려주었다.

아버지는 내게 거짓말을 많이 했다. 프로 영화감독이 될 수 있을 거라고도, 엄마와 사이가 좋다고도 했다. 큰 것부터 작은 것까지 셀 수 없을 정도로 많은 거짓말을 늘어놓았다.

그러는 동안 나는 어느새 사람이 거짓말을 할 때 어떤 태도를 취하고 어떤 분위기를 만들어 내는지, 어떤 눈빛을 하는지, 어떻게 말하는지를 자연히 알게 되었다.

"잠깐 나갔다 오마. 금방 돌아올 거야."

아버지가 사라지던 날, 그 말이 거짓이라는 것도 알아차렸다. 실제로 아버지는 다시 돌아오지 않았다.

다만 이런 직감은 내가 살아가는 데 도움이 되었다. 여자들끼리 영화를 만들다 보면 원치 않음에도 별의별 사람들이 다 다가온다.

"나는 말이야, 순수하게 쓰바사가 만드는 영화가 좋아서 함께 영화를 만들고 싶은 거야."

거짓말이다. 그 남자는 단지 쓰바사에게 관심이 있을 뿐이다.

"너희들, 재밌는 영화를 만드는구나. 잘 아는 프로듀서를 소개해 줄 테니까 연락처 좀 알려주겠니?"

그것도 거짓말이다. 영화 기술이 아니라 외모에 끌려

말을 걸어온 것뿐이다.

나는 아버지가 몸소 가르쳐 준 방법으로 거짓말을 간파하고 지금까지 내 나름대로 모두를 지켜왔다고 믿었다. 내게는 우리 동아리 부원들이 소중했기 때문이다.

병원에서 쓰키시마를 발견한 날, 나는 엄마에게 물건을 전해주고 나서 병원 카페에 들렀다. 병원 정문 현관으로 들어서면 바로 옆에 유명한 카페가 있다. 나는 그곳에 앉아 커피를 마시며 사람들을 지켜보았다.

병원에는 많은 사람이 오간다. 다양한 인생이 뒤섞여 있고 보이지 않는 장소에서 갖가지 일들이 일어나기도 한다. 사람들이 오가는 모습을 멍하니 바라보고 있는데 익숙한 실루엣이 시야에 들어왔다.

약간 놀랐다. 쓰키시마였다.

어머니로 보이는 분과 함께 입구 쪽으로 걸어가고 있었다. 쓰키시마의 어머니는 어딘가 침울해 보였고 그런 어머니를 쓰키시마가 챙기는 모습이었다.

무슨 일이 있나 싶어 자연스럽게 걱정이 되었다. '아니, 나는 대체 뭘 걱정하고 있는 거지' 하고 나 자신을 탓하는데 그때 쓰키시마가 카페 쪽을 쳐다봤다.

눈이 마주치면 거북할 것 같아서 순간적으로 시선을 돌

렸다. 쓰키시마는 나를 보지 못한 듯, 어머니를 에스코트해 카페로 들어왔다.

"엄마, 뭐 드실래요? 단 건 어때?"

"그럼 도넛이라도 먹을까? 반은 네가 먹을래?"

"응. 있잖아, 엄마…… 기운 내. 병은 분명 괜찮을 거야."

"……그러게. 아들한테 걱정을 끼치면 안 되지. 아버지가 웃으시겠다."

"아빠는 항상 어디서든지 웃으시지만."

"맞다, 그러네 정말."

두 사람은 계산대 앞에 줄을 서서는 그런 대화를 주고받았다.

남의 말을 몰래 훔쳐 듣는 걸 원래 좋아하지 않기도 해서, 나는 가만히 자리에서 일어났다. 쓰키시마는 여전히 나를 보지 못한 듯했다. 나는 눈에 띄지 않게 자리를 정리하고 그곳을 떠났다.

가능한 한 두 사람의 대화에 귀 기울이지 않으려 했지만 그래도 어떤 사실을 눈치채고 말았다.

……쓰키시마의 어머니는 어딘가 아프신지도 모른다. 아들인 쓰키시마가 그런 어머니에게 마음을 쓰고 있었다. 당연하지만 가족을 소중히 여긴다. 쓰바사가 말한 대로 쓰

키시마는 자상한 성격인 모양이다. 쓰키시마의 어머니가 병을 앓고 계실지도 모른다는 사실을 아무에게도 말하지 않은 채 여름방학을 보냈다.

쓰키시마는 쓰바사에게도 어머니의 일을 말하지 않은 듯했다. 쓰바사는 쓰키시마에게 영화 촬영 기법이나 영상 편집 방법을 가르쳐 주며 즐거워했다. 나도 쓰바사에게 부탁받아 영화 제작에 필요한 촬영 진행 방법과 각본의 기초 지식을 쓰키시마에게 알려주었다.

오봉お盆(양력 8월 15일을 중심으로 한 일본의 추석 명절) 연휴를 앞둔 어느 날, 동아리실에는 나, 이치카, 쓰키시마, 이렇게 셋만 남아 있었다. 쓰바사와 에나는 무더위에도 기운이 넘쳐서 기분 전환을 겸해 현장 답사를 나갔다. 두 사람 못지않게 이치카도 생기가 가득했다.

"저, 생각해 봤는데요. 스마트폰을 사용한 트릭을 각본에 넣어보면 어떨까요? 메시지 앱의 수신일과 송신일은 사실 스마트폰 본체와 연동되어 있으니까……."

"그거, 전에 쓰바사한테도 말한 그거 말이지? 소설하고 달라서 영화 각본은 가능한 한 심플한 기획안에 심플한 이야기가 좋아. 욕심내면 안 돼."

어떤 감독의 말을 빌려 내가 설명하자 쓰키시마와 이치

카가 열심히 들었다.

이치카는 옛날부터 문학에 관심이 많은 편이라 연애 소설이나 미스터리 소설을 좋아했다. 중학생 때 책을 많이 읽었다는 쓰키시마는 이치카와 죽이 잘 맞는지 꽤 허물없이 이야기를 주고받았다.

방법론에 대한 설명을 한 단락 끝내고 잠시 쉬기로 했다. 이치카가 화장실에 가느라 자리를 비우자 동아리실에 쓰키시마와 둘만 남았다. 지금까지 둘이 남은 건 손에 꼽을 정도였다.

침묵이 흐르는 동아리실에서 쓰키시마는 탁상 달력을 손에 들고 바라보고 있었다.

"있잖아."

침묵을 견딜 수 없었던 건 아니다. 가족을 소중히 여기라든가 부모님과 다 함께 사는 게 행복이라든가, 그런 말을 할 생각도 없었다.

그런데도 나는 조금 더 깊이 파고들어 가 굳이 물을 필요 없는 것을 묻고 말았다.

"여름방학 동안 뭔가 안 좋은 일이라도 있었어?"

쓰키시마가 살짝 눈을 크게 뜨더니 손에 들고 있던 탁상 달력을 책상 위에 내려놓았다.

"어? ……왜?"

"미안. 신경 쓰이는 게 있으면 그냥 지나치지 못하는 성격이라 물어본 거야. 너도 알겠지만 우리 엄마가 간호사거든."

1학기 때 영화를 찍었던 병원 이름을 대자 쓰키시마가 미묘한 표정을 지었다.

"얼마 전에 엄마한테 가져다줄 물건이 있어서 병원에 갔다가 너랑 어머니인 듯한 분을 봤어. 그때 어머니가 침울해 보이셔서…… 혹시 어머니한테 무슨 일이 있나 하고."

내 말을 듣는 동안 쓰키시마의 표정과 분위기에서 긴장감이 감돌았다.

그러다 어느 순간 싹, 그 긴장감이 빠진 듯했다.

"아……, 그랬구나. 그랬겠네. 미안, 신경 쓰게 해서."

"무슨, 내가 사과해야지. 개인적인 일을 물어봐서."

"그래도 뭔가 미안해. 그러니까……, 엄마는 괜찮아. 건강 체질이셔."

우리를 배려해서 쓰키시마가 거짓말을 하는 건가 순간 의심했다. 어머니에게 중대한 병이 발견되었지만 우리에게 걱정 끼치지 않으려고 거짓말하는 게 아닐까.

다만 쓰키시마의 말에 거짓은 없어 보였다.

거짓말을 할 때 사람들은 상대가 자신의 말을 믿게끔

하려고 노력한다. 그것이 거짓말이기 때문이다. 거짓말을
하다 보면 말이 많아지거나 평소와 다른 태도를 보이기 마
련인데 쓰키시마에게 그런 낌새는 느껴지지 않았다.

"그래? 그럼 다행이고."

"응."

하지만 그렇다면 쓰키시마의 어머니는 왜 침울해 있었
을까. 두 사람이 누군가의 병문안을 왔던 걸까. 그 사람이
심각한 병이라서…….

"그건 그렇고, 넌 쓰바사랑 언제까지 사귈 생각이야?"

물어볼까 말까 망설이다 역시 또 너무 깊게 파고들었
다. 나는 내 질문이 실례라는 걸 알고 있었다. 하지만 어색
한 분위기를 무마하려다 빈정거리는 말투로 한마디 더 보
태고 말았다.

"원래 넌 쓰바사와 사귈 수 있을 거라고는 생각하지 않
았잖아? 쓰바사한테 마음이 있어서 동아리에 들어온 게
아니라더니 어느새 사귀고 말이지."

아아, 난 정말 못된 인간이다. 어떻게 하면 착해질 수 있
을까. 하지만 비아냥은 멈추질 않았고 절반은 자포자기한
심정으로 계속 말을 쏟아냈다.

그러는 동안 어떤 사실을 깨달았다. 쓰키시마가 조용해

진 것이다.

쓰키시마는 주저주저하며 대답했다.

"응……. 그러게. 절대로 멋있는 척하는 건 아닌데, 사귀고 싶다고도 사귈 수 있을 거라고도 생각하지 않았어."

쓰키시마는 곤란하다는 듯이 웃었다. 동시에 어딘가 쓸쓸한 듯이…….

왜 저런 표정을 짓지, 의아해하고 있는데 눈앞에 앉은 남자애가 말을 계속했다.

"하지만 괜찮아. 그때가 오면 미나미와 헤어질 거야. 그러니까 걱정 마."

"응? 그게 무슨……."

"아, 그렇다고 지금 미나미를 좋아하지도 않으면서 사귀고 있는 건 아냐. 나는 나대로 그 애를 소중히 대하고 싶어서, 그래서……."

"아니, 그런 걸 묻는 게 아니라."

그 말이 무슨 뜻이냐고 물으려는데 "다녀왔어요~"라며 이치카가 문을 열고 나타났다.

쓰키시마와 내가 동시에 문 쪽을 바라보았다.

"어라, 왜요? 아오이 선배."

두 사람이 동시에 쳐다보는 게 이상했는지 이치카가 물

었다.

"아, 더워. 역시 실내가 최고네."

"화장이 녹을 거 같아."

뭐라고 대답하면 좋을지 망설이는데 쓰바사와 에나가
돌아왔다.

결국 그날은 쓰키시마에게 진의를 묻지 못한 채 지나갔
다. 지금까지의 경험으로 안 일이지만 쓰키시마는 그 자리
를 모면하려고 순간적으로 적당히 둘러대는 애가 아니다.

실제로 오늘 나눈 대화 중에 거짓말은 없었던 것 같다.
즉…….

'그때가 오면 미나미와 헤어질 거야. 그러니까 걱정 마.'

이 말은 쓰키시마의 본심일 것이다. 하지만 대체…….

3

― 요전번 일 말인데, 잠깐 만나서 얘기 좀 할래?

쓰키시마에게 이런 메시지를 보낸 건 그로부터 사흘 뒤
였다.

내 나름대로 생각해 봤지만 아무래도 이해할 수가 없

었다. 그렇다면 직접 쓰키시마에게 물어보는 수밖에 없다. 얼버무리거나 거짓말을 할 경우 꿰뚫어 보기 쉽게 만나서 부딪쳐 보는 거다. 어느덧 8월 중순으로 접어들었다. 오봉 연휴라 영화 제작 동아리도 휴가였다.

— 얘기라니, 메시지나 전화로는 안 돼?

— 만나서 이야기하고 싶은데.

— 알았어. 언제가 좋아? 오늘은 어려워?

— 오늘은 안 돼. 내일은 어때?

— 내일? 흐음.

— 일정이 있나 보지? 난 모레도 상관없어.

— 아니, 그런 건 아니지만.

— 그럼 내일 보자. 장소와 시간은—

반강제로 장소와 시간을 정해서 쓰키시마에게 전달했다.

— 지각 금지야. 당연히 직전에 취소해도 안 되고.

너무 일방적이어서인지 쓰키시마는 바로 대답하지 않았다. 마치 망설이는 듯 뜸을 들이고 나서 '응. 알았어'라는 답이 왔다.

다음 날, 나는 약속한 장소에서 쓰키시마를 기다렸다. 분위기가 좋아서 마음에 드는 카페였다. 평소에는 북적거렸지만 명절 연휴라 그런지 손님이 드물었다.

약속 시간 5분 전에 쓰키시마가 도착했다. 갑자기 불러내서인지 약간 긴장하고 있는 듯했다. 마실 것을 주문하고 가볍게 잡담을 나눴다. 음료가 나오고 조금 시간이 흐른 뒤 말을 꺼냈다.

"그래서, 요전번에 한 말, 무슨 의미야?"

"요전번이라니……."

"그때가 오면 쓰바사랑 헤어질 거라는 얘기."

내 질문에 쓰키시마는 아무 말도 하지 않았다. 대답하기 어려운지 계속 침묵을 지켰다.

"말 그대로야."

한참 시간이 흐른 뒤 결심이 섰는지, 쓰키시마는 나를 바라보며 대답했다.

"실은 그, 집안 사정으로 겨울에 전학을 가게 됐어. 멀리 있는 학교로."

"뭐?"

살아가면서 중요한 이야기는 때때로 느닷없이 들이닥친다. 그렇기에 허를 찔리고 만다.

나는 바보같이 되물으며 당혹감을 감추지 못했다. 하지만 쓰키시마의 말 자체에 놀라서가 아니었다. 지금까지 없었던 일이 일어났기 때문이다.

적어도 지금까지, 눈앞에 있는 이 남자애는 그런 걸 하지 않는 사람이었다.

그런데 왜인지 쓰키시마가 거짓말을 하고 있었다. 내게는 그렇게 느껴졌다.

"그거, 언제 결정된 거야?"

"이번 방학 중에. 나도 너무 갑작스러워서 놀랐어."

쓰키시마가 난처하다는 듯이 웃었다. 이 자리의 분위기를 어떻게든 가볍게 하려 애쓰고 있었다.

그런 태도를 보고 뭐라 해야 좋을지 알 수 없어 잠시 주춤했지만 그래도 계속 말을 이었다.

"집안 사정으로 전학을 가게 돼서 쓰바사랑 헤어진다는 거야?"

"응. 그렇게 되, 겠지."

"그거……, 쓰바사는 아직 모르는 거지?"

"미안. 빨리 말하는 게 좋다는 걸 알면서도 아직 말 못 했어."

"왜? 조금이라도 빨리 말해야지."

'전학 가는 게 사실이라면'이라는 말을 꿀꺽 삼키고 침착한 목소리로 물었다.

쓰키시마가 또다시 침묵했다.

이윽고 자신의 비애를 웃어넘기려다 실패한 듯한 표정으로 대답했다.

"지금이 인생에서 가장 행복한지도 모르니까. ……이렇게 대답하면 비웃으려나."

이번에는 내가 침묵할 차례였다. 쓰키시마라는 사람을 점점 더 알 수가 없었다.

왜 쓰키시마는 이렇게 울 것 같은 얼굴로 웃고 있는 걸까.

지금이 행복하다면 전학을 가지 않으면 된다. 생각해 보면 뭔가 방법이 있을 터였다.

전학을 피할 수 없더라도 쓰바사와 헤어지지 않으면 된다. 장거리 연애라는 것도 있지 않은가. 그런데 어째서 그런 얼굴로 웃으며 행복을 쉽게 포기하려 하는가.

여러 가지 생각이 뒤엉키며 머릿속이 복잡해졌다. 이해할 수가 없었다.

"……쓰키시마. 하나만 확인하자. 그 전학 얘기 말인데, 애초에 그건."

확실히 매듭짓기 위해서라도 우선은 내 직감을 확인하고 싶었다.

전학 이야기는 거짓말이 아닐까. 그 의도까지 포함해서 물어보려 했다.

그런데 그때 눈앞에서 또 한 번, 뜻밖의 일이 일어났다.

쓰키시마의 안색이 나빠졌다. 갑자기 핏기가 없어진 듯 보였다.

자각 증상이 있는지, 쓰키시마도 이상을 느낀 모양이었다. 내 앞에서 두려운 감정을 드러냈다.

생각해 보니 쓰키시마는 카페에 도착했을 때부터 어딘가 약간 이상했다. 안색이 나빠진 쓰키시마가 무언가를 두려워하는 듯 나를 바라보았다.

"미안. 나, 어쩌다 하필 오늘 몸이 좀 안 좋아서."

"왜 그래? 괜찮은 거야?"

다음 순간 마치 영화 속 한 장면 같은 일이 일어났다. 쓰키시마가 테이블 위에 양팔을 올리더니 그대로 푹 엎어졌다.

"정말로, 미……."

말을 꺼낸 직후에 몸에서 힘이 쭉 빠져버린 듯했다.

그러더니 꼼짝도 하지 않았다.

이름을 불러도 아무런 반응이 없다. 쓰키시마의 팔에 손을 갖다 댔다. 차가웠다. 체온이 낮다. 그런데도 목덜미에는 땀이 흥건했다. 확실히 이상했다.

급히 점원에게 구급차를 불러달라고 부탁했다. 쓰키시마는 의식을 잃었다.

4

10분도 되지 않아 구급차가 도착했다. 구급대원의 지시대로 함께 차에 올라타 병원으로 향했다. 쓰바사에게 연락해야 할지 고민했지만 우선은 구급차 안에서 학교에 연락했다.

당직 선생님께 연결되었고, 선생님께 연락받은 쓰키시마의 부모님이 병원에 오시기를 기다리기로 했다.

다행히 생명에는 지장이 없다고 했다. 하지만 쓰키시마는 깨어나지 않았다.

쓰키시마의 부모님이 바로 달려오셨다. 예전에 병원에서 본 적 있는, 상냥해 보이는 어머니와 시원하고 대범해 보이는 아버지가 몹시 당황한 모습으로 나타났다.

처음 인사드리는 자리였기에 두 분께 간단히 내 소개를 했다. 쓰키시마와 같은 영화 제작 동아리에서 부회장을 맡고 있다고 인사한 뒤, 오늘은 내가 억지로 쓰키시마를 카페로 불러냈다고 사과했다.

하지만 쓰키시마는 동아리 얘기를 부모님께 자세히 하지 않은 모양이었다.

영화 제작 동아리라는 말에 두 분이 놀라셨다. 두 분의 질문에 쓰키시마가 신입 부원이며 배우로서 영화 제작에 참여하고 있다고 설명하자 두 분은 더욱 놀라는 모습이 었다.

"그랬구나. 동아리에 들어갔다는 얘긴 들었지만, 영화를……. 그런 경험도 없는데 폐를 끼치고 있는 거라면 미안해요."

"아닙니다, 폐라니요. 원래 저희 동아리 회장이 막무가내로 권한 거였어요. 게다가 아실지도 모르지만 쓰키시마가 열심히 해줘서 영화제에서 상도 받았는걸요."

이렇게 대답한 후 내가 쓰키시마를 인정하는 말을 했다는 데 스스로 놀랐다.

쓰키시마의 부모님이라 예의상 한 말은 아니었다. 오늘 반강제로 쓰키시마를 불러내 사적인 일을 자꾸 캐물은 데 대한 죄책감 때문도 아니다.

제삼자에게 객관적으로 설명하자면, 결국 이것이 사실이기 때문이다.

쓰키시마가 없었다면 그 상은 타지 못했을 것이다. 내가 인정하지 않든 마뜩잖아하든 관계없다.

"상을? 그런 얘긴 전혀 안 하던데……."

어느새 내가 쓰키시마를 인정하고 있구나, 가만히 그런

생각을 하는데 쓰키시마의 어머니가 겸연쩍다는 듯 웃으며 대답했다.

쓰키시마는 별로 부모님을 닮지 않았다고 생각했는데, 자세히 보니 이목구비가 어머니를 닮았다. 물론 아버지의 모습도 있다. 그리고 공통적으로 세 사람 모두 선한 인상이었다.

쓰키시마가 동아리 활동을 부모님께 비밀로 한 이유를 알 수 없어서 본인이 직접 말할 때까지 모르는 척해달라고 부탁하자 두 분은 그러마, 하고 고개를 끄덕였다.

그때야 비로소, 계속 의식을 잃고 있는 쓰키시마가 떠올랐다.

"저기, 혹시 쓰키시마는 지병이 있는 건가요? 쓰러지기 직전에, 어쩌다 하필 오늘 몸이 좀 안 좋다고는 했지만요."

그러자 부모님이 서로 얼굴을 마주 보았다. 잠깐 사이를 두고 어머니가 나를 향해 자세를 고쳐 앉더니 자상하게 대답해 주었다. 어릴 때는 몸이 약했지만, 지병이라고 부를 만한 병이 있는 건 아니라고.

쓰키시마의 아버지도 조금 지나면 눈을 뜰 거라며 걱정하지 말라고 웃는 얼굴로 덧붙였다.

"마코토는……, 건강 그 자체니까. 아무 걱정 없지."

다만 아버지의 그 말씀과 표정을 바로 앞에서 바라보며 나는 사고를 멈추고 말았다.

왜일까. 어째서일까. 아버지의 말씀 그 어디에도 파헤쳐 볼 만한 거짓 따위는 없을 것이다. 그렇게 생각하면서도 지금까지의 경험이, 내 직감이 뭔가를 알려주려 하고 있었다. 알아채고, 느끼게 되니까. 나는 늘, 때때로 괴롭다.

"그렇군요. 잘 알겠습니다. 무례한 질문을 드려서 죄송해요."

나는 쓰키시마의 부모님께 사과하고 조금 더 대화를 나눈 뒤 집으로 돌아왔다.

'겨울쯤에 전학 간다는 말은 사실인가요?'라고는 묻지 못했다.

5

결국 내가 병원에 있는 동안 쓰키시마는 눈을 뜨지 않았다.

저녁이 되자 쓰키시마에게서 폐를 끼쳐 미안하다는 메시지가 왔다. 빈혈로 의식을 잃었다고 설명하면서. 쓰바사

를 걱정시키고 싶지 않으니 전학 이야기와 오늘 쓰러진 일
은 비밀로 해달라고 부탁했다.

나는 알겠다고 답했다. 하지만 오봉 연휴 이후로 쓰키
시마를 보는 눈이 예전과 달라졌다.

그곳에 있는 건 무언가를 감추고 있을지도 모르는 사람
이었다.

쓰바사는 그늘이 있어서 쓰키시마를 좋아하게 되었다
고 농담처럼 말한 적이 있었다. 나도 그 그늘 같은 걸 감지
하고 말았다. 쓰키시마의 미소 뒤에서. 때때로 아무 말 없
이 먼 곳을 바라보는 눈에서. 집에 일이 있어 학교를 쉰다
는 별것 아닌 연락에서도.

'지금이 인생에서 가장 행복한지도 모르니까. ……이렇
게 대답하면 비웃으려나.'

그 애는 대체 뭘 숨기고 있는 걸까.

그 답을 동아리 활동을 하던 중 어느 순간 우연히 찾게
되었다.

여름방학도 열흘 정도밖에 남지 않은 그날, 독립영화제
수상작들이 영화 DVD처럼 패키징되어 회장인 쓰바사 앞
으로 배송되었다. 일종의 기념품인 모양이었다.

수상작을 보며 영화 공부 겸 평가회를 하려고 동아리실

에 모였다. 감상할 예정인 작품 중에는 우리가 만든 〈난치병 소녀가 죽는 이야기〉도 포함되어 있었다.

순서대로 영화를 보다가 드디어 특별상을 받은 우리 영화가 화면에 나타났다. 쓰바사가 쓰키시마를 놀리기도 하고 에나와 이치카가 기뻐하기도 하면서 다 함께 영화를 보았다.

"절망하는 건 쉬워. 하지만 말이지, 절망한다 해도 달라지는 건 아무것도 없어. 주위 사람들을 슬프게 할 뿐이고 자신도 슬퍼져. 그렇다면……, 차라리 넌 화를 내는 게 맞아."

영화를 감상하다 나는 홀로 말을 잃었다. 다른 부원들에게는 단지 영화의 한 장면일 뿐이었지만 내게는 달랐다. 내가 궁금해하던 답을 거기서 찾았기 때문이다.

쓰키시마는 뭘 숨기고 있는 걸까.

이렇게 당당히 답이 제시되어 있을 거라고는 생각도 하지 못했다.

"너는 정말로 죽는다고. 앞으로 반년이라며? 그런데 어떻게 아무렇지 않을 수 있냐고! 인생을 포기한 척하는 거야? 그렇게 쉽게 포기할 수 없어. 다른 사람에게 화풀이하고 싶어지고. 평범한 사람이 미워지고. 그래서 자신도 싫어지고……. 하지만 그래도……. 더 살고 싶다고 발버둥

쳐야 하는 거라고!"

화면 속에서는 쓰키시마가 앞으로 살날이 얼마 남지 않은 여주인공에게 그렇게 외치고 있었다.

쓰키시마한테서 어떻게 저런 대사가 나왔을까, 나는 줄곧 그게 의문이었다.

드물게 빙의형 배우가 있다는 말이 떠올라서 휴식 시간에 "있는 그대로 해봐"라고 조언했으나 쓰키시마가 나름대로 캐릭터를 잘 만들어서 연기한 결과라고 생각했다.

하지만 그게 아니었는지도 모른다. 쓰키시마가 본래 자신의 모습 그대로를 내보인 것일지도 모른다.

그건 바로 쓰키시마 자신이……

수상작을 모두 감상한 뒤, 다른 작품들에 자극을 받았는지 쓰바사와 이치카가 흥분을 감추지 못했다. 역 앞 패밀리 레스토랑의 쿠폰이 있다면서 그곳으로 자리를 옮겨 감상을 토론하자고 제안했다. 패밀리 레스토랑에서도 쓰바사를 중심으로 다들 신이 나서 떠들었다. 내 마음만이 적막으로 가득 차 있었다.

저녁때가 다 되어서 어두워지기 전에 자리에서 일어났다. 나는 서점에 들러야 한다고 말하고 패밀리 레스토랑 앞에서 네 사람과 헤어졌다. 하지만 서점이 아닌 근처 공원으로 발길을 돌려 벤치에 앉았다. 한참 뒤 스마트폰에 메시지 알람이 떴다.

— 모두와 헤어졌는데, 어디로 가면 돼?

상대는 쓰키시마였다. 패밀리 레스토랑에서 나는 쓰키시마에게 메시지를 보냈다. 중요한 얘기가 있으니 이따가 둘이서 잠시 볼 수 있느냐고 물었고 쓰키시마가 알겠다고 답했다.

지금 있는 장소를 메시지로 보내고 나서 기다리고 있자니 쓰키시마가 나타났다.

쓰키시마는 평소와 달리 어딘가 심각한 표정이었다. 나를 발견하고는 다가왔다.

벤치에서 일어나 아무도 없는 공원에서 쓰키시마와 마주 섰다.

"저기."

내가 말문을 열었다.

"응."

쓰키시마가 대답했다. 시야 끝에 펼쳐진 석양이 보였다.

"너……, 혹시 죽는 거야?"

그렇게 묻자 쓰키시마가 움직임을 멈췄다. 분명 복잡해야 할 사람의 표정이 정지 상태가 되었다.

개인적인 문제이기도 해서 캐물어야 할지 어떨지 끝까지 망설였지만 결국은 묻지 않을 수 없었다. 영화 제작 동아리에도 중요한 일이었기 때문이다.

서두도 없이 던진 느닷없는 질문에, 쓰키시마는 잠시 아무 말도 하지 않았다.

"왜 그래? 요전번 일이 신경 쓰여서 그래? 한 번 쓰러진 것 가지고 너무 비약한 거야."

쓰키시마가 내 말을 농담으로 넘기려는 듯 웃었다.

나는 대답하지 않고 가만히 있었다. 이럴 때 침묵의 효과가 얼마나 큰지 잘 알고 있기 때문이다.

"그리고……, 사람은 누구나 죽어."

"그렇지."

"진짜 왜 그러는데, 갑자기?"

"넌 앞으로 살날이 얼마나 남은 거야?"

쓰키시마의 표정이 또다시 멈추었다.

"영화 주인공, 네 얘기였지?"

바람이 해 질 녘의 공원을 가로질렀다. 세상이 불타오르듯 하늘이 온통 붉은색을 띠고 있었다. 또다시 쓰키시마가 입을 꾹 다물고 있다.

"……무슨, 얘기야?"

이윽고 본인도 서툴다는 걸 뻔히 알 만한 어색한 연기를 해보였다.

나는 쓰키시마의 부모님과 나눈 대화 내용은 말하지 않은 채 가능한 한 간결하게 내가 그 결론에 이를 수밖에 없었던 맥락을 설명했다. 전학 이야기며 눈앞에서 쓰러진 일. 쓰키시마가 했을 거짓말. 그리고 오늘 다시 본 영화가 결정적이었다는 사실도 덧붙였다.

내가 이야기하는 동안 쓰키시마는 한마디도 하지 않았다. 내 말을 막아서지도 반론하지도 않았을뿐더러, 그럴싸한 변명으로 얼버무리려 들지도 않았다. 뭔가를 인정하고 결국에는 씁쓸한 웃음을 지어 보였다.

"거짓말하는 거 별거 아니라고 생각했는데……. 상상했던 것보다 훨씬 어렵네."

내 이야기를 다 듣고는 쓰키시마가 시선을 석양으로 옮기며 말했다.

나는 눈부시다는 듯이 혹은 괴로운 듯이 눈을 가늘게 뜨는 쓰키시마의 옆얼굴을 가만히 바라보았다.

"왠지 지금은 약간 안도감이 들어. 적어도……, 더 이상은 너한테 거짓말하지 않아도 되니까. 아주 조금, 묘한 기분이야."

그 말처럼 쓰키시마는 어딘가 후련한 표정으로 대답했다. 지금 이 자리에서만 내보일 수 있는, 연기가 아닌 솔직한 말과 표정으로 이야기했다.

"쓰바사가 지금 그 말을 들으면 촬영해 두겠다고 할지도 모르겠어."

심각한 상황이라 나는 더욱더 농담처럼 말했다. 그 말을 들은 쓰키시마가 씨익 미소를 지었다.

"분명 미나미라면, 한 번 더 말해보라고 한 다음에 촬영을 시작할 거야. 그리고 나는 좀 바보 같으니까 쑥스러워하면서도 같은 대사를 또 말하겠지."

"그럴지도."

"……어라? 그럴지도, 라니. 어떤 게?"

"쓰바사가 할 법한 말이랑 네가 바보 같다는 거, 둘 다."

이 말에 우리는 자연스럽게 같이 웃었다. 생각해 보면 둘이서 이렇게 웃은 건 처음이었다.

나는 무척 솔직한 기분이 되었다. 우리는 미나미 쓰바사라는 사람을 소중히 여기고 있다. 그 마음에 거짓은 없으며, 그것만으로도 쓰키시마 마코토라는 사람과 서로 이해할 수 있을 것 같았다.

미소를 짓던 쓰키시마가 어느새 나를 보고 있었다. 그

러고는 약간 망설이는 듯하더니 한 번도 들어본 적 없는 복잡한 병명을 말해주었다.

"올해 3월에, 앞으로 살날이 1년 남았다고 선고받았어."

여름인데도 마치 소리 없는 눈이 내리고 있는 듯했다.

세상의 소리가 전부 그 눈으로 스며들었다.

나는 뭐라고 말해야 좋을지, 무얼 생각해야 좋을지, 순간적으로 알 수가 없었다.

생경하고 당황스러운 분위기 속에서 침묵이 흐르는 동안, 지금까지 쓰키시마가 했던 말들이 꼬리를 물고 떠오르며 그제야 모든 상황이 이해가 되었다.

"확인하고 싶은데……. 나한테 왜 전학 간다고 말한 거야?"

"너한테만이 아니라, 언젠가 모두에게 말할 생각이었어."

나에게 시선을 고정한 채로 쓰키시마가 대답했다. 석양은 소리도 없이 계속해서 가라앉고 있었다.

"가까운 사람이 죽는 건 슬프고 엄청 충격적인 일이잖아. 난 너희들이 그런 감정을 겪는 걸 원치 않아. 그래서 사정을 아는 담임 선생님이나 보건 선생님과 상의해서, 병으로 더 이상 학교에 나올 수 없는 상황이 되면 그때 갑작스럽게 전학을 가게 되었다고 하고……, 사라질 생각이었어."

"그거, 쓰바사는 모르는 거지?"

"전에도 말했지만 전학 얘기는 아직 안 했어."

"시한부 1년 얘기는?"

쓰키시마가 내게서 시선을 거뒀다. 마음이 아픈 듯 슬픈 표정으로 대답했다.

"그것도 말 안 했어."

나도 모르게 몸이 움직였다. 어느새 쓰키시마에게 바짝 다가가 멱살을 잡았다. 이런 만화나 드라마에서 나오는 행동을 실제로 내가 할 줄은 상상도 하지 못했다.

"왜, 왜 쓰바사랑 사귄 거야!"

그리고 쓰키시마에게 신랄한 어조로 따져 물었다.

"그러면 쓰바사가 슬플 게 뻔하잖아. 지금 쓰바사는 널 좋아한다고. 사랑이 뭔지 모르겠다던 그 애가 널 순수하게 좋아한단 말이야. 그런 상황에서 네가 사라지면, 죽으면……. 얼마나 슬프겠냐고."

말을 마구 쏟아낸 뒤에야 너무 심했다는 데 생각이 미쳤다. 머쓱해져서 쓰키시마에게서 손을 뗐다. 그리고 고개 숙여 사과했다.

"미안. 가장 괴로운 사람은 너일 텐데……. 내가 말이 너무 심했어."

"아냐. 친구를 소중하게 여기는 건 당연하니까. 맘에 두지 마."

무심코 고개를 들었다. 이럴 때조차 쓰키시마는 미소를 띠고 있었다. 하지만 곧 뭔가 깊이 생각하는 표정으로 말했다.

"걱정하지 마. 미나미한테는 내 병에 대해 숨길 거니까. 끝까지 숨기는 모습을 보여줄게. 전학을 이유로 헤어지면 시간이 흐르면서 난 단지 과거가 될 거야. 그렇게 하면 분명 미나미도 그렇게까지 상처받지는 않을……, 거라고 생각해."

심각하고 슬픈 이야기를 하면서도 쓰키시마는 밝은 말투로 말했다.

"정말이야, 걱정하지 마. 내 병도 죽음도 끝까지 숨길 테니까. 이 병은 의식을 잃는 빈도와 시간이 서서히 증가하다가 마지막에는 눈을 뜨지 못하고 목숨을 잃게 된다고 해. 하지만 의식을 잃는 날에는 전조 증상이 있으니까 그걸 놓치지만 않으면 병을 끝까지 숨길 수 있을 거야. 원래 여름방학 전까지는 아무렇지도 않았거든. 아직 전조 증상을 알아차리고 숨기는 데 익숙하지 않다 보니 방심해서 네 앞에서 쓰러지긴 했지만……. 앞으론 철저히 조심할게. 그러니까……."

어떻게든 그 자리의 분위기를 밝게 만들려 하던 쓰키시마가 갑자기 입을 다물었다. 그러더니 애써 웃음을 지으려다 실패한 듯한 표정으로 물었다.

"아니면 나, 이제 미나미 앞에서 사라지는 게 더 나을까? 여름방학이 끝나자마자 갑자기 전학 가게 되었다고 하면서. 미나미하고도 연락하지 말고, 그렇게……."

쓰키시마의 표정이 한심해 보였다. 하지만 그 한심함은 내가 잘 아는 한심함이기도 했다. 영화감독이 되고 싶어 했으나 되지 못한, 나의 아버지와 너무도 닮은…….

어렸을 때의 내 모습이 머릿속에 떠올랐다.

남겨진 사람은 언젠가 혹시나 하고 사라진 사람을 마냥 기다린다.

부모님이 이혼했다는 말을 들었지만 상관없었다. 언젠가 돌아와 다시 함께 살 수 있지 않을까 기대했다. 하지만 시간이 지나고 세상을 점점 알아가면서 그럴 가능성은 없다는 것을 깨달았다.

쓰바사는 어떨까. 쓰키시마가 사라지면. 기다릴까. 쫓아갈까.

아니면 시간이 흐르면서 쓰키시마를 과거로 담아두게

될까. 내게 아버지가 과거인 것처럼.

'아이란 어느 정도 아이이고 어른이란 어느 정도 어른인 걸까.'

"장난하지 마."

아이는 아이다. 설령 어른의 거짓말을 꿰뚫어 볼 수 있다 해도, 아무것도 달라지지 않는다.

자신의 행복을 바라보면 그만인, 그걸로 충분한 존재다.

자신을 희생하는 것도 무언가를 포기하는 것도, 해서는 안 된다.

정신을 차리고 보니 나는 화가 나 있었다. 나는 아마도, 사실은 뭔가에 줄곧 화를 내고 싶었던가 보다. 불합리한 일. 아이를 어른으로 만드는 일. 어른이 되지 않을 수 없는 일.

그런 일들에 화를 내고 싶었던 거다.

"아까 내가 한 말……, 한 번 더 사과할게. 왜 쓰바사랑 사귀었냐니. 당연한 거잖아, 그게 너의 행복으로 이어지는 걸. 넌 손을 뻗어 그걸 잡은 거고 인간으로서 옳은 선택을 한 거야."

분명히 쓰키시마에게 지금 이 시간은 둘도 없이 소중하겠지.

가능한 한 평범한 생활을 하고 좋아하는 사람과 연인 사이가 되어 매일을 살아간다.

그 사람을 정말로 사랑하기에 자신이 병에 걸렸다는 사실을 감춘다. 슬프게 하지 않으려고 상대를 배려하면서, 아직 아이이면서도 어른처럼 행동하고 있다.

"그렇다면 그 행복을 조금이라도 오래 유지해야지. 너는, 죽는다고. 아는 거야? 정말로 죽을지도 모른다고."

나는 아이일 뿐인 쓰키시마가 행복을 포기하는 걸 용서할 수 없었다.

좀 더 하고 싶은 대로 살아야 한다, 쓰키시마는. 좋아하는 사람이 곁에 있는 동안에. 만나지 못하게 되기 전에. 자신의 행복에 솔직해져야 한다. 그래야 한다, 쓰키시마는.

게다가 쓰바사를 소중히 여기는 사람은 쓰키시마뿐만이 아니다. 나도 친구로서 소중히 여기고 있다. 쓰키시마는 내가 챙겨줄 테다. 함께 끝까지 숨겨주겠다. 그러니까……

"행복을 잃을지도 모르는 사람이, 지금의 행복을 쉽게 포기하지 마. 나도 협력할 테니까. 이건 널 위해서가 아니야. 인간의 존엄을 위해서. 그리고 쓰바사를 슬프게 하지 않기 위해서야."

왜인지 내 눈에서 눈물이 흘러내렸다. 그 눈물이 뺨을

타고 떨어졌다. 쓰키시마에게서 과거의 내 모습을 떠올린 건 아니다. 애초에 쓰키시마란 사람은 중요하지 않다. 그래야 한다. 그랬어야 했다.

하지만 마음속 어딘가에서 그렇지 않은 부분이 있었는지도 모른다.

눈앞에 있는 이 애가 자상한 사람이란 걸 알아버렸으니까. 노력을 게을리하지 않는 사람이라는 걸 깨달았으니까. 성실한 사람이고, 그래서 부원으로 인정했는지도 모른다.

다섯 번째 영화 제작 동아리 친구로서.

"넌 우리 동아리 친구로서, 너의 행복을 포기하지 마. 알았지?"

내가 우는 모습을 보고 놀랐는지, 쓰키시마는 아무 말도 하지 못했다.

그런 상황이 한동안 계속되었다.

"……알았어."

이윽고 쓰키시마가 망설이는 듯한 기색을 내보이면서도, 순순히 대답했다. 그리고 덧붙였다.

"너는 참 자상하구나."

나는 쓰키시마의 어깨를 가볍게 툭 치고는, 반드시 네 편이 되겠노라고 약속했다.

6

사람은 시야에 많은 걸 담을 수 있다.

빛과 경치. 거리와 사람. 사람이 살아가면서 다양하게 엮어내는 크고 작은 행동과 현상.

하지만 아무리 뚫어져라 바라봐도 보이지 않는 게 있다.

사람의 인생과 내면, 고민, 병.

공원에서 나는 쓰키시마에게 다시금 병에 관해 상세한 이야기를 들었다. 앞으로를 위해 필요한 일이기도 해서, 눈물을 닦고 마음을 추스른 뒤 그 애가 하는 이야기에 귀를 기울였다. 현재 상태로는 돌발적으로 의식을 잃는 일이 며칠에 한 번 정도 일어날 거라고 했다. 하지만 의식을 잃는 날 아침에는 체온이 낮아지는 전조가 보인다고.

나는 쓰키시마에게, 만약 아침에 체온이 낮으면 그날은 절대 무리하지 말고 동아리 활동을 쉬라고 당부했다. 공백은 자연스럽게 내가 메우겠다고.

다만 여름방학 중에는 동아리 활동에 빠지는 이유를 여러 가지 댈 수 있지만 학기가 시작되면 조금 어려워진다. 이에 대한 대책을 서둘러 마련해야 했다. 마침 쓰키시마에게 좋은 생각이 있다고 하여 그 일에 대해 상의했다.

그로부터 나흘 뒤, 쓰키시마는 동아리 모임에 빠졌다. 여름 감기에 걸렸다는 이유였다.

모두 걱정했지만 감기라고 해서 그리 심각하게 생각하지는 않았다.

쓰키시마가 의식을 잃었다는 것은 나만 알고 있었다.

감기에 걸려 쉬다던 그날 저녁, 쓰키시마가 메시지를 보내왔다. 아침나절부터 지금까지 의식을 잃었다면서 내일 오후에는 동아리 모임에 참가할 수 있다고 말했다. 이틀 동안 계속 의식을 잃는 일은 아직은 없는 모양이다. 메시지 내용대로 쓰키시마는 다음 날 오후 동아리실에 나타났다.

"아, 마코토. 감기는 다 나았어?"

쓰바사는 평소와 다름없이 쓰키시마를 대했다. 여름 감기에 걸렸다는 말을 조금도 의심하지 않았다.

"걱정 끼쳐서 미안. 이젠 괜찮아."

"다음에 또 감기 걸리면 병문안 갈까? 아~ 하면서 밥 떠먹여 줄게."

"뭐? 감기 옮으면 큰일이니까 안 와도 돼."

쓰키시마는 전혀 의식을 잃었던 사람으로는 보이지 않게 행동했다.

타이밍을 엿보다가 나는 사전에 쓰키시마와 상의한 대로 말을 꺼냈다.

별생각 없이 묻는 것처럼 가장했지만 은근히 긴장되었다. 하지만 앞으로를 위해서 중요한 일이었다.

"그건 그렇고 쓰키시마는 피부도 하얀데 건강은 괜찮은 거야? 뭐, 달리 들은 말은 없지만……. 뭔가, 옛날에는 몸이 약했던 것 같은 그런 분위기가 있어."

내가 무심한 척 말하자 쓰키시마가 주저하며 답했다.

"어, 그게……. 실은 미나미한테는 얘기한 적 있는데, 초등학생 때 몸이 좀 약했어."

쓰키시마의 어머니께 들어 알고 있었지만 그 사실을 모르는 에나와 이치카는 약간 놀라는 눈치였다.

"진짜? 마코토 오빠, 지금은 괜찮은 거야?"

"응. 괜찮아. 어디까지나 옛날 일이니까. 다만 올여름은 유난히 더워서 그런지 부모님이 조금 과보호 모드가 돼서……. 어릴 때 약했던 것 때문에 가끔 병원에 가느라 학교랑 동아리를 쉬는 날이 생길지 모르겠어. 여름방학 중에도 몇 번 빠졌지만."

에나의 질문에 쓰키시마는 미안해하는 말투로 대답했다. 대부분 사실이라 쓰키시마의 말에 거짓이 들어 있다고 간파할 사람은 적을 것이다. 게다가 사적인 이야기라서 깊이 캐묻기가 꺼려지는 화제이기도 했다.

"마코토, 아무쪼록 무리하지는 마. 쉬어야 할 때는 눈치 보지 말고. 연락만 해주면 되니까."

쓰바사도 쓰키시마가 병약했었다는 사실을 알고 있어서인지 살뜰하게 마음을 써주었다.

이렇게 비밀을 들키지 않고 쓰키시마가 일상을 유지할 준비를 해나갔다. 그리고 드디어 여름방학 마지막 날을 맞이했다. 모두 모여 다음 작품 제작을 위한 구체적인 촬영 계획을 세우기로 했다.

나는 그동안 생각해 온 바를 그 자리에서 모두에게 전했다.

"이번에는 쓰키시마에게 배우가 아니라 내 일 보조를 맡기고 싶어."

기획 단계에서는 세 사람을 배우로 등장시킬 예정이었다. 하지만 각본을 담당하는 내가 쓰키시마가 맡은 배역을 없애고 두 사람만 등장하는 내용으로 수정했다. 쓰키시마에게 무슨 일이 생길 경우 부담 없이 빠질 수 있도록 하려는 의도였다.

다소 억지스러운 제안이기는 했지만 반대 의견이 나올

경우에 대처할 방안도 다 생각해 두었다.

"아오이, 그 얘기 말인데 마코토에게 무리가 되지 않는 범위에서 촬영하기로 하고 역시 세 사람으로 가는 게 어때? 모처럼 마코토가 들어와서 잘해주고 있는데."

끝까지 쓰바사는 내켜 하지 않았다. 에나와 이치카 둘만 배우로 등장하면 지금까지 만들어 온 영화의 재탕이 되고 말 가능성이 크다는 이유에서였다.

"이번에는 내 의견대로 하자. 지금 우리 실력으로는 겨울에 열리는 '고교생 영화 콩쿠르'에서 입상하기 어려워. 너도 알고 있지? 이번에 기획 회의 할 때도 그랬지만 쓰바사는 금방 예술 방면으로 치고 나가려 하니까."

"아, 그건……. 그럴지도 모르지만."

나는 잠시 뜸을 들인 뒤 불만스러워하는 쓰바사에게 다음과 같은 말을 덧붙였다.

"그리고 말이야. 영화 제작 동아리도 다섯 명이 되었으니까 쓰키시마에게 배우 말고도 더 다양한 분야의 일을 가르쳐 주는 게 좋잖아. 앞으로의 영화 제작을 위해서도."

말을 끝내자 한순간 동아리실이 조용해졌다. 쓰바사뿐 아니라 이치카와 에나도 놀란 얼굴로 나를 쳐다보았다. 내가 쓰키시마를 부원으로 인정하는 발언을 했기 때문이다.

"아오이 선배, 갑자기 왜 그래요? 뭐 이상한 거라도 먹었어요?"

나는 그렇게 묻는 이치카를 매섭게 노려보았다. 당황해하는 이치카를 보며 한숨을 내쉬고는 덧붙였다.

"그러니까 세 사람을 등장시키는 건 다음 기회에 하자고. 앞으로를 대비해서 우리 동아리의 저력을 길러두는 일도 중요하다고 봐."

쓰키시마의 시선을 느끼며 이렇게 말하자 쓰바사가 으음, 하고 생각에 잠겼다.

"그런가?"

잠시 시간이 흐른 뒤 수긍했는지 웃으며 답했다.

"하긴 그럴지도 모르겠네. 내년도 있고, 어쩌면 대학생이 된 뒤에도 다 같이 영화를 만들 수 있으니까. 우리는 이제 다섯 명인걸."

쓰바사가 해맑게 웃으며 말했다. 앞으로도 다섯 명이 영화를 만들 수 있다고 믿고 있었다.

그런 쓰바사 앞에는 쓰키시마가 있었다. 쓰키시마가 따라 웃었다.

"응. 맞아."

······저 애의 내면에 숨어 있는 괴로움은 아마도 나만

알겠지.

어느새 유지매미의 울음소리가 사라지고, 창밖에선 때때로 선선한 바람이 불어 들어오고 있었다.

저마다의 여름이 소리도 없이 끝나려 하고 있었다.

Scene3.

미
나
미
쓰
바
사

*

1

인생은 무언가를 이루기에는 너무 짧지만, 아무것도 하지 않기에는 너무 길다.

이런 유명한 말이 있다.

인생을 쉽게 바꿔버리는 말은 분명 존재한다. 너무 깊이 자리 잡고 있어 일부러 의식하지 않고는 끄집어낼 수 없을 정도지만, 누구나 분명 어떤 말을 만났을 것이다.

내게는 이 말이 그랬다. 언제 처음 눈과 귀에 들어왔는지는 기억에 없으나, 어디선가 알게 되어 초등학교 고학년 무렵에는 어렴풋이 머릿속에 자리하고 있었다.

아무것도 하지 않기에는 인생이 너무 길다.

이 말이 나의 사고 깊숙이 뿌리내리게 된 결정적 계기가 있었다.

초등학교 5학년 사회 시간에 공장에 견학을 가서 제품이 컨베이어 벨트에 실려 완성되는 과정을 지켜보았다. 다른 애들은 대부분 신경 쓰지 않는 듯했지만 나는 왠지 그 공정에서 눈을 뗄 수가 없었다. 어렸음에도, 막연히 내 인생도 이렇게 정해진 순서대로 흘러가는 걸까, 라는 생각이 들었다.

아무것도 하지 않기에는 인생이 길지만 하루하루는 아무 일 없이 무심히 지나간다…….

이대로 정해진 길을 따라 흘러가다가 결국은 똑같은 결과물로 완성된다. 마치 컨베이어 벨트에 올라타고 있는 것 같았다.

인생뿐 아니라 나의 하루도 마찬가지다. 아침에 눈을 뜨고 학교에 간다. 친구들과 수다를 떨고 수업을 들으면 방과 후가 된다. 자동으로 하루가 거의 끝나간다. 컨베이어 벨트에 올라탄 것처럼 하루가, 매일이 흘러간다.

어느 순간, 상상했다. 발밑에 놓인 컨베이어 벨트는 나를 어디까지 데려다줄 것인가. 이 컨베이어 벨트는 나를 어떤 사람으로 만들어 놓을까. 나를 태운 무심한 일상이,

끊임없이 지나갈 뿐인 하루하루가, 불현듯 두려워졌다.

그런 나에게 영화를 알려준 사람이 어릴 적 친구인 하야미 아오이였다.

아오이와는 어린이집에 다닐 때 친해진 이후로 늘 함께였다. 툭하면 공상에 빠져 멍하니 있던 나를 똘똘하고 야무진 아오이가 챙겨주었고 부모님도 아오이가 같이 있으면 안심이라고 하셨다.

"네가 뭘 고민하는지는 잘 모르겠지만 괜찮으면 이거 같이 볼래?"

초등학교 5학년이던 어느 날, 내가 추상적인 고민을 털어놓았더니 다음 날 아오이가 영화 DVD를 들고 우리 집으로 왔다. 그 DVD는 원래 아오이의 아버지 것이었다고 한다. 집에 놀러 가면 아오이는 자주 아버지와 함께 어려워 보이는 영화를 보고 있었다. 갈 때마다 과자를 사주던 분이었지만 아오이의 아버지는 우리가 4학년이었을 때 갑자기 어디론가 가버렸다.

아오이가 가져온 영화를 함께 보았다. 그때까지 나는 영화라고는 애니메이션이나 코미디밖에 몰랐고 진지한 외국 영화는 한 번도 본 적이 없었다.

어른이 된 듯한 느낌에 두근두근하면서 화면을 뚫어져

라 바라보았다. 영화의 주인공은 매우 착실하고 수수한 인물이었다. 사회인으로 어딘가의 회사에서 일하고 있었다.

"하루하루가 컨베이어 벨트에 올라탄 것처럼 지나가고 있어."

영화가 시작되고 몇 분 뒤, 주인공이 그렇게 읊조렸을 때 나는 꼼짝도 할 수 없었다. 놀랐다. 나와 똑같은 생각을 하는 사람이 존재한다는 사실에.

그 주인공에게는 연인이 있었다. 아름다운 사람이었지만 주인공에게 마냥 너그럽지만은 않았다.

"이렇게 당신과 함께 컨베이어 벨트에 올라탄 것처럼 결혼해서 가정을 이루고 아이를 낳고, 그대로 묘지까지 가게 되는 거겠죠. 난 그런 삶을 견딜 수가 없어요."

어느 날 연인이 이렇게 말하곤 주인공을 떠나간다. 주인공은 망연자실해서 발밑을 내려다본다. 나도 해본 적 있는 동작이었다. 발밑에 깔린 컨베이어 벨트를 보고 있었다.

하지만 주인공은 나와 달리, 그날부터 자신을 바꾸겠다 굳게 마음먹고 새사람으로 거듭난다. 학창 시절, 주인공은 영화를 촬영했다. 사실은 영화감독이 되고 싶었지만 어느새 그 꿈을 포기한 채 살았다. 자신을 바꾸겠다 결심한 주인공은 드디어 혼자서 영화를 만들기 시작했다. 하지만 혼

자서는 생각대로 영화를 만들기가 어려웠기에 차차 동료
를 모아 꿈을 이루어나간다.

나는 영화를 보는 동안 감동으로 마음이 뜨거워짐을 느
꼈다. 처음으로 타인이 완전한 타인은 아니라는 생각이 들
었다. 나와 같은 생각을 하는 사람이, 분명히 있다는 것을
알았다.

그 사실을 알려준 영화에 어느새 매료되었다.

그날을 계기로 나는 아오이와 함께 다양한 종류의 영화
를 보았다. 아오이의 집에는 봐도 봐도 끝이 없을 만큼 많
은 영화가 있었다. 낡은 카메라와 촬영 도구, 영화 제작에
관한 책도 있었다. 나도 영화를 만들고 싶다고, 자연스럽
게 그런 생각을 하게 되었다.

그때부터 내 인생은 무척이나 바빠졌다.

가까이에 사는 이치카를 끌어들였고, 초등학생도 다룰
수 있다는 시판용 영화 제작 키트를 사달라고 부모님을 졸
랐다. 그 키트를 이용해 셋이서 〈이치카의 모험〉이라는 제
목의 영화를 만들었다.

태어나서 처음 만든 영화는 당연히 서툴고 조잡했지만
그래도 몹시 즐거웠다.

매일같이 셋이 모여 영화를 보거나 스마트폰으로 영상

을 찍기 시작했다. 영화 제작 키트에 들어 있는 초등학생용 컴퓨터 편집 소프트웨어를 이용해 능숙하게 조작할 수 있게 될 때까지 연습했다.

중학교에 입학했다. 영상 관련 동아리가 없어서 아오이와 함께 문예부에 들어갔다.

그곳에서는 문예 활동의 일환으로 영화 제작법이나 본격적인 동영상 편집 소프트웨어 사용법을 공부했다. 좋아하는 작품의 오마주를 비롯해 아오이와 둘이 다양한 영화를 찍었다. 중학교 2학년이 되자 이치카가 입학했다. 둘에서 셋이 되었다. 그 무렵 전학생 에나를 알게 되었고, 끈질기게 설득해서 영화 동지로 만들었다. 이번에는 셋에서 넷이 되었다.

그리고 중학교 3학년 여름, 중학생을 대상으로 하는 영화 콘테스트에서 우수상을 받았다. 넷이 함께 기뻐했다. 항상 쿨하던 아오이가 울었다. 이후로도 네 명이 영화를 만들자고 약속했다. 고등학교에 입학해서도 나는 계속 아오이와 영화를 만들었다. 나에게 살아간다는 것은 바로 영화와 함께하는 일이었다. 그런 내 발밑에는 어느 사이엔가 컨베이어 벨트가 사라지고 없었다.

"쓰바사는 조금 특이해. 연애에는 전혀 관심이 없는 거야?"

하지만 어느 날, 동급생에게 이런 질문을 받았다. 영화밖에 몰랐고, 제대로 해보지 않은 게 아직도 많았다.

주변을 돌아보니 다들 청춘을 즐기듯 사랑을 하고 누군가와 누군가가 사귀고 있었다.

연애가 뭔지는 일단 알고 있었다. 영화와 노래에서 수없이 보고 들었으니까. 좋아한다는 고백을 받은 적도 있지만 나는 연애라는 걸 실감하지 못했다. 누군가를 좋아한 적도 없다. 하지만 조금 생각하기는 했다. 영화처럼 노래처럼, 연애나 사랑이라는 감정을 느껴보고 싶다고. 어쩌면 사랑을 한다는 건 풍요로워지는 일일지도 모른다. 영화를 계속 만들기 위해서도, 내 인생을 살기 위해서도 경험해보고 싶다. 다만 좋아한다는 감정이⋯⋯.

"좋았어. 컷!"

한풀 꺾인 늦여름의 더위가 물러가고 어느새 계절은 가을로 성큼 다가섰다. 여름방학이 끝난 뒤부터 우리는 '고교생 영화 콩쿠르'에 출품할 신작 〈시들어 버린 해바라기〉 촬영을 계획대로 진행해 나갔다.

실제 고등학생의 느낌을 주기 위해 이번에는 이치카에게 주인공 역을 부탁했다.

"우아, 긴장했다."

컷! 소리에 이치카가 크게 숨을 토해내며 말하더니 상대역인 에나에게 웃어 보였다.

"쓰키시마, 다음 장면 말인데."

"신 12지? 영상 확인이 끝나면─"

촬영한 영상을 점검하는 내 등 뒤에서 아오이와 마코토가 진행 상황을 체크하고 있었다.

촬영 현장인 학교 건물 뒤편의 한쪽 구석에서, 나는 뒤돌아 마코토를 바라보았다.

누군가를 볼 때 이렇게나 행복한 기분이 들 수 있다는 걸, 이제껏 알지 못했다.

내가 먼저 고백해서 여름방학 전부터 마코토와 연인이 되었다. 사랑이라는 감정을 공부하기 위한 상대가 아니다. 서로 좋아하는 감정을 느껴 정식으로 사귀는 진짜 연인이다. 내 시선을 알아차렸는지 마코토가 내게로 고개를 돌렸다. 조금 난처한 듯이 웃었다.

내 안에서 애틋하고 따뜻한 감정이 넘쳐났다.

"있잖아, 마코토."

나도 모르게 그 애를 불렀다.

"네. 왜요. 감독님?"

그러자 마코토가 스태프로서 대답했다.

"딱히 중요한 용건은 아닌데."

"아! 으응."

"순수하게 그냥……, 네가 너무 좋아서."

하고 싶은 일이 있고 함께 일하는 동료가 있고 좋아하는 사람이 있다. 나는 어쩐지 몹시도 행복했다. 분에 넘치도록 모든 게 충만한 느낌이었다.

내 말을 들은 마코토가 쑥스러워하자 아오이가 한숨을 쉬며 다가왔다.

"감독님, 스태프랑 꽁냥질 그만하시고 다음 신 가자고요."

"아, 미안 미안. 너도 엄청나게 좋아해."

"뭐어?"

"그거 질투해서 주의 주는 거 아니야?"

"가끔 드는 생각인데……. 쓰바사 너 바보 같아."

"영화 바보라고 불리는 건 얼마든지 환영이야."

"아니, 바보 소리가 그리도 좋냐? 안 그래, 쓰키시마?"

"응? 아, 그렇지만 난……. 즐거운 표정으로 영화를 만드는 미나미가 좋으니까."

"짜증 나!"

그런 이야기를 주고받고 있는데 이치카가 다가오며 말했다.

"지금 연애 얘기 하는 거예요?"

옆에서 에나도 거들었다.

"좋아한다느니 바보라느니, 이상한 말이 들리던데."

좋아하는 것이 늘어나는 건 행복이 늘어나는 것과 굉장히 비슷하다.

평범하게 다섯 명이 함께 지내는 이 시간이, 일상이, 나를 더할 수 없이 행복하게 한다.

그 뒤로도 촬영을 계속했다. 아오이의 능숙한 지휘 덕분에 오늘 예정한 분량의 촬영을 순조롭게 마쳤다.

석양이 드리우는 가운데 철수 작업을 하고 동아리실로 돌아와 다 같이 기자재를 정리했다.

그러다 문득 생각했다. 그러고 보니 이 다섯 명이 함께 사진을 찍은 기억이 없다.

"다 같이 기념사진 찍지 않을래?"

내 말에 모두 "응?" 하는 소리를 냈다. 뜬금없어하는 부원들을 자리에 앉히고 내 스마트폰을 거치대에 고정시켰다. 타이머 기능을 이용해 사진 촬영을 시작했다.

"자, 그럼 찍는다! 모두 치이즈~"

다음 순간 찰칵 소리가 울리고 지금 이 시간이 기록으로 남았다.

아오이가 어쩔 수 없다는 듯이 웃음을 보이자 에나와 이치카도 사이좋게 다가와 밝게 웃었다. 마코토도 미소를 지었고, 그 옆에서 나는 기쁨을 감추지 못하고 환히 웃었다.

집에 돌아와 단체 메시지 방에 그 사진을 전송했다. 그러자 모두 한마디씩 메시지를 보내왔다. 그 대화와 사진을 바라보면서 이렇게 행복한 날들이 언제까지고 계속되기를 기도했다.

아니, 앞으로도 틀림없이 계속될 거라고 믿었다.

하지만 나는 좀 더, 여러 가지로 세심했어야 했다. 이미 많은 실마리가 있었는데, 한심할 정도로 무신경해서 전혀 눈치채지 못했다.

마코토가 무리해 가면서 매일 촬영에 참여하고 있었다는 사실을……

2

내가 이상한 낌새를 알아차린 것은 10월로 들어서면서, 교복이 하복에서 춘추복으로 바뀌었을 무렵이었다.

신작 촬영은 계획대로 진행되고 있었다. 오히려 여유가

있을 정도였다.

그런데 그날 촬영 중 각본에 오류를 발견했다. 그렇다고 심각한 오류는 아니었다.

자료가 있는 동아리실에서 조금만 수정을 하면 바로 끝날 거라고 해서 각본 담당인 아오이와 보조인 마코토에게 맡기고, 나머지 셋은 예정되어 있던 다른 장면을 촬영하기로 했다.

촬영은 생각보다 일찍 끝났다. 촬영을 진행하는 데 조감독의 역할은 굉장히 중요하다. 예전에 아오이 없이 촬영했다가 엉망이 된 경험이 있어서, 그날은 아오이 없이도 촬영을 빨리 끝낸 데 깜짝 놀랐다. 이 사실을 알면 두 사람도 놀라겠지. 이런 생각을 하며 동아리실로 돌아갔는데 마코토가 혼자 있었다.

보기 드물게 책상에 엎드려 자고 있었다. 아오이의 모습은 보이지 않았다.

"어라? 아오이 선배는?"

"없는데? 그보다 마코토 오빠는 피곤해서 잠들었나?"

"그럴지도 모르지. 아오이가 하도 힘들게 굴려서."

그 광경을 상상해서인지 세 사람이 킥킥대고 웃었다. 마코토를 깨우지 않으려고 조심조심 기자재를 정리했다.

나는 각본 수정이 끝나기를 기다려야 했기에 에나와 이치카에게 정리가 끝나면 먼저 돌아가도 좋다고 말했다.

"이치카, 그럼 잠깐 차 마시고 갈래?"

"좋아. 연애 이야기라도 할까나."

즐거워하며 돌아가는 두 사람을 배웅해 주었다. 동아리실에는 마코토와 나, 둘만 남았다. 아오이가 어디 간 건지 궁금했지만 아무 연락도 없는 걸 보면 심각한 문제가 일어난 건 아닐 터였다.

맞은편 의자에 앉아, 잠들어 있는 마코토를 가만히 바라보았다. 그러다 책상 위에 놓인 마코토의 손으로 시선을 돌렸다.

사귀기 시작한 뒤, 내 마음속에서 달라진 것이 있었다. 예전에는 별것 아니었는데 마코토와 손을 잡을 수 없게 되었다. 왠지 부끄러웠다.

하지만 지금 마코토는 잠들어 있다. 고심한 끝에 마코토의 손 쪽으로 손을 뻗었다.

단지 그뿐인데 스스로 느껴질 정도로 심장이 콩콩 뛰었다.

잠시 망설였지만 과감하게 잡아보았다.

"어……?"

당연히 느껴질 거라고 생각했던 기쁨과 부끄러움이 놀

라움이라는 감정에 묻혀 사라져 버렸다. 마코토의 손은 뭔가 잘못되었나 싶을 정도로 몹시 차가웠다.

나도 모르게 손을 떼었다가 다시 잡았다. 역시 차갑다. 착각이 아니었다.

몸을 일으켜 마코토의 입 가까이에 손을 가져다 댔다. 당연하지만 숨을 쉬고 있다. 하지만 뭔가 이상했다. 호흡도 얕은 것 같았다.

"마코토! 마코토!"

깨우려고 이름을 불렀다. 마코토의 어깨를 흔들고 있는데 복도에서 시끄러운 발소리와 함께 절박한 목소리가 들려왔다. 동아리실 문이 벌컥 열렸다.

문을 연 사람은 아오이였다. 그 뒤에는 보건 선생님도 있었다.

"어, 쓰바사? 촬영은?"

내가 돌아와 있을 줄은 생각도 하지 못했는지 아오이가 깜짝 놀랐다.

"예정보다 일찍 끝나서. 그보다 마코토가."

"침착해, 쓰바사!"

당황하며 마코토의 상황을 전하려 하는데 아오이가 내 말을 가로막았다. 긴장한 듯 보이는 아오이가 날 안심시키려는지 설핏 미소를 지었다.

"괜찮으니까. 걱정 말고. ……그냥 자고 있을 뿐이니까."

"자고 있을, 뿐?"

당황한 나는 마코토에게로 시선을 돌렸다. 아오이는 주저하는 듯 한동안 아무 말이 없었다. 무슨 뜻인지 물어보려고 눈을 마주 보자, 아오이가 조심스럽게 입을 열었다.

"저기, 실은 말이야."

다음 순간 아오이가 한 말을, 나는 잘 알아들을 수가 없었다.

"쓰키시마, 불면증이라나 봐."

불면증……. 상황을 얼른 이해하지 못하고 혼란스러워하자 마코토의 개인적인 이야기라 그런지 아오이가 드물게 말을 더듬으며 천천히 설명해 주었다.

마코토는 불면증으로 밤에 잠을 제대로 자지 못해 약을 처방받고 있는데, 내가 걱정할까 봐 비밀로 해달라고 부탁했다는 이야기였다. 그리고 그 약의 부작용이 심해서 낮에도 한번 잠들면 쉽게 깨어나지 못하거나 손발이 차가워진다고 했다.

아오이의 보조를 맡으면서 마코토는 불면증에 관한 이야기를 했던 모양이다. 다만 아오이도 약의 부작용을 직접

본 건 처음이어서 만일을 위해 보건 선생님을 불러왔다고
했다.

아오이의 말이 끝나자 보건 선생님이 나를 보고 살짝
미소 지었다.

"불면증은, 단순히 잠을 못 자는 것뿐이라고 생각할지
모르지만…… 본인에게는 무척 심각한 일이란다. 때로는
약효가 센 약을 처방하기도 하지."

"센 약. 그렇구나, 그래서."

"모처럼 잠이 들었는데 일부러 깨우기도 딱하니까…….
보건실에서 좀 자게 두자. 너무 늦어질 것 같으면 쓰키시
마 부모님께 내가 연락할게."

마코토의 상태를 잠시 진단해 본 선생님이 그 애를 업
고 보건실로 향했다.

선생님이 신경 쓰면 증상이 악화될 수 있으니 불면증
이야기는 마코토에게 모른 척하자고 당부하시기에 나도
고개를 끄덕였다.

─ 어제는 미안. 동아리실에서 깊이 잠들어 버렸나 봐.

다음 날, 마코토가 사과 메시지를 보내왔다. 나는 선생
님과 약속한 대로 모르는 척 답장을 보냈다. 하지만 마코
토의 불면증을 알게 된 뒤로, 결코 나쁜 의미에서가 아니

라 마코토가 걱정되었다.

무리하거나 뭔가 참고 있는 건 아닌지. 아무래도 신경이 쓰였다.

내 나름대로 불면증에 관해 조사해 봤지만 드문 증상이 아니라 고등학생에게도 일어나는 일인 것 같았다. 스트레스가 가장 큰 적이라고 하여 아오이와 의논 끝에 마코토의 일을 줄이기로 했다. 마코토 자신이 불면증 얘기를 꺼내지는 않았지만 병원에 가야 하기 때문인지 학교 수업과 동아리 활동에 빠지는 날이 종종 있었다. 예전에 몸이 약했었다는 걸 알고 있었던 데다 마코토가 이제는 괜찮다고 해서 캐묻지는 않았지만, 생각해 보면 전에도 가끔 학교를 결석하곤 했다.

그런데 사실은 불면증으로 고민하면서 병원까지 다녔던 걸까.

나는 연인이면서도 마코토가 밤에 잠들지 못해 힘들어했다는 사실을 전혀 알아차리지 못했다.

마코토의 불면증을 걱정하는 한편, 다행히 촬영은 순조롭게 진행되었다. 에나의 연기도 좋았고, 이치카에게서 자연스럽게 대사를 끌어냈다.

"컷! 좋았어. 잠깐 확인할게."

마코토가 동아리실에서 잠든 모습을 목격한 뒤 약 2주가 흘렀다. 이날은 방과 후 학교 근처의 공원에서 촬영을 했다. 영상을 확인한 뒤 문제가 없다고 판단해야 철수 작업을 시작한다.

모두 기자재를 들고 학교까지 걸어갔다. 오늘은 마코토도 촬영에 참여했다. 진행 상황을 확인하는지 뒤쪽에서 아오이와 이야기를 나누며 걸어오고 있다.

"촬영, 순조롭네."

"응, 감사하지. 다 에나와 이치카 덕분이야."

"무슨요. 난 에나에 비하면 한참 멀었는걸요. 다시 찍게 만들기 일쑤고."

괜히 큰일로 떠벌여 어수선해지지 않도록, 에나와 이치카에게는 마코토의 불면증에 관해 말하지 않았다. 학교로 돌아오면서 마코토의 상황을 모르는 두 사람과 대화를 나눴다.

그러는 중에도 마코토가 괜찮은지 걱정되어 뒤를 돌아보았다.

그러자 이치카가 내 행동을 다른 의미로 이해했는지, 내게 몸을 기대며 물었다.

"그러고 보니 쓰바사 선배, 어때요? 마코토 선배랑은?"

"어? 어떠냐니?"

"두 사람은 연인 사이잖아요."

"뭐야, 너 또 야한 얘기 물어보려고 그러지?"

"그, 그런 거 아니에요."

이치카는 예전부터 연애 이야기를 좋아했고 그건 지금도 변함없었다. 나는 흐뭇한 마음으로 미소 지으며 우리의 상황을 어떻게 얘기하면 좋을지 고민했다. 마코토의 불면증을 말해줄 수는 없다.

"마코토하고는 잘되어 가. 다만 모르는 사이에 부담을 주고 있는 건 아닌지 조금 걱정이 되긴 해. 나 혼자만 마코토를 좋아하는 게 아닐까 하고……."

망설인 끝에 솔직한 감정을 털어놓자 두 사람이 놀랐는지 말을 잃고 진지한 표정을 지었다.

"쓰바사 선배가 소녀 같은 표정을 짓고 있어."

"정말이야, 사랑에 빠졌네."

"어? 내가 그랬어? 그렇담 지금의 내 모습을 찍어둘걸. 로맨스물 찍을 때 참고 자료가 될지도 모르는데."

"다행이야. 평소의 선배 모습으로 돌아왔어."

에나의 말에 우리는 마주 보고 웃었다. 그때부터 화제가 마코토와 나의 연애로 옮겨갔다.

최근에는 어디서 데이트했느냐는 질문을 받았다. 여름 방학이 끝난 뒤부터는 촬영이 계속된 데다 마코토가 일이 있어서 따로 밖에서 만나진 못했다. 동아리 모임이 끝나고 돌아가는 길에 카페나 게임 센터에 들르기는 했지만 한동안 휴일에 만나는 일은 없었다.

"그럼 촬영도 순조롭겠다, 이번 주말에 데이트하는 거 어때요?"

두 사람에게 이런 상황을 이야기하자 에나가 느긋한 표정으로 의견을 말했다.

"하지만 아직 촬영도 끝나지 않았는데."

"감독인데 뭐 어때요! 한숨 돌리는 것도 중요하지."

"그런가……."

그건 나뿐만 아니라 마코토에게도 중요한 일일지 모른다. 불면증의 원인은 모르지만 가끔은 둘이서 마음껏 자유롭게 노는 시간도 필요하지 않을까.

그렇게 생각한 나는 에나와 이치카의 응원에 힘입어, 동아리실에 도착한 뒤 마코토에게 데이트를 신청했다. 긴장되었지만 모처럼 낸 용기가 사그라들기 전에 말을 꺼냈다.

"저기……, 그러니까. 이번 주 일요일에 괜찮으면 데이

트하지 않을래? 최근에는 일도 있고 그래서 둘이 못 만났
잖아. 나……, 마코토하고 놀이공원에 가고 싶어."

조금 갑작스러운 제안이었지만 마코토는 좋다고 해주
었다.

마코토가 잠시 망설인 걸 보면, 다른 용무가 있었는지
도 모른다. 하지만 에나와 이치카가 옆에서 도와준 덕분에
일요일에는 동아리 활동을 쉬고 마코토와 데이트하기로
했다.

오히려 신경 쓰게 한 건 아닌가 싶어 걱정했지만 마코
토는 그렇지 않다고 대답했다.

"마코토, 정말 괜찮은 거야?"

"동아리를 쉬면 다른 일정은 없어. 응……, 정말 괜찮아.
데이트하자."

"진짜? 무리하는 거 아니고?"

"무리하는 거 아니야. 먼저 말해줘서 고마워."

약속 장소와 시간, 무얼 할지 등 세세한 일정을 정했다.
일요일 아침 9시에 번화가에 있는 역 앞 광장에서 만나기
로 했다.

그 광경을 에나와 이치카가 만족스러운 듯이 바라보고
있었다. 아오이가 놀릴 거라고 생각했는데, 의외로 아무

말 없이 우리를 가만히 지켜보았다.

　나는 집으로 돌아가 미리 그날 입을 옷을 고르기 시작했다. 아직 사흘이나 남았는데도.

　어떻게 마코토를 즐겁게 해줄까 생각하며 인터넷으로 놀이공원도 검색해 보았다. 마코토가 불면증을 잊을 수 있을 만큼 둘이서 즐겁게 보내고 싶었다. 바라는 건 오직 그것뿐이었다.

　마코토가 사고를 당했다는 사실을 알게 된 건, 바로 그 데이트 날이었다.

3

　일요일 아침, 나는 데이트할 생각에 한껏 들떠 있었다.

　화장은 늘 적당히 하곤 했지만 이날만큼은 마음을 안정시키고자 더 정성껏 해보았다. 에나가 추천해 준 화장품이 피부에 잘 맞아서 더욱 기분이 좋았다.

　입을 옷은 미리 정해두었다. 오늘은 귀여운 스타일로 입어보고 싶어서 평소에 입는 바지 대신 스커트에 도전하기로 했다.

준비를 마치고 거울 앞에 서서 전신을 비춰보며 마지막 점검을 했다. 스커트를 사두길 잘했다는 생각이 들었다. 나도 모르게 빙그레 웃음이 떠올랐다. 마코토가 예쁘다고 말해주려나?

시계를 보니 아직 여유가 있었지만 마음이 안정되지 않아 일찌감치 집을 나섰다. 만나기로 한 시간보다 10분 일찍 약속 장소에 도착했다. 역 앞 광장에는 사람이 무척 많았다.

모두 누군가를 기다리고 있었다. 나도 벤치에 앉아 그들 속에 섞여 들었다.

이제나저제나 기다리는 지금 이 시간이 싫지 않았다. 이 시간의 끝에는 반드시 마코토가 나타난다. 오늘 데이트 계획을 머릿속에 그려보며 마코토가 오기를 기다렸다.

"기다렸지?"

옆에서 목소리가 들려왔다. 깜짝 놀라 얼굴을 들었다.

반사적으로 웃음을 지으려 했지만, 나타난 사람은 마코토가 아니었다. 대학생 정도로 보이는 남성이 내 옆에 앉은 여성에게 말을 걸고 있었다.

시간을 확인해 보니 벌써 약속 시간 5분 전이었다. 성실한 성격인 마코토는 이제 슬슬 올 것이다. 일부러 마코토가 오는 걸 눈치채지 못한 척하려고 스마트폰을 꺼내 화면을 쳐다보았다.

내게 말을 걸어오기를 기다렸다. 마코토는 이미 나를 발견했을까. 옷차림이 평소와 다르다는 걸 알아차릴까. 내 모습을 시야에 담고 천천히 다가와서…….

"미안, 오래 기다렸지?"

목소리가 들려 얼굴을 들었지만 이번에도 아니었다. 모르는 남성이 내 왼쪽 옆에 앉은 여성에게 웃어 보이고 있었다. 두 사람은 손을 잡고 행복한 듯이 걸어갔다.

지금이라도 마코토가 나타날지 모른다고 생각하며 두근거리는 마음으로 계속 기다렸다.

하지만 좀처럼 오지 않았다. 시계를 보니 어느덧 약속 시간이 되어 있었다.

무심코 주위를 둘러보았다. 어딘가에 숨어 있는 게 아닐까, 생각했지만 마코토가 그런 식으로 사람을 불안하게 하는 장난을 칠 리 없다.

메시지 앱을 확인했지만 아무 연락이 없었다. 그렇다면 단순히 약간 늦는 것뿐이겠지.

— 지금 막 약속 장소에 도착했어. 천천히 와.

마코토가 미안해하지 않도록 메시지를 보냈다. 그러고는 한참 동안 주변과 스마트폰 화면을 번갈아 바라보았지만 마코토는 모습을 드러내지 않았다. 내가 보낸 메시지도 읽지 않았다.

다시 5분이 지나고 10분이 지났다. 지금까지 이런 적이 없었기 때문에 조금 불안해졌다. 마코토는 어떻게 된 걸까. 전화를 걸어도 받지 않았다.

설마 불면증 때문에 무슨 일이 생긴 건 아닐까, 걱정하는데 구급차의 사이렌 소리가 멀리서 들려왔다. 아래로 떨구고 있던 고개를 들고 소리가 나는 방향으로 시선을 돌렸다. 평소에는 그다지 신경 쓰이지 않던 사이렌 소리가 웬일인지 귀에 크게 울려왔다.

다시 스마트폰 화면을 바라보았다. 보낸 메시지는 아직도 읽지 않음 상태다. 알 수 없는 긴장감으로 목이 말라왔다. 그 상태로 10분이 더 지났다.

연락이 되지 않은 채 아무리 시간이 지나도 와야 할 사람이 오지 않는다. 무슨 일일까. 단순히 약속 시간에 늦는걸까. 그렇다. 그럴 거다. 지금이라도 메시지에 읽음 표시가 나타나고 전화가 걸려올지도 모른다. 하지만 아무리 기다려도 그런 일은 일어나지 않았다.

나는 한기를 느꼈다. 최악의 사태가 뇌리를 스쳤고, 그럴 리 없다고 필사적으로 이 상황을 대수롭지 않게 여기려 했다. 아무렴 이건 그저 상상이 너무 과한 것뿐이니까. 기분 탓일 거야.

하지만 그 성실한 마코토가 특별한 사정 없이 약속을 어길 리 없다.

긴장한 나머지 꼼짝도 하지 못한 채 굳어 있는데 광장을 향해 달려오는 발소리가 들렸다.

시선을 들어 바라본 곳에서 당황한 표정으로 누군가를 찾고 있는 인물과 눈이 마주쳤다.

"쓰바사!"

숨을 헐떡거리며 나타난 사람은 아오이였다. 아오이가 내게로 달려왔다.

"……아오이, 어떻게 여길?"

"쓰키시마랑 둘이 만나기로 한 건 동아리실에서 들어서 알고 있었어. 그보다 침착하게 들어."

그러고 나서 아오이는 호흡을 가라앉히려 애쓰며 말을 이었다.

"쓰키시마가 교통사고를 당했대. 우리 엄마가 근무하는 병원으로 실려 왔다고, 아까 엄마한테 연락이 왔어."

순식간에 머릿속이 새하얘졌다. 마코토가 교통사고라
니…….

그런 예감이라면 맞지 않길 빌었는데. 그래도 불행 중
다행한 일은 있었다.

"아주 가벼운 상처인 것 같으니까 걱정은 하지 말고. 오
토바이랑 살짝 부딪쳤다는데 스마트폰은 깨졌지만 쓰키
시마는 무사하대."

"뭐? 오토바이? 많이 다친 건 아니래?"

"그런가 봐. 안심해도 돼."

안도의 한숨이 저절로 새어 나왔다.

기쁘기도 하고 두렵기도 하고 머릿속은 아직도 새하얀
상태였다. 하지만 아오이가 다시 상황을 설명해 줘서 조금
씩 안정을 찾아갔다.

마코토는 사고를 당했지만 경상인 듯했다. 연락이 되지
않았던 건 스마트폰이 깨져서였다.

"다행이야……. 무슨 일이 있는 건 아닌가 하고 걱정했
거든. 아, 하지만 머리를 부딪쳤다거나 그런 건 아니겠지?
지금은 괜찮아도 나중에 후유증이 생길 수 있다던데."

그래도 불안감은 남아 있었다. 패닉 상태가 되지 않도
록 스스로 다독였지만 불안과 의문이 끊임없이 넘쳐났다.

표정에도 초조함이 드러났는지 모른다. 아오이가 날 걱정스럽게 바라보고 있었다.

"괜찮으면 우리 엄마한테 얘기 들어볼래?"

아오이가 날 위로하려는 듯 살짝 미소를 머금더니 이렇게 물었다.

"응? 그래도 돼?"

"그럼. 그러는 게 쓰바사도 안심이 될 테니까. 엄마한테는 말해둘게."

망설였지만 아오이의 어머니하고는 가까운 사이였다. 마음이 놓이지 않아서 고개를 끄덕이며 아오이의 호의를 덥석 받아들였다. 아오이가 자신의 스마트폰으로 어머니에게 전화를 걸어서 내게 건네주었다.

"쓰바사? 괜찮니? 갑작스러운 소식에 놀랐지?"

아오이 어머니의 목소리에서는 전혀 급박한 느낌이 들지 않았다. 그것만으로도 안심이 되었다. 어깨가 굳어져 있었다는 걸 그제야 깨달았다.

"전 괜찮아요. 그보다, 죄송해요. 업무로 바쁘실 텐데."

"아냐. 네가 걱정하는 게 당연하지. 그래서 쓰키시마 말인데—"

아오이의 어머니는 이런 설명에 익숙한지 마코토의 상

태를 간결하게 알려주었다. 아오이가 말한 대로 아주 가벼운 상처일 뿐 머리를 부딪친 흔적도 없다고 했다.

나는 가능하면 병원으로 달려가고 싶었지만, 만약을 위해 정밀 검사를 받아야 해서 병문안은 불가능하다고 말씀하셨다. 그 대신 하고 싶은 말이 있으면 전해주겠다고 하시기에 데이트 약속은 신경 쓰지 말라고 전해달라고 부탁했다. 옛날부터 나를 잘 아는 아오이의 어머니는 뭔가 깊이 생각하시는 듯했다.

"아오이한테서 네게 남자친구가 생겼다는 말을 듣고는 깜짝 놀랐단다. ……참 자상해 보이는 학생이더구나."

"마코토와 얘길 해보셨어요?"

"아니. 얼굴만 본 거야……. 그러니까 쓰키시마도 나를 모를 거고."

그렇게 아오이의 어머니와 잠시 이야기를 나눴다. 마코토에게 아무 이상이 없다는 사실을 알게 되자 깊은 안도감이 몰려왔다. 업무를 오래 방해하면 안 되기에 감사 인사를 전하고 전화를 끊었다. 스마트폰을 돌려주자 아오이가 놀란 표정으로 나를 보았다.

"너, 혹시 우는 거야?"

그 말을 듣고서야 내 눈에 눈물이 흐르고 있다는 걸 알

221

왔다.

"어, 정말이네. 왜 이러지. 안심……, 해서인가. 왠지 긴
장이 풀어졌어."

"쓰바사……."

"비웃을지도 모르지만, 약속을 깨뜨릴 사람이 아닌 걸
아니까 너무 걱정이 돼서……. 게다가 마코토, 불면증도
있는데 무리해서 약속하는 바람에 사고를 당한 게 아닌가
하고 불안해졌거든……. 그런 생각에 머릿속이 마구 엉켜
버려서."

나는 눈가를 닦으며 이어서 말했다.

"미안해. 지금 이 말은 잊어줘."

아오이는 아무 말도 하지 않았다. 그러나 내가 훗, 하고
웃어 보이자 나를 놀렸다.

"연애 바보."

"영화 바보에 이은 새로운 호칭이네."

"호칭이라고 해야 하나, 낙인이라고 해야 하나."

"그건, 너도 연애를 해보면 알게 될 거야."

"우와, 인생은 무서워. 너한테 그런 말을 듣는 날이 올
줄은 생각도 못 했어."

"나도 생각 못 했는걸."

우리는 심각한 분위기를 떨쳐버리고 여느 때처럼 마주 보고 웃었다.

"그보다 나, 뛰어오느라 목이 너무 말라. 어디 들어가서 차라도 마실래?"

아오이의 제안에 차를 마시러 가기로 했다. 아오이가 잔뜩 멋부리고 나온 날 놀리기도 하면서 우리는 근처 카페에서 이야기를 나눴다. 그러는 동안 차츰 마음이 진정되었다. 예기치 않게 시간이 생겨서 오전부터 아오이와 쇼핑을 했다.

한창 쇼핑을 하고 있는데 아오이가 어머니에게 메시지를 받았다.

"오전에 한 검사에서는 역시 쓰키시마에게 별다른 문제가 발견되지 않았다시네. 네가 전해달라고 한 말도 엄마가 전하셨대."

그날은 결국 하루 종일 아오이와 함께 보냈다. 기왕 이렇게 된 김에 요즘 화제가 되고 있는 영화도 보러 갔다. 그리고 카페에서 감상을 이야기했다.

아오이는 어머니의 연락을 기다리는지 줄곧 스마트폰에 신경을 쓰고 있었다.

저녁때 내 스마트폰으로 전화가 걸려왔다. 공중전화 표

시가 떠서 미심쩍긴 했지만 스마트폰이 망가진 마코토일지도 모른다는 생각이 들었다.

"여보세요."

"아, 나야, 마코토. 공중전화로 걸어서 미안."

귀에 익은 목소리가 들려오자 몸 안에서 긴장이 빠져나가는 것이 느껴졌다. 나는 웬만해선 잘 울지 않는 사람이라 생각했는데 또 눈물이 나오려 했다.

"지금 오후에 한 검사 결과도 나왔는데 아무 문제 없대. 하야미의 어머니한테 네 얘기 전해 들었어. 그래서."

마코토는 자신의 상황을 알려주었다. 그리고 사과의 말을 덧붙였다.

"오늘 약속 못 지켜서 미안해."

"마코토가 미안할 게 뭐 있어. 나야말로 무리하게 약속을 잡은 것 같아서 미안해."

"아냐, 내가 부주의해서 교통사고를 당한 게 잘못이지."

그 뒤로도 한참 '내가' '아니 내가' 하며 주거니 받거니 계속 같은 말을 되풀이하다가 이 이야기는 그만하자고 말하고는 둘이 같이 웃었다.

"그보다 마코토, 몸은 정말 괜찮은 거야? 다친 덴 없고?"

"응. 아무렇지도 않아. 스쿠터랑 부딪친 것뿐이야."

"정말? 오토바이라더니 스쿠터였구나."

"어, 아……, 응. 맞아. 스쿠터. 스쿠터라고 들은 거 아니야?"

"미안. 오토바이랑 사고가 났다고 하길래 내 멋대로 훨씬 큰 걸로 생각했어."

사고당할 때 망가졌다는 스마트폰에 관해서도 물었다. 다행히 손상이 심하지는 않아서 액정 화면만 교체하면 내일부터 사용할 수 있다고 했다.

내일은 학교에 가지 않을 예정이지만 모레에는 갈 수 있을 거라고도 했다.

다음 데이트 약속은 하지 않았다. 마코토에게 심리적인 부담을 줘서는 안 되니까.

4

이틀 뒤인 화요일, 쉬는 시간에 마코토의 교실을 찾아 갔다. 만나고자 하는 사람이 거기에 있었다. 스마트폰을 고쳐서 아침에도 메시지를 주고받았지만 마코토가 제대로 존재하고 있다는 사실에, 유난스럽기는 해도 안심했다.

나를 알아본 마코토가 복도로 나왔다. 보기에는 상처가 없는 듯했다.

"마코토. 다행이야. 정말 아무렇지도 않은 것 같네."

"그럼. 이렇게 멀쩡하다니까."

"그래서, 스쿠터랑 격투를 벌인 소감은 어때?"

"아, 그게……. 꽤 강하더군요."

별것 아닌 대화를 나누며 서로 마주 보고 깔깔 웃었다. 평범한 이 한때가 너무나도 애틋하고 소중했다.

"저기, 그래서……. 일요일에는 약속 못 지켜서 너무 미안해."

"정말 괜찮다니까."

마코토가 정중하게 사과하기에, 마음 쓰지 않아도 된다고 말하며 웃어 보였다.

솔직한 마음으로는, 예정대로 데이트했다면 얼마나 좋았을까 싶었다. 하지만 마코토에게 기분 전환이 되길 바라는 마음에서 제의한 것이기도 했다. 지금 당장이 아니더라도 언젠가 다시 기회가 있겠지.

그런 생각을 하고 있는데 생각지도 못한 일이 일어났다.

마코토가 주위를 둘러보더니 남들이 듣지 못하게 자그마한 목소리로 물었다.

"그래서 말인데, 만일 네가 괜찮다면……. 사과도 겸해서 오늘은 어때?"

"응? 오늘이라니?"

"오늘, 괜찮으면 놀이공원에 가지 않을래? 평일이라 사람도 별로 없을 거고."

너무나 뜻밖이어서 무슨 제안을 받은 건지 바로 이해가 가질 않았다.

"그건, 그러니까……. 학교를 땡땡이치고 놀러 가자는 뜻?"

"아, 역시 갑작스러운 데다가 땡땡이라니 안 되겠지? 엉뚱한 소리 해서 미─"

"가고 싶어!"

마코토의 말이 끝나기도 전에 다급하게 대답했다. 성실한 마코토가 이런 말을 할 줄은 상상도 못 했기에 놀라긴했지만 나는 대환영이었다.

마코토가 먼저 한 제안이었는데 어느새 입장이 바뀌었다. 내가 더 적극적으로 조르기 시작했다.

"너무 좋아. 가자. 아직 이르니까 지금부터 준비하면 점심시간 전에는 도착할 수 있겠다."

"자, 그럼……. 갈까?"

"가자, 가는 거야."

마코토와 그 자리에서 놀이공원에 갈 계획을 세웠다. 아무래도 평일에 교복을 입고 돌아다니는 건 내키지 않아서 집에 들러 옷을 갈아입은 뒤 전철을 타고 가기로 했다.

이따가 학교 건물 입구에서 만나기로 하고 각자 집으로 돌아갈 준비를 시작했다. 교실로 돌아와 아오이에게 솔직히 털어놓았다.

"미안, 오늘 학교 쉬기로 했어."

"뭐? 아니, 이미 학교에 와 있는데 왜?"

"마코토하고 지금부터 땡땡이치고 놀이공원에 가기로 했거든."

"지금부터라니……. 너, 진심이야?"

"응, 진심, 진심."

아오이는 뭔가 곤혹스러운 표정을 지었다. 아오이 역시 성실한 성격이라 반대하려나 싶었는데 의외의 말이 튀어나왔다.

"그럼 나도 따라갈래."

그러더니 진짜로 돌아갈 준비를 하기 시작했다.

"너도 간다고?"

"나도 너희들 따라가려고. 놀이공원 가본 지도 오래됐

고. 아니면 왜, 단둘이만 가고 싶어서 그래?"

"어, 아냐. 너라면 아무 상관 없지. 셋이 가는 게 더 재밌을지도 모르고."

"그럼, 빨리 준비하고 가자. 결석 사유는 내가 담임 선생님께 적당히 말씀드려 놓을게."

마코토와는 학교 건물 입구에서 만나기로 했다고 말해주고서 교무실로 향하는 아오이와 헤어졌다. 얼마 후 수업 시작을 알리는 예비 종이 울렸다.

모두 서둘러 교실로 돌아갈 때 나는 가방을 들고 건물 출입구로 향했다. 아무도 없는 복도의 적막감이 좋아서 나도 모르게 스마트폰을 꺼내 찍기 시작했다.

"나 왔어, 미나미. 촬영하고 있었어?"

출입구에서 기다리고 있자니 가방을 든 마코토가 나타났다.

"응. 왠지 즐거워서. 아, 그리고 놀이공원 말인데, 아오이도 함께 가도 괜찮을까? 마코토에게 묻기 전에 이미 아오이한테 와도 좋다고 말해버렸지만."

"하야미도?"

둘이 이야기하고 있는데 누군가가 복도를 달려오는 발소리가 들렸다. 아오이였다.

우리와 합류하더니 아무렇지도 않게 말했다.

"나랑 쓰바사는 조퇴한다고 선생님께 말씀드리고 왔으니까 이걸로 아무 문제 없어."

"역시 아오이! ……근데, 그렇게 쉽게 되는 거야?"

"그런 거지 뭐."

내게 그렇게 대답하고는 아오이가 마코토를 돌아봤다.

"쓰바사한테 들었는지 모르지만 나도 놀이공원에 따라 갈 거야."

"어, 응. 상관없는데 너야말로 그래도 돼?"

"앞으로 만들 작품에도 놀이공원 영상 자료가 필요했거든. 자료 촬영도 겸해서 내가 너희들 찍어줄게. 그리고 내 입장료랑 점심값은 네가 내는 거다!"

"어? 내가?"

"일요일에 나 엄청 힘들었거든. 그 보답으로 이 정도는 해줘도 좋다고 생각하는데? 어라? 나, 잘못 말한 거야?"

"아니, 지당한 말씀이옵니다."

"마코토, 너무 물러."

마코토가 쉽사리 굴복하는 모습이 우스워서 나도 모르게 웃음을 터뜨렸다. 마코토도 쑥스러운 듯이 웃었다. 아오이도 어이없어하며 "맞아" 하고 미소를 보였다. 우리는 각자 집으로 돌아가 사복으로 갈아입고 일요일과 똑같이 역 앞 광장에 모였다.

셋이서 신나게 떠들며 전철을 타고 놀이공원에서 가장 가까운 역에 내렸다.

놀이공원은 생각보다 텅 비어 있었다. 티켓을 사서 들어갔더니 눈앞에 펼쳐져 있는 광장에도 사람이 거의 보이지 않았다. 한산했다. 그 모습을 놀라서 바라보는데 아오이가 짓궂은 표정으로 말했다.

"하긴 11월이 코앞이라 추운 데다 평일이고 말이지. 충동적인 기분으로 학교 땡땡이치고 온 사람들 말고 누가 있겠어? 그렇지, 쓰키시마?"

"……충동적인 기분으로 휩쓸려 오시게 해서 미안합니다."

"하지만 반대로 생각하면 우리가 통째로 빌린 거나 다름없지 뭐."

놀이 기구를 타려고 오래 줄 서지 않아도 되고 편하게 촬영도 할 수 있어서 우리는 평일의 놀이공원을 마음껏 즐기기로 했다.

"좋았어, 놀이 기구를 모조리 제패하자고. 가자, 마코토."

"어, 그래도 전부 타는 건 힘들지."

"쓰키시마, 회장님 명령을 거스르면 안 돼."

나는 마코토를 끌어당겨 놀이공원 안으로 걸어 들어갔다. 아오이가 웃으며 그 모습을 카메라에 담았다. 마코토가 불면증 따위 잊어버릴 만큼 함께 마음껏 웃고 싶었다.

우선 마코토랑 회전목마를 탔다. 말 위에 올라타 빙빙 돌아가는 우리를 아오이가 찍어주었다. 아오이 앞을 지날 때 "엄마아~" 하고 소리 지르며 손을 흔들자 아오이가 어이없다는 듯 피식 웃었다. 마코토에게도 똑같이 해보라고 시켰더니 한 바퀴 돌아서 다시 아오이가 보이자 "어, 엄마아~" 하고 손을 흔들었다.

"이따 죽을 줄 알아!"

활짝 웃고 있던 아오이가 소리치자 마코토가 당황해서 어쩔 줄 몰라 했다. 그 모습에 웃음이 터져 나왔다.

그다음에는 복수라며 아오이가 마코토를 끌고 가 커피잔 기구에 함께 올라탔다. 이번에는 내가 사진을 찍어주기로 했다. 음악이 흐르면서 아무도 타지 않은 빈 커피잔들이 천천히 회전하기 시작했다. 그런 가운데 아오이와 마코토가 탄 커피잔만이 빙글빙글 빠르게 돌아갔다. 마코토가 겁이 나는 듯 불안한 표정으로 소리를 질러댔다.

촬영한 영상을 셋이 확인해 보니 굉장히 기괴한 광경이

찍혀 있었다. 아오이가 참지 못하고 웃음을 터뜨리는 바람에 마코토와 나도 따라 웃었다.

우리는 학교 수업을 빼먹고 이렇게 평일의 놀이공원을 만끽했다.

점심을 먹은 뒤에는 셋이 공원 안을 돌아다녔다. 마음 같아서는 놀이 기구를 하나도 빠짐없이 제패하고 싶었지만 50여 개나 되어서 쉽지 않았다. 그래도 마음껏 타고 각자의 스마트폰으로 풍경을 찍었다. 더할 나위 없이 만족스럽고 즐거웠다.

하루가 눈 깜짝할 사이에 지나갔다. 겨울이 다가오고 있어 해가 지는 시각이 점점 빨라졌다. 하늘이 노을빛으로 물들어 가고 우리는 마지막으로 관람차를 탔다.

"남자 하나에 여자 둘이면 남들 눈에는 어떻게 보이려나?"

관람차에 올라타서 내가 그렇게 말하자 아오이가 무척 불쾌한 표정을 지었다.

"남들 눈에는 사이좋은 세 사람으로 보이지 않겠어? 남자가 여자 둘 중 한 명과 사귀고 있든지 두 사람 다 친한 친구든지."

"아오이, 우리 셋이 사이가 좋은 건 사실이니까 그렇게 이상한 표정 짓지 말라고."

"뭐? 내가 쓰키시마랑?"

오랜 친구이기에 잘 안다. 아오이는 딱히 마코토를 싫어하지 않는다. 그건 때때로 아오이에게 신랄한 말을 듣는 마코토 역시 마찬가지로, 두 사람은 사실 사이가 좋다.

우리가 올라탄 관람차가 이윽고 제자리로 돌아왔다. 광장으로 나와서 나는 기지개를 켰다.

무척 알찬 하루였다. 일요일에 마코토와 하고 싶었던 일을 거의 다 이루었다.

하지만 딱 한 가지, 하지 못한 것도 있다.

"화장실에 다녀올게."

그런 생각을 하고 있는데 아오이가 자리를 비웠다.

관람차 앞 광장에 마코토와 둘만 남게 되었다. 아오이가 돌아올 때까지 벤치에 앉아 기다리기로 했다. 옆에 앉은 마코토의 손을 바라보았다. 용기를 내 살그머니 손을 잡자 마코토가 놀라서 나를 쳐다봤다.

겨우 이 정도 일로도 심장이 쾅쾅 뛰었다.

"아, 저기. 요즘 우리 손도 못 잡아서."

"아…… 그, 그러네."

마코토도 쑥스러운지 살짝 뺨이 붉어진 채 고개를 숙였

다. 꼭 잡은 손이 따뜻했다. 언젠가 동아리실에서 만졌을 때와는 전혀 달랐다. 정말로 따뜻한 손이었다.

아무 말 없이 있으려니 자꾸만 더 긴장되는 것 같아서 말을 꺼냈다.

"저기, 있잖아……. 오늘, 정말 즐거웠어."

"아, 응. 나도 즐거웠어."

"오자고 해줘서 고마워. 마코토가 학교를 땡땡이치자고 할 줄은 생각도 하지 못해서 좀 놀랐지만. 그래도……, 기뻤어."

"그렇담 다행이야."

대화를 나누면서도 줄곧 손을 잡고 있었다.

불면증이 신경 쓰였지만 마코토도 오늘 즐거웠던 모양이다. 가능하다면 앞으로도 마코토와 데이트하고 싶다. 함께 같은 풍경을 보고 같은 경험을 하면서 마주 웃고 싶다.

반년 전까지만 해도 연애는 나와 관계없는 일이었다. 반면에 마음 한구석 어딘가에서는 동경하고 알고 싶어 한 일이기도 했다. 그랬던 내가…….

"나, 앞으로도 마코토랑 함께 많은 델 가보고 싶어. 함께 영화도 계속 만들고 싶고."

마주 잡은 손에 살짝 힘을 주며 어느새 내 소망을 말하고 있었다.

마코토에게 부담을 주는 건 아닐까 걱정하면서도 분명 괜찮을 거라고 자신을 안심시켰다. 마코토도 고개를 끄덕여 줄 것이다. 부끄러워하면서도 자신 역시 그러고 싶다고 말해줄 것이다.

그런데…… 무슨 일일까. 손을 잡고 있기에 알 수 있었다. 왠지 마코토의 어깨가 경직되는 것 같았다. 대답을 기다리고 있는데, 잠시 뜸을 들인 뒤 마코토가 입을 열었다.

"미안해. 사실은 나……, 이번 겨울에 외국으로 전학 가게 됐어."

아무런 마음의 준비도 하지 않은 상태에서 들려온 단어의 나열. 나는 순간 그 의미를 알 수가 없었다.

"응? 전학?"

겨우 무슨 말인지 이해한 뒤 중얼거리자 마코토가 슬픈 표정을 지었다.

"응. 부모님 사정으로. 그래서……."

마코토는 주저하고 있었다. 그래도 망설임을 털어버렸는지 나를 돌아보며 분명히 말했다.

"이제는 함께 영화를 만들 수도 없어."

마코토가 외국 학교로 전학을 간다. 함께 영화를 만들 수 없게 된다.

놀라기는 했지만 냉정하게 말을 골라 대답했다.

"그렇, 구나. 전학……."

"미안해. 바로 말하지 못해서. 여름방학 중에 결정된 일인데 너희랑 같이 영화 만드는 게 즐거워서 좀처럼 말을 꺼낼 수가 없었어."

나는 아마 길 잃은 어린아이처럼 불안하고 가엾은 표정을 지었을 것이다.

마코토의 말에 뭔가 대답하려고 있는 힘껏 입을 열었지만 아무 말도 하지 못하고 다시 입을 다물고 말았다.

싫다고, 말하고 싶었다. 전학 가지 않았으면 좋겠어. 함께 있고 싶어.

하지만 마코토를 생각하면 그리 쉽게 말할 수 없다. 불면증도 하나의 원인이지 않을까 싶으니 더더욱…….

"마코토. 나, 나……."

어떻게 해야 할지 생각하다가 내 마음만이라도 전해야 할 것 같아서 다시 입을 열려는 바로 그때였다.

"함께 영화를 만들 수 없다고 해도 1년 남짓 아냐?"

놀라서 목소리의 주인에게로 시선을 돌렸다. 아오이가 광장으로 돌아와 있었다.

우리가 하는 이야기를 듣고 있었던 듯, 아오이는 계속해서 마코토에게 다그치듯 물었다.

"고등학생이니까 지금은 일본에 혼자 남을 수 없더라도 대학생이 되면 다르잖아. 아니면 대학교도 외국에서 다닐 생각이야?"

기세에 눌렸을 리는 없는데, 마코토는 아오이의 말에 어딘가 당황스러워하고 있었다.

"아……. 그건 모르겠지만."

"그럼 부모님을 설득해서 대학은 우리랑 같은 학교든 같은 지역에 있는 다른 학교로 가면 되지. 설령 대학이 다르더라도 그렇게 하면 또 같이 영화를 만들 수 있잖아. 그렇지?"

아오이의 말은 마코토뿐 아니라 내게로도 향해 있었다. 약간 혼란스러웠지만 생각해 보았다.

하긴 외국 대학이라면 어쩔 수 없겠지만……. 국내에서 가까운 대학에 다닌다면 별다른 문제 없이 영화를 함께 만들 수 있다. 그렇기는 한데…….

"그럼, 자 이걸로 해결! 그러니까 쓰바사, 그렇게 슬픈 얼굴 하지 마. 외국으로 전학 간다고 해서 쓰키시마랑 헤어지는 건 아니니까. 장거리 연애가 되긴 하겠지만."

나는 그제야 아오이가 내게 마음 써주고 있다는 걸 알았다.

"……내가 그렇게 슬픈 표정이었어?"

"맞아. 초등학생 때 급식으로 나온 디저트를 보고 다들 신나 있는데 네가 식판에서 그걸 떨어뜨리고 그만 밟아버렸을 때처럼."

소꿉친구인 아오이가 한 말에, 기억났다. 정말로 그런 만화 같은 일이 있었다.

그 일을 떠올리고 있는데 마코토가 쭈뼛쭈뼛거리며 물었다.

"아, 내가 급식 디저트 정도인 거였어?"

"급식 디저트 정도랄까, 디저트 이하. 아니 디저트 미만."

"너무해."

"중요한 말을 여태껏 하지 않은 사람이 무슨 불만이 있는데? 말할 거면 진작 좀 하지 그랬어? 내가 동아리 활동하면서 쓰키시마에게 가르쳐 준 거 전부 허사로 만들 셈이었어?"

"미안……."

"내가 바라는 건 사과가 아니라 보상이라고. 헛되게 하지 않으려면 대학은 반드시 일본에서 다녀. 알겠어? 같은 지역으로. 꼭?"

"으, 응. 알았다니까."

아오이의 서슬에 놀랐는지 마코토가 순순히 대답했다.

아마 아오이는 전부 계산했을 것이다. 자신도 놀랐을 텐데, 심각해질 수 있는 이 자리를 밝은 분위기로 이끌어 주고 있었다.

아오이에게 흠씬 당하고 있던 마코토와 눈이 마주쳤다. 마코토가 난처한 듯이 웃었다.

아직 마음속에 일어난 혼돈이 완전히 정리되지 않았다. 하지만 아오이가 말했듯이 대학생이 되기 전까지의 일일 뿐인지도 모른다. 쓸쓸하기는 하지만 그렇다면 1년 남짓이다.

"그보다 에나와 이치카에게 줄 기념품도 사야 하니까 이제 슬슬 갈까?"

마코토와의 일을 생각하고 있는데 아오이가 서둘렀다. 갑자기 동아리 활동을 쉬게 된 이유를 설명하면서 대신 에나와 이치카에게 기념품을 사다 주기로 약속했던 것이다.

세 사람은 기념품 가게로 발걸음을 옮겼다.

"이것도 네가 내는 거야."

걸어가며 아오이가 마코토에게 말했다.

"어?"

마코토가 당황했다.

"쓰키시마, 전학 얘기는 에나와 이치카에게도 말 안 했잖아. 누가 대신 그 공백을 메워야 하는지 알기나 해? 응? 응?"

"기념품, 꼭 제가 사겠습니다!"

두 사람은 자꾸 분위기를 재밌게 하려고 애썼다.

"마코토, 너무 물러."

아침에 마코토가 아오이에게 항복했던 광경이 떠올라 이렇게 말하자 두 사람이 동시에 웃었다.

그때부터 나도 여느 때와 같은 분위기로 있을 수 있었다. 아오이와 함께 마코토를 놀리면서 기념품을 산 뒤 역으로 향했다. 다행히 전철 안에서 자리에 앉았다.

피곤했는지 아오이가 잠이 들었다. 어쩌면 자는 척하고 있는 걸지도 모른다.

마코토와 나는 잠을 자지 않았다. 손을 잡자 마코토가 내게로 시선을 돌렸다.

"마코토, 대학······. 꼭이야!"

마코토는 나를 지그시 바라보았다.

"응."

자상한 마코토가 대답했다.

다음 날 방과 후, 마코토는 동아리실에서 기념품을 건네준 뒤에 에나와 이치카에게 전학 간다는 이야기를 꺼냈다. 처음 듣는 소식에 두 사람은 깜짝 놀랐다.

"뭐야! 마코토 선배, 외국이라니 어디로요?"

"싱가포르."

"그렇구나. 마코토 오빠가 들어와서 모처럼 다섯 명이 되었는데."

"응······. 하지만 대학은 일본에서 다닐 계획이라 돌아올 거야. 그러면 또 같이 영화를 만들게 해줘."

두 사람은 몹시 섭섭해했지만 부모님의 사정 때문이라면 어쩔 수 없다고 수긍하는 모습이었다.

그리고 어제와 달리 마코토는 생각을 굳혔는지 대학생이 되면 돌아오겠다고 말했다. 그 말을 듣고 두 사람은 안심했다. 그렇다면 1년 남짓일 뿐이라고.

다만 이런저런 전학 준비를 해야 해서 마코토는 종종 학교를 쉬게 될지도 모른다고 했다. 그 말대로 다음 날은 오후부터 조퇴한 모양으로 동아리 활동에 참가하지 않았다. 마코토는 반 아이들에게도 전학 간다는 사실을 털어놓았고, 담임 선생님도 정식으로 학급에 공지했다고 한다.

아직도 실감이 나지 않았지만 겨울에는 정말로 마코토가 이곳에서 없어진다. 대학생이 되어 다시 귀국할 때까지 좀처럼 만날 수 없다.

마코토가 오후에 조퇴한 날, 나는 5교시가 끝나고 쉬는 시간에 옥상으로 올라갔다. 자신에게는 이제 필요 없다며 마코토가 전에 옥상 열쇠를 내게 주었다. 그 열쇠를 사용했다.

아무도 없는 옥상에는 차가운 바람이 불고 있었다. 난간 가까이에 서서 하늘을 바라보았다.

"일부러 열쇠까지 사용해 가며 이런 데서 뭐 하고 있어?"

놀라서 뒤를 돌아보니 아오이가 있었다. 내게로 걸어왔다.

"아니, 그냥. 왠지 하늘이 보고 싶어서."

대답하는 동안 아오이가 옆으로 다가왔다. 잠시 뜸을 들인 후 물었다.

"혹시 쓰키시마 생각하는 거야?"

"……눈치챘어?"

아오이가 쓸쓸한 표정으로 웃었다.

"그야 당연하지. 내가 너랑 몇 년이나 붙어 다녔는지 몰라서 그래?"

"초등학교 6년이랑 중학교 3년 그리고 고등학교 1년 반. 10년 6개월?"

"어린이집이 빠졌잖아. 얼추 잡아도 3년은 더 더해야지."

"그러네."

무심코 감탄하자 아오이가 미소를 지으며 담담하게 말했다.

"너랑 쓰키시마는 만난 지 1년 6개월 정도던가?"

"응. 맞아. 동아리 친구로는 반년 정도지."

"그래서 그 쓰키시마가 어쨌는데?"

나는 다시 하늘로 시선을 옮겼다. 내 마음을 돌아보았다.

"왠지……, 쓸쓸해지겠구나 싶어서."

솔직하게 내놓은 답변이 이 말이었다. 아오이가 크게 한숨을 내뱉었다.

"그렇다고 평생 못 만나는 것도 아닌데……. 너무 오버 아냐?"

"그런가?"

"뭐, 1년은 떨어져 있어야 하니까 쓸쓸하긴 하겠지만.

너답지 않아서."

"내가 어떤 사람인데?"

"영화 바보."

아오이가 그렇게 말해도 불쾌하지 않다. 오히려 그런 영화 바보와 함께해 줘서 고맙기까지 하다. 보이지 않는 부분에서도 분명, 아오이에게 폐를 끼치고 있을 게 틀림없다.

"하지만 쓰키시마와 만나면서 여러 가지 감정을 알게 되었으니 좋지 않아? 앞으로 영화 만드는 데도 도움이 될 거고."

"……응. 그러네."

"게다가 아까도 말했지만 평생 못 만나는 것도 아니니까. 단 1년 남짓이잖아. 영화 만들고 입시도 치르고 하다 보면 눈 깜짝할 사이에 지나갈 거야."

아오이는 무뚝뚝해 보이지만 사실은 옛날부터 자상했다. 아마도, 랄까 분명 나를 위로해 주려고 하는 거다. 그걸 깨닫자 옆에 있는 소꿉친구가 평소보다 훨씬 더 소중하게 느껴졌다.

"고마워, 아오이. 늘 곁에 있어 줘서."

감사의 말을 전하자 뜻밖이었는지 아오이가 약간 놀란 듯했다.

"너, 뭐 이상한 거라도 먹었니?"

"아~ 응. 사랑과 우정."

"둘 다 오글거려서 속이 느글느글하네."

내가 웃음을 터뜨리자 아오이도 따라서 웃음을 지었다.

"먼저 교실로 돌아갈 테니까 늦지 않게 와."

아오이는 그걸로 안심했는지 그렇게 말하고는 자리를 떠났다.

아오이의 존재에 감사하면서 나는 아무 말 없이 뒷모습을 바라보았다.

6

다음 날부터 마코토는 본격적으로 전학 준비를 시작한 듯, 학교에 오는 날이 부쩍 줄어들었다. 그에 따라 동아리 활동에 참가하는 횟수도 줄었다.

어느덧 11월이 되었다. 마코토와 직접 만나는 시간이 줄어든 만큼 메시지를 주고받는 일이 많아졌다. 장거리 연애라는 말이, 마음속에 현실로 성큼 다가왔다.

예전의 내가 알면 놀라겠지만 장거리 연애를 인터넷에

서 검색하고 기사를 읽으며 조금씩 나의 의식을 그 말에 맞춰나갔다.

생각보다 많은 사람이 경험하는 일이었고, 3년 이상 장거리 연애를 지속하고 있는 사람도 일정 비율을 차지했다. 그에 비하면 우리는 고작 1년 하고 몇 개월이다. 아오이가 말했듯 영화 제작과 입시에 쫓기다 보면 분명 시간은 금세 지나가겠지.

마코토는 학교에 오지 않는 날에도 메시지를 보내면 반드시 답장을 보내주었다.

쉬는 시간에 학교에 오지 않은 마코토에게 메시지를 보내고 있는데 아오이가 말을 걸어왔다.

"뭐 해? 쓰키시마랑?"

"응. 장거리 연애에 대비하는 거야. 마코토는 성실해서 늘 꼬박꼬박 답장해 주거든."

"쓰키시마답네. 하지만 다음 달에는 기말고사도 있으니 적당히 해."

"눼~에."

쉬는 시간이 끝나고 3교시 수업이 시작되었다. 아오이가 적당히 하라고 했지만 수업 중에도 그만 마코토와 연락을 주고받게 된다.

답장을 기다리며 칠판을 보고 있는데, 뒤쪽인 내 자리에서 아오이의 수상쩍은 행동이 고스란히 시야에 들어왔다. 내게는 적당히 하라고 해놓고서, 아오이는 몰래 스마트폰을 만지작거리고 있었다. 게다가 한 번이 아니었다. 계속 눈여겨보니 수업 중에 몇 차례나 스마트폰을 조작했다. 예전엔 그런 일이 없었는데, 누군가와 부지런히 메시지를 주고받는 듯했다.

오전 수업을 모두 마치고 점심시간이 되었다. 도시락을 들고 아오이와 함께 동아리실로 향했다.

에나와 이치카도 와서 여느 때처럼 넷이 점심을 먹었다. 점심만큼은 여자끼리 먹고 싶다는 아오이의 바람대로 이 모임에 마코토가 낀 적은 없다.

"아 참, 오늘 다른 반 남학생이 에나한테 전화번호를 물어봤어요."

식사를 하던 중 이치카가 어딘가 흥분한 듯이 알려주었다. 그 말에 아오이가 쿨하게 대답했다.

"또? 에나는 진짜 인기가 많네."

"글쎄요. 쓰바사 선배 정도는 아니죠."

"나? 무슨 소리. 괴짜로나 보겠지, 별로 인기 없어."

"으윽, 난 대화에 끼어들 수가 없네요."

이치카의 말을 듣고 웃으면서도 수업 중에 본 아오이의 모습이 떠올라 신경이 쓰였다.

"그렇게 말하면 나보다 아오이가 더 인기 많지."

"뭐? 나?"

화제를 돌리자 아오이가 놀라서 말했다.

"맞아요. 아오이 선배한테 관심 있는 사람 많을걸요. 특히 연하 중에서."

"그거야말로 아니라니까. 쓰바사가 괴짜라면 난 무서운 사람인걸."

"으윽, 역시 대화에 끼어들 수가 없어요."

"이치카, 이미 잘만 얘기하고 있으면서."

그런 대화를 나누며 떠들썩하게 점심시간을 보냈다.

"나, 수업 준비해야 해서 먼저 갈게. 쓰바사, 땡땡이치지 말고."

이윽고 점심을 다 먹은 아오이가 내게 다짐을 놓더니 교실로 돌아갔다. 셋이 남은 동아리실에서 나는 에나와 이치카에게 무심코 물었다.

"너희들 혹시 오늘 수업 중에 아오이랑 메시지 주고받았어?"

"응? 나는 안 했는데."

"나도요. 아오이 선배가 어쨌는데요?"

"확증은 없지만 아오이가 드물게 누군가랑 열심히 메시지를 주고받는 것 같아서."

가족일 가능성도 있었지만 그건 아닌 것 같았다. 내가 말하자 두 사람은 바짝 귀를 기울였다.

"아오이 선배가요? 남잔가?"

"하긴 그러고 보니 최근에 촬영 중에도 찔끔찔끔 스마트폰을 만지고 그랬잖아요."

"맞아. 아오이가 별일이네 싶었어."

나도 촬영 중간에 마코토와 메시지를 주고받기 때문에 남의 말 하긴 뭣하지만, 평소 같으면 아오이가 싫어하는 행동이기도 했다.

화제는 자연히 아오이가 누구와 연락하고 있는가로 옮아갔다. 같은 반이지만 나로선 짚이는 데가 없었다. 두 사람도 마찬가지인 모양이었다.

그런데 이야기하는 도중에 에나가 뭔가 생각난 듯이 "아!" 하고 소리를 질렀다.

"왜 그래?"

"아, 그게. 이래도 될지 모르겠지만, 아오이 선배의 메시지 상대, 요전번에 망친 장면에 찍혔을지도 몰라. 마코토 오빠가 안 온 날 운동장에서 촬영할 때 찍은 영상 말이야."

"망친 장면에?"

예상치 못한 말이라 나는 놀라서 확인했다.

"응. 쓰바사 선배가 영상 확인하는 동안 나도 풍경용 영
상을 찍고 있었거든. 그랬는데 스마트폰을 만지고 있던 아
오이 선배가 화면에 같이 찍혔지 뭐야. 결국 내가 찍은 풍
경은 별로 쓸 만한 영상이 아니었지만 일단 컴퓨터에 저장
해 놨으니까."

그 동영상을 확인해도 될지 망설여졌다.

"어떤 건데? 어느 거야?"

하지만 어느새 이치카가 촬영 데이터가 저장되어 있는
컴퓨터를 열기 시작했다.

"잠깐, 이치카. 아무리 친한 사이라고 해도."

"이치카는 정말 연애 이야기를 좋아한다니까."

"아오이 선배는 옛날부터 늦된 편이라 우리가 협력해
주지 않으면 안 된다고요."

"이치카. 초등학생 때처럼 또 아오이한테 혼나고 울려
고 그래?"

"상대의 이름만, 이름만요."

할 수 없이 억지로라도 말리려고 자리에서 일어서는데

"어라?" 하고 모니터를 바라보던 이치카가 소리를 질렀다.

"왜 그래 이치카? 설마 벌써 찾아본 거야?"

"아니, 그게 말이죠……. 상대가 쓰바사 선배였어요. 이거 봐요."

"뭐어?"

마음속으로 아오이에게 사과하며 이치카가 발견했다는 동영상을 확인했다. 소프트웨어 기능까지 사용해 확대했더니 아오이가 들고 있는 스마트폰의 화면이 확실히 보였다. 메시지 앱의 대화 상대에는 '미나미 쓰바사'라고 표시돼 있었다. 그건 나였다.

"정말이네. 나잖아?"

"아하, 역시 두 사람은 그런 사이였어."

이치카가 실망하고 에나는 의미심장한 말을 했다. 하지만 그 화면을 확인한 나는 의문에 사로잡혔다. 표시되어 있는 메시지 내용이 낯익었기 때문이다.

한순간 머릿속이 혼란스러웠다. 이치카에게 물어 확인하려고 했지만 당사자가 아니면 알기 어려운 일이었다. 이치카는 아쉽다는 듯 자리에서 일어났고 나는 모니터를 마주 보았다. 마음을 진정시키고 다시 확인했다. 아오이의 스마트폰에는 나와의 대화가 떠 있었다. 상대가 나니까 그건 당연하다고 할 수 있다. 하지만……, 이해할 수 없었다. 어떻게 된 걸까.

그곳에 찍혀 있는 건 아오이와 나의 대화가 아니라 마코토와 나의 대화였다.

7

점심시간이 끝났다. 에나와 이치카에게는 말하지 않고 나는 조금 전의 일을 혼자 머릿속에서 정리해 보았다. 아오이의 스마트폰에는 마토코와 내가 주고받은 메시지가 떠 있었다.

어쩐 일인지 마코토 쪽에서 보는 메시지 앱의 화면이 나타나 있었다.

몇 가지 가능성을 생각할 수 있었다. 하나는 마코토가 메시지 앱 화면을 캡처해서 보냈고 아오이가 그것을 보고 있는 상황이다. 하지만 그럴 경우 '왜 그런 일을?'이라는 의문이 남는다.

그 외에 또 하나의 가능성이 있었다. 메시지 앱 계정은 아이디와 패스워드를 알고 있을 경우 앱만 다운로드하면 당사자가 아니어도 그 계정을 사용할 수 있다.

악용된 거라면 해킹을 당한 것일 수 있고, 직접 들은 적은 없지만 그 밖에도 다른 방법을 이용해 감시나 대리가 가능하다. 하지만 그럴 경우에는 마코토가 경고 알림을 받아 알아차릴 수 있다. 즉 마코토의 허락 없이는 불가능한 일이다.

다음 날, 마코토가 동아리 활동에 참가했다. 물어볼까도 생각했지만 왠지 두려워서 확인할 수가 없었다. 마코토를 믿지 못하는 것도 아니고 아오이를 의심하는 것도 아니다.

하지만 생각해 보면 두 사람은 때때로 소곤소곤 대화를 나누곤 했다. 눈짓을 주고받기도 하고 둘만 뭔가를 공유하고 있는 듯한 상황도 있었다. 마코토와 아오이가 설마……, 사귀고 있는 걸까.

아니, 그럴 리 없다. 두 사람이 나 몰래 그럴 리가 없다. 그것만큼은 절대로 틀림없다. 하지만, 그렇다면 어째서…….

다음 주 월요일, 마코토는 전학과 관련해 일이 있다며 또 결석했다.

나는 수업 중에, 어떤 실험을 해보려고 마코토에게 메시지를 보냈다. 그러고 나서 아오이를 지켜보고 있자니 내

가 마코토에게 메시지를 보낸 지 몇 초 후에 스마트폰을
만지작거렸다.

아오이가 스마트폰을 조작하다가 손을 멈추고 앞을 바
라본 것과 거의 동시에 마코토에게서 답장이 왔다. 그 후
로도 몇 번이나 같은 시도를 하고 확인했다. 틀림없었다.
정말로 어떻게 된 일일까.

어찌 된 일인지 아오이가 마코토를 대신해 내게 답장을
보내고 있었다. 문장도 전혀 어색하지 않게.

그날은 아침부터 비가 내렸다. 방과 후 동아리실에
모였을 때 오늘 동아리 활동은 쉬겠다고 모두에게 알렸
다. 에나와 이치카가 돌아가면 아오이에게 물어볼 작정
이었다. 어째서 아오이가 마코토의 계정을 사용하고 있는
거냐고.

다만 아오이가 솔직히 대답해 줄 거라는 확신은 없었
다. 어떻게 해야 할지 망설이고 있는데 에나와 이치카가
다 함께 차를 마시러 가자고 제안했다. 옆 동네 역 앞에 같
이 가고 싶은 카페가 있다며. 내가 대답하기도 전에 아오
이가 먼저 거절했다.

"미안. 동아리 활동이 없다면 오늘은 도서관에 들르고
싶어."

나는 에나, 이치카와 함께 카페에 가기로 했다. 넷이서 학교를 나와 역까지 우산을 쓰고 걸어갔다. 버스를 타고 가겠다는 아오이와는 역 앞에서 헤어졌다.

"미안, 선생님이 교무실로 불렀는데 깜박했어."

나는 역 개찰구로 가는 도중에 에나와 이치카에게 이렇게 말하며 사과했다. 카페는 둘이서 가라고 하고는 서둘러 버스 정류장으로 향했다.

아오이는 버스가 오기를 기다리고 있었다.

내게는 한 가지 의문이 있었다. 아오이는 정말로 도서관에 가려는 걸까. 사실은 뭔가 이유가 있어 마코토를 만나러 가는 게 아닐까.

망설인 끝에 버스를 기다리는 줄의 맨 뒤에 붙어 섰다. 버스가 도착하고 아오이가 올라탔다. 나도 긴장한 채 버스에 올랐다. 아오이는 앞쪽 자리에 앉아 창밖을 바라보고 있었다.

내 존재를……, 눈치채지 못했다.

마침내 버스가 출발했다. 뒤쪽 좌석에 앉은 나를 아오이가 알아차린 것 같지는 않았다. 첫 번째 정류장을 지났다. 두 번째, 세 번째. 도서관이 있는 네 번째 정류장에 버스가 정차했다.

아오이는 일어서려는 기색을 보이지 않는다. 여섯 번째 정류장에서 일어나더니 다른 승객 몇 명과 함께 버스에서 내렸다. 나도 그 뒤를 따라 내렸다.

병원 앞 정류장이었다. 그것도 아오이의 어머니가 근무하고 있는 병원이다.

의문점이 많았지만 여기까지 왔는데 물러날 수는 없다. 거리를 두고 아오이의 뒤를 쫓아갔다. 빗소리가 인기척을 삼켜준 덕분인지 아오이는 여전히 뒤따르는 나를 알아차리지 못했다. 아오이가 익숙한 듯이 병원으로 들어서더니 로비를 걸어갔다.

초등학교 여름방학 때, 아오이를 따라 이 병원에 온 적이 있었다. 간호사들이 휴식을 취하는 방까지 함께 가서 아오이의 어머니에게 어떤 물건을 전해주었다.

아오이는 내 기억 속 그 방향으로 걸어가지 않았다. 접수를 끝마치고는 다른 곳으로 향했다.

병원 사람들에게 제지당할지도 모른다고 생각하면서도 아오이의 뒤를 계속해서 따라갔다. 다행히 아무도 말을 걸지 않았지만 아오이가 엘리베이터에 올라타고 말았다.

이쯤에서 포기해야 하나, 생각하는데 아오이가 탄 엘리베이터가 3층에서 멈춰 섰다. 서둘러 옆 계단으로 뛰어 올라갔다. 3층에 도착해 통로로 얼굴을 내밀자 아오이가 모퉁이에 자리 잡은 방으로 들어가는 모습이 보였다.

안내판을 확인해 보니 이곳은 병동이었다. 아무래도 아오이는 누군가의 병문안을 온 모양이었다.

누구의 병문안을 온 것일까. 아오이에게서 그런 이야기는 듣지 못했다. 마음을 차분하게 가라앉히고 아오이가 들어간 병실로 달려갔다. 병실 앞에 이르러 문밖에 걸린 환자 이름을 확인할 수 있었다. 그곳은 한 사람만 이용하는 개인 병실인 듯했다.

쓰키시마.

영문을 알 수 없었다. 환자명에는 나와 아주 가까운 사람의 성이 쓰여 있었다.

쓰키시마는 마코토의 성인데……. 아니, 하지만 그럴 리가 없다. 애초에 마코토는 전학과 관련된 일 때문에 학교를 쉬고 있다. 병으로 쉬고 있는 게 아니다. 그래야 했다.

불현듯 언젠가 마코토가 동아리실에서 잠들어 있었을 때가 떠올랐다. 불면증 약의 부작용 때문이라고 했던 그날, 차가웠던 마코토의 손을…….

— 마코토, 지금 어디야?

불안해하며 스마트폰을 꺼내 메시지를 보냈다. 바로 읽

음 표시가 나타났다.

— 지금 집인데, 왜?

아무렇지도 않게 마코토의 계정에서 답장이 왔다.

이것은 누가 보낸 걸까. 마코토일까 아니면 아오이일까. 눈앞의 사실을 그대로 믿는다면 마코토는 집에 있다. 절대로 이 문 너머에 있는 게 아니다.

그러니까……, 문 너머에 있는 환자는 우연히 성이 같은 사람이겠지.

그렇다. 당연하다. 아오이가 마코토 대신 답장을 보내는 걸지도 모른다니, 그런 일은 전부 기분 탓이고 착각일 거야.

나는 마음을 굳게 먹고 과감히 문을 열었다. 그러자 병실에 있던 아오이가 돌아보았다.

나를 보더니 소스라치게 놀랐다. 아오이의 손에는 스마트폰이 쥐어져 있었다. 조금 전에 마코토와 내가 주고받은 메시지가 화면에 드러나 있었다.

그리고 침대에는 마코토가 있었다. 눈을 감고 환자복을 입은 채 잠들어 있는 마코토가…….

전학 관련 일 때문에 학교를 쉬다던 마코토가, 어쩐 일인지 병원의 개인 병실에 누워 있었다.

Scene4.

내게 남은 시간을 너는 모른다

*

1

처음 병의 증상이 나타나 의식을 잃은 건 여름방학 중
이던 7월 말의 일이었다.

그 며칠 전에는 미나미와 동물원에 놀러 갔다. 그때까
지 나는 별달리 이상한 증세가 없어 평범하게 살아가고 있
었다. 약속을 두려워할 이유도 없다. 가고 싶은 장소에 자
유롭게 갈 수 있었다. 행동에 아무런 제약도 없었다.

하지만 증상이 나타나기 시작한 뒤로는 여러 가지가 달
라졌다.

처음 증상이 나타난 그날, 의사에게 들었던 징후가 보
였다. 아침에 일어났을 때 체온이 낮았던 것이다. 그때까

지 매일 아침 체온을 쟀지만 이런 일은 처음이었다. 망설이다가 식탁 앞으로 다가가 부모님께 저체온이라는 사실을 알렸다. 한순간, 집 안에 적막이 흘렀다.

"그랬구나. 근데 마코토, 점심엔 소면이랑 메밀국수 중에서 뭐가 좋아?"

부엌에서 아침 식사를 준비하던 아버지가 평소와 다름없는 모습으로 물었다.

"나도 점심은 면 종류로 먹을까?"

어머니도 전혀 동요하는 기색 없이 신문을 보며 말했다.

두 분은 놀라거나 당황하지 않고 평소처럼 대해주었다. 솔직히 무척 고마웠다. 내 페이스로 지낼 수 있었기 때문이다.

'나르콜렙시'라고 불리는 병이 있다. 아무런 전조 증상도 없이 돌발적으로 잠들어 버리는 기면증이다. 내 병은 그와 비슷해서 돌발적으로 의식을 잃는다. 게다가 병이 진행됨에 따라 의식을 잃는 빈도와 시간이 서서히 늘어난다고 한다. 중기에서 말기로 가는 과정에서는 몇 주에 걸쳐 의식을 잃고, 그 이후로는 깨어 있는 시간보다 의식을 잃고 있는 시간이 많아진다고 들었다. 다만 말기가 아니라면 증상이 매일 나타나진 않는다. 확언할 수는 없지만 증상이 나타날 것임을 알 수 있는 징조와 의식을 잃기 직전에 나타나는 전조도 있다고 한다.

부모님께 저체온임을 알리고 나자 더럭 겁이 났다. 불안한 마음을 안고 욕실로 가서 양치질을 했다. 화장실에 있을 때도 만약 지금 의식을 잃는다면 너무 비참할 거라는 생각에 안절부절못했다.

겨우 식탁에 앉기는 했지만 식사를 하다가 의식을 잃을 것 같으면 입안의 음식물을 토해내라고 했던 의사 선생님의 지시가 떠올랐다. 자칫하면 목이 막힐 수 있기 때문이다.

갑자기 식욕이 사라졌다. 아버지가 늘 애써 맛있고 건강에 좋은 음식을 준비해 주시는데…….

결국 아침은 맑은 된장국만 마셨다. 잠시 후 출근하는 어머니를 아버지와 함께 배웅했다.

어머니는 나를 한 번 돌아보았다.

"다녀올게."

미소를 지어 보였을 뿐, 심각한 말은 한마디도 하지 않았다. 하지만 그건 나를 배려해서일 뿐이지 사실은 무척 괴로울 것이다.

징조가 나타날 경우 연구에 협력하기로 병원 측과 미리 이야기해 두었기에 병원에 갈 채비를 차렸다. 아버지가 병원에 연락하는 동안 나도 집에 일이 생겨 동아리 활동에 빠지겠다고 미나미에게 연락했다.

아버지와 나는 준비를 마치고 자동차에 올라탔다. 행여라도 의식을 잃었을 때 머리를 부딪치지 않도록 조수석 시트를 젖히고 누웠다. 차가 조용히 출발했다.

구급차는 정말 위급한 사람이 먼저 이용할 수 있도록, 우리는 어지간히 긴급한 상황이 아니면 아버지가 운전하는 차를 타고 병원에 다니기로 미리 약속해 두었다. 전조 증상이 발생하는 날에는 어떻게 움직일지까지도 내 머릿속에 다 들어 있었다. 그래도 불안해서 심장이 마구 날뛰었다.

드디어 자동차가 병원에 도착했다. 아버지가 접수하는 동안 간호사가 준비해 준 휠체어에 앉았다. 넘어지는 걸 방지하기 위해서였다. 간호사가 밀어주는 휠체어를 타고 아버지와 함께 병실로 향했다. 환자라는 사실을 일깨워 주는 휠체어를 타고 있으려니 정신적으로 약간 견디기가 힘들었다.

우리가 들어간 개인 병실에는 생체 신호 모니터가 설치되어 있었다. 긴장한 탓에 몸이 굳어졌지만 의식을 잃기 전후의 데이터를 기록해야 한다고 해서 옷을 갈아입고 검사 기기를 몸에 연결했다.

불현듯 미나미가 몹시도 보고 싶어졌다. 동아리실로 돌아가고 싶었다.

침대에 자리 잡고 앉아 있는데 담당 의사 선생님이 들어왔다. 아버지와 내게 상황을 설명하면서 채혈을 실시했다. 그러고 나서 아버지와 둘만 병실에 남았다.

아버지는 업무용 노트북을 들고 오셨다. 내게 신경 쓰지 말고 일하시라고 말하자 아버지는 "그러마" 하고 고개를 끄덕였다.

"괜찮으면 같이 게임이라도 할까? 트럼프는 있거든."

병실 책상에서 업무를 시작하는가 했더니, 아버지가 돌아보며 그런 제안을 했다.

아버지의 손에는 정말로 트럼프가 들려 있었다. 일부러 챙겨서 갖고 왔다는 게 웃겨서 고개를 옆으로 가로저으며 웃었다.

"안 할래?"

아버지는 멋쩍은 듯 웃으시더니 다시 노트북 모니터로 시선을 돌렸다.

나는 침대에 누워 천장을 바라보았다. 달리 뭔가를 할 만한 여유가 없었다.

언제 의식을 빼앗길까, 생각하며 시간을 견뎌냈다. 그렇게 한 시간이 지나고 두 시간이 지났다. 시간은 무거웠고 더디게 흘러갔다.

하지만 다른 이변은 없었다. 또다시 시간이 지나고 점심시간이 되었다.

배가 고프다는 걸 깨달았지만 식사를 하기가 두려워서 뭔가 먹을 엄두가 나질 않았다. 문득 아버지를 바라보니 아까 들고 온 백팩을 열고 있었다. 뭐지 싶어서 몸을 일으키자 보냉백을 꺼내 건네주었다. 그 안에는 동그란 도시락통과 보냉제 그리고 자그마한 보온병이 들어 있었다.

도시락통을 열어보고는 깜짝 놀랐다. 내가 좋아하는 가느다란 달걀지단과 역시 가늘게 썬 햄과 오이 그리고 동글게 만 소면이 예쁘게 담겨 있었다. 아무 말도 못 하고 있자 아버지가 나를 보며 미소 지었다.

"보온병에 집에서 만든 멘쓰유(메밀국수나 소면을 찍어 먹는 액체 소스로 맛국물, 간장, 미림, 설탕 등을 넣어 만든다)도 들어 있어. 면 종류라면 분명 먹기 편할 거야."

……조금 눈물이 나오려 했다.

아침에 아버지가 점심엔 소면이랑 메밀국수 중에서 뭐가 좋으냐고 물었을 때는 마음에 여유가 없었을뿐더러 질문의 의도도 알 수 없어 아무 대답도 하지 못했다. 그런데 아버지는 나를 위해 삼키기 쉬운 소면 도시락을 만들었던 것이다.

휴대용 젓가락을 손에 들고 멘쓰유에 찍은 소면을 입으로 가져갔다. 몇 번만 씹어도 후룩후룩 목을 잘 타고 넘어갔다. 식사하기가 조금도 두렵지 않았다.

"맛있어요. 아빠."

소면을 먹은 소감을 말하자 아버지가 싱긋 웃었다.

"다행이네."

아버지도 같은 도시락을 드시고, 그렇게 두 사람의 점심 식사가 무사히 끝났다.

나는 아직 아무렇지도 않았다. 그대로 한 시간이 지났다.

어쩌면 기분 탓인 것 아닐까. 문득 그런 생각이 들기 시작했다. 병의 조짐도, 내 병 자체도.

만약 그렇다면 앞으로는 아무런 걱정이 없다. 미나미와 변함없이 연인으로 지낼 수 있다. 영화도 함께 만들 수 있다. 미나미와 미래를 이야기하고 진로를 고민하거나 입시 공부에 힘을 쏟으면서…….

그런 일이 가능할지도 모른다. 그건 얼마나 눈부신 희망인가.

이런 생각을 하는데 몸이 떨려왔다. 어디서나 흔히 볼 수 있는 지극히 평범한 일상을 꿈꾸었다.

하지만 나는 꼼짝없이 병에 걸렸다. 기분 탓이, 아니었다.

별안간 의식이 몽롱해졌다. 시야가 흔들리는 듯하더니 초점이 맞지 않았다. 눈에 먼지가 들어갔나, 하고 억지로 나 자신을 속여보려 하는데 오싹하니 한기가 느껴졌다.

그러고는 신진대사가 이상해졌다. 나는 땀을 흘리고 있었다. 아아, 갑자기 닥쳐왔다.

들은 적이 있다. 의식을 잃기 전의 전조 증상이었다.

"아빠…… 미안."

간신히 소리를 내어 상황을 알리려 했다. 너무나 추운데도 땀이 멈추질 않았다. 아버지의 목소리가 멀리서 울려……

"마코토! 마코토!"

눈을 떴을 때 순간, 나는 여기가 어디이고 어떻게 된 일인지 얼른 상황이 파악되지 않았다. 천장의 조명이 빛을 발하고 있었다. 살펴보니 이곳은 병원이고 시각은 밤이었다. 시간이 훌쩍 뛰어넘어 있었고, 무슨 일이 일어났는지 순간 정리가 되지 않았다.

"마코토, 정신이 좀 드니?"

목소리가 들리는 방향으로 시선을 돌리자 아버지가 있었다. 나는 침대에 누운 상태였다.

"아빠……."

아버지만이 아니었다. 옆에서 어머니가 걱정스러운 표정으로 나를 내려다보고 있었다.

미안, 이라고 말하려 했지만 그건 부모님을 슬프게 하는 말이었다. 나는 두 사람을 줄곧 슬프게 할지도 모른다. 그렇지만 슬프게 하려고 태어난 게 아니다.

웃고 싶다, 나는. 많은 사람과 함께. 그러니까…….

"굿모닝! 밤이지만."

애써 어설픈 농담을 건네자 긴장감이 살짝 빠져나갔다.

"굿모닝! 마코토. 밤이지만."

"잠꾸러기네 마코토는. 밤이지만."

그제야 입가에 미소를 머금은 두 분이 따라서 농담을 건넸다.

나는 약 여섯 시간 동안 의식을 잃었다고 한다.

그사이에 부모님이 담당 의사와 이야기를 나눴는데 안타깝게도 내 병은 계속 진행되고 있었다. 연구에 필요한 데이터는 모두 얻었고 상태도 괜찮아졌으니 이제 귀가해도 좋다는 허가가 떨어졌다.

이렇게 내게, 두려워하던 병의 증상이 나타나기 시작했다. 어떻게든 그 증상과 마주해야만 했다. 증상과의 공존이 일상을 살아가기 위한 미션이 되었다.

하지만 어쩌면, 의외로 증상과 함께 잘 살아갈 수 있을지도 모르겠다는 생각이 들었다. 돌발적으로 의식을 잃는다고 해도 전조 증상이 있다. 전조가 나타난 날에는 학교나 동아리 활동을 쉬면 다른 사람들에게 폐를 끼치는 일을 최대한 줄일 수 있다. 그러면 남들에게 병을 들킬 염려도 없다.

불안하기는 했지만 두 번째는 첫 번째보다 잘 대처할 수 있었다. 세 번째도 그랬다. 그때는 검사를 하기 위해 입원했고, 다음 날 어머니가 데리러 와주었다. 우울해하는 어머니를 내가 위로했다.

인간은 어떤 일에든 언젠가 익숙해진다. 나는 그런 이치를 터득했다.

익숙해져 방심하다가 큰코다칠 수 있다는 사실도 자연히 깨우치고 말았지만.

2

여름방학도 절반 이상 지나고 오봉 연휴가 다가오던 무렵이었다.

나는 하야미 아오이에게 카페로 불려 나갔다. 하야미와는 그때까지 여러 가지 일이 있었다.

"그때가 오면 미나미와 헤어질 거야. 그러니까 걱정 마."

그 와중에 나는 하야미에게 그렇게 말했다.

병의 증상이 나타나기 시작했을 때부터 막연하게 결정한 일이었다. 내 몸은 조금씩 확실하게 병에 잠식당하고 있었다. 언젠가는 학교에도 다니지 못하게 되는 날이 올 것이다.

그렇게 되면 전학을 간다고 말하고 모두의 앞에서 모습을 감춰야겠다고 마음먹고 있었다.

전학을 이유로 미나미와도 헤어지는 것이다. 미나미는 슬퍼할지 모르지만 내가 죽어서 사라지는 것보다는 슬픔이 덜할 테지.

다만 하야미에게 한 말은 약간 부주의했다. 하야미가 의문을 갖게 되었고 원래는 약속을 잡지 않으려 했지만 이야기를 나누기 위해서는 만날 수밖에 없었다.

그날 아침에는 체온을 재기가 겁이 났다. 정상이라면 아무 문제 없을 거라고 스스로를 다독이며 체온을 확인했다.

때때로 인생은 인정사정없다. 체온이 낮았다. 전조가 나타난 것이다.

그때 하야미에게 메시지를 보내 약속을 취소했어야 했다. 하지만 지금까지는 모두 오후 시간에 의식을 잃었었다. 하야미와의 약속은 오전이었다.

병에 걸렸다고는 해도 나는 여전히 건강했다. 쇠약해진 것도 아니다. 오전 중에 용무를 마치고 정오가 되기 전에 집으로 돌아가 병원으로 향하면 된다. 지금의 나는 그 정도는 할 수 있을 거라고 자신했다.

저체온이라는 사실을 가족에게 숨기고 하야미와 약속한 카페로 나갔다.

괜찮을 거라는 바람과 혹시라도 쓰러지면 어쩌나 하는 공포가 뒤섞여 있었다.

일단 카페에 도착한 뒤 안도하며 가슴을 쓸어내렸다. 이제는 하야미와 이야기만 하면 된다. 그리고 집으로 돌아가는 거다. 부모님께는 아침에 체온 측정하는 걸 깜빡 잊었고, 낮에 재보니 저체온이었다고 말하자.

하야미와 편하게 이런저런 이야기를 나눴다. 얼마 지나지 않아 하야미는 예전에 내가 한 말의 의미를 캐물었다. 나는 겨울 무렵 전학을 가게 되었다고 거짓말을 했다.

바로 그 후에 두려워하던 일이 일어나고 말았다. 의식이 몽롱해지더니 시야가 뿌옇게 흐려졌다.

한기가 덮쳐오는 걸 느끼면서 그 순간 후회했다. 나는 병을 너무 얕보고 있었다.

하지만 한 번 쓰러진 정도라면 어떻게든 구실을 갖다 붙일 수 있을 거라고 생각했다. 어릴 때는 병약했었고, 더위를 먹은 거라고 하면…….

"너……, 혹시 죽는 거야?"

그러니까 여름방학이 열흘 정도 남은 그날, 공원에서 하야미가 이렇게 물었을 때 얼마나 놀랐는지 모른다. 얼버무리려고 기를 써봤지만 결국은 실패로 끝났다. 그러고 나서, 아마 처음으로 둘이서 어깨의 힘을 빼고 편안하게 이야기했다. 자연스럽게 마주 웃은 것도 처음이었다.

내 병과 시한부 사실에 관해 동급생에게 털어놓은 것 또한 처음이었다.

하야미는 너무나도 놀란 모습이었다. 사람을 놀라게 하고 슬프게 하는 것밖에 할 수 없는 자신이 한심했다. 하지

만 하야미에게 다 털어놓았을 때 생각지도 못한 일이 일어
났다.

"행복을 잃을지도 모르는 사람이, 지금의 행복을 쉽게
포기하지 마. 나도 협력할 테니까. 이건 널 위해서가 아니
야. 인간의 존엄을 위해서. 그리고 쓰바사를 슬프게 하지
않기 위해서야."

미나미가 내 병을 알아차리지 못하도록 하야미가 협력
해 주기로 했다.

학교생활을 계속하고 싶은 내게는 하야미의 협조가 무
척이나 큰 힘이 되었다.

그 후로 하야미는 동아리 활동을 할 때면 늘 나와 함께
있어 주었다.

하지만 내 병은 생각보다 많이 진행되어 있었다. 그 사
실을 안 것은 계절이 바뀐 10월의 어느 날이었다. 나는 방
과 후, 동아리실에서 의식을 잃고 말았다.

그날 아침, 체온은 낮지 않았다. 그래서 안심하고 학교
에 갔고 방과 후에는 동아리 활동에도 참여했다. 촬영 중
인 영화의 각본에 가벼운 오류가 발견되어 하야미와 함께
동아리실에서 각본을 손보고 있었다.

그러던 중 기묘하게도 몸에서 힘이 쭉 빠져나가더니 의

식이 흐리멍덩해졌다. 세상이 아득하게 보이고 한기가 온 몸을 덮쳤다. 의식 상실의 전조로 땀이 나기 시작했다. 너무 당황해서 눈물이 날 것만 같았다.

왜, 어째서, 오늘은 괜찮을 줄 알았는데.

"쓰키시마!"

내 상태를 바로 알아차린 듯 하야미가 이름을 불렀다.

그러고 나서 눈을 떴을 때 나는 병원 침대에 누워 있었다. 서서히 날이 밝아오려 했다. 아버지가 병실 소파에 앉아 팔짱을 낀 채로 잠들어 계셨다.

미안한 마음으로 아버지를 깨우고 너스콜(간호사 호출 인터폰)을 눌러 병원 측에 의식이 돌아왔다는 사실을 알렸다.

담당 의사가 다녀가고 나서 정밀 검사를 받았다. 정확한 원인은 알 수 없지만 병이 생각보다 빨리 진행되고 있다고 했다.

이제는 아침에 일어났을 때뿐만 아니라 낮에도 체온에 신경을 써야 했다.

정밀 검사를 받기 전에 스마트폰 메시지도 확인했다. 동아리실에서 의식을 잃어 걱정했지만 내 사정을 아는 보건 선생님과 하야미가 능숙하게 대처해 준 모양이었다.

하야미와 선생님에게는 정말로 머리가 숙여진다. 감사

한 마음을 이루 말할 수 없었다. 하야미가 보내온 메시지에는 중요한 내용이 포함되어 있었기에 빠뜨리지 않으려고 꼼꼼히 읽었다.

— 너한테 말하지 않은 게 있는데, 쓰바사가 의심하지 않도록 불면증이라고 말해뒀어.

— 불면증 약의 부작용이 심해서 한번 잠들면 쉽게 눈을 뜨지 못하고 체온도 낮아진다고 말했으니까 알아둬.

— 쓰바사는 그렇게 믿고 있어.

미나미는 하야미가 알려준 것처럼 내가 불면증이라고 믿고 있겠지. 그다음 만날 때부터 미나미가 나를 보는 눈이 조금 달라져 있었다. 어딘가 나를 배려해 주고 있는 듯했다.

마음 쓰게 해서 미안하긴 했지만 병을 들키는 최악의 사태는 피할 수 있었다. 어떻게든 숨겨야 한다. 미나미를 슬프게 하지 않으려면.

그렇게 바라면서도, 결국 나중에는 다른 일로 그녀를 슬프게 했지만…….

"저기……, 그러니까. 이번 주 일요일에 괜찮으면 데이트하지 않을래? 최근에는 일도 있고 그래서 둘이 못 만났잖아. 나……, 마코토하고 놀이공원에 가고 싶어."

미나미가 데이트 신청을 해온 것은 10월도 끝나갈 무렵이었다.

연인이 된 후로 미나미와는 몇 번인가 데이트를 했다. 하지만 증상이 나타나기 시작한 뒤로는 동아리가 끝나고 나서 함께 돌아가는 게 고작이었다.

그날, 데이트하자고 말하는 미나미가 왠지 긴장한 것 같았다. 자유분방한 미나미가 상대의 반응을 기다리며 안절부절못하고 있었다. 어떻게 할까 망설였다.

거절하는 것이 정답이라는 건 잘 알고 있었다. 하지만 부끄러워하면서 내 대답을 기다리고 있는 미나미의 제안을 뿌리칠 수가 없었다.

미나미와 약속한 뒤 하야미에게 혼나지는 않을까 걱정했다.

"네가 원하는 일이라면 무리해서 거절할 필요는 없다고 생각해."

하지만 하야미는 이렇게 말해주었다.

"너는……, 자신의 행복을 포기하지 마. 거절하기 어려운 상황이었다는 것도 잘 알고 있고, 어떻게든 막을 수 있었는데 순간 아무 말 못 한 나도 잘못이니까."

하야미는 비관적인 생각은 하지 말고 당일까지 기다려

보자고 말했다.

잘하면 아무 일 없이 데이트할 수 있을지도 모르고, 그 정도의 행운을 바란다고 해서 벌이 내리지는 않을 거라고도 했다. 혹시라도 무슨 일이 생기면 자신도 돕겠다면서.

그 말에 용기를 얻어 데이트 날 아침에 나는 기도하는 마음으로 체온을 확인했다.

정말로 믿고 싶지 않았다. 그래도 받아들여야만 했다. 체온이 낮았다.

낙담하고 슬펐지만, 그러고 있을 여유가 없었다. 하야미에게 상의하려고 스마트폰을 집어 들었다. 심리적인 부분도 영향을 미쳤는지 몸이 나른해지는 걸 느끼면서 전화를 걸었다.

하야미는 자신의 일인 듯 슬퍼했지만 바로 마음을 가다듬고는 상황을 정리했다.

"우선 쓰바사한테 급한 일이 생겼다고 연락해. 쓰바사는 내가 챙겨줄 테니까."

하지만 그 순간 의식이 몽롱해지기 시작했다. 의식을 잃을 징조였다.

아직 미나미에게 연락하지 못했다. 타이밍을 원망할 수밖에 없었다. 눈의 초점이 흐려지고 땀이 비 오듯 쏟아지면서 지금 내가 뭘 해야 할지조차 알 수 없게 되었다.

"여보세요? 무슨 일이야? 설마……, 쓰키시마! 쓰키시마?"

눈을 뜨니 병원이었다. 늘 입원하는 개인 병실이다. 나는 또 이곳에 오고 말았다. 분해서 냉소적인 웃음이 새어 나왔다. 병실에 있는 시계는 오후 4시 무렵을 가리키고 있었다. 곁에는 부모님이 계셨다.

너스콜을 누르고 검사를 기다리는 동안 어머니에게 스마트폰을 건네받았다. 알림이 잔뜩 떠 있었다. 미나미가 건 부재중 전화와 메시지 몇 건을 제외하면 나머지는 전부 하야미가 보낸 것이었다.

하야미는 그 뒤, 서둘러 집까지 확인하러 와준 모양이었다. 부모님께 내 병에 관해 알고 있다고 말하고선 세 사람이 방에서 의식을 잃은 나를 발견했다고 한다.

그뿐만이 아니었다. 그 후 하야미는 미나미가 있는 역앞 광장으로 달려가, 내가 오토바이와 충돌하는 가벼운 사고를 당했다고 알렸다. 신빙성을 높이기 위해서 간호사인 하야미의 어머니에게도 사정을 말하고 협력을 구했다고 메시지에 쓰여 있었다.

슬픔에 사로잡혀 있을 때가 아니었다. 이렇게까지 하야

미가 도와주고 있다. 하야미의 어머니에게도 폐를 끼치고 말았다.

우선은 하야미에게 메시지를 보내 눈을 떴다고 알렸다. 내 스마트폰은 사고가 나면서 망가진 걸로 되어 있었기 때문에 미나미에게 공중전화로 연락했다.

미나미는 내 목소리를 듣고 안도했다. 내가 오토바이를 스쿠터로 착각해 말하기는 했지만 평소와 다름없이 이야기를 주고받고, 웃고, 학교에서 만나기로 약속하고는 전화를 끊었다.

— 쓰바사는 네가 약속 장소에 오지 않아서 무척 걱정했어. 약속을 어길 사람이 아닌데 무슨 일이 있는 건 아닌가 하고.

그날 모든 일이 정리된 뒤 하야미에게서 메시지가 왔다.

— 이번 일은 나도 안일했어. 판단을 제대로 하지 못해서, 미안.

하야미가 사과할 이유는 전혀 없었다. 나야말로 잘못 판단했으니까…….

다만, 나는 이제 슬슬 물러나야 할 때를 정해야 했다.

검사가 길어지는 바람에 다음 날은 학교에 가지 않았지만 화요일에는 등교할 수 있었다. 미나미와 인사를 나누고 일요일에 약속을 지키지 못한 데 대해 사과했다. 그리고 오늘, 놀이공원에 가지 않겠느냐고 제안했다.

오늘이라면 도중에 의식을 잃을 가능성도 낮다. 무엇보다 미나미에게 중요한 용무가 있었다.

미나미는 놀란 듯했으나 곧 기쁘게 동의해 주었다. 결국 하야미도 함께 가게 되어 셋이 학교를 땡땡이치고 평일의 놀이공원으로 향했다.

셋이서 마음껏 놀며 너무나도 즐거운 시간을 보냈다. 도중에 체온을 재보았지만 전조는 보이지 않았고, 우리는 저녁이 될 때까지 함께 놀았다. 마지막으로 관람차를 타고 광장으로 나왔을 때 잠시 미나미와 둘만 있게 되었다.

"사실은 나……, 이번 겨울에 외국으로 전학 가게 됐어."

드디어 나는 미나미에게 그 말을 전할 수 있었다.

괴롭지 않았다고 하면 거짓말이지만 꼭 필요한 일이었다. 갑작스러운 내 말에 미나미는 몹시 놀란 듯했다. 기분 탓인지 모르겠지만 나를 만류하려 했다. 그때 또 나는 하야미에게 도움을 받았다.

"함께 영화를 만들 수 없다고 해도 1년 남짓 아냐?"

하지만 그 상황에서는 다소 혼란스러웠다. 내 사정을 아는 하야미가 어쩌자고 미래의 일을 입 밖에 내는 건지 알 수가 없었다. 그래도 하야미의 말에 장단을 맞추어 대학은 일본에서 다니겠다고 대답했다. 어떻든 미나미도 수긍해 주었다.

그날 밤, 집에 돌아와서 하야미에게 전화를 걸었다. 왜 그런 말을 했는지 묻기 위해서였다.

"쓰바사는 널……, 네가 생각하는 것 이상으로 좋아하고 있어."

하야미의 말에 가득 담긴 걱정과 슬픔이 내 마음에도 고스란히 전해졌다.

"전학을 이유로 헤어지게 된다면 쓰바사는 너무 슬퍼할 거야. 갑작스러운 일이라 단념할 수 없을지도 몰라. 오늘도 쓰바사는 분명, 싫다고 말하려 했을 거야. 그래서 그 애를 납득시키려고 그렇게 말했어. 함께 있지 못하는 건, 대학생이 될 때까지뿐이라고."

그때부터 하야미는 잠자코 귀를 기울이고 있던 내게 매우 현실적인 이야기를 했다.

"시간이 지나면 여러 가지 일이 모호해지고 바뀌기 마련이야. 그게 보통이거든……. 그러니까 쓰바사와 너는 장거리 연애를 하면서 서서히 연락이 뜸해지다가 소원해져서 자연스럽게 헤어지는 형태가 좋을 것 같아. 그렇게 해야 쓰바사도 조금씩 너를 단념할 수 있을 거고. 나도 옆에서 협력할게. 잔혹한 방법일지도 모르지만, 너한테는 이제다른 세계가 생긴 거라고 쓰바사가 자연스럽게 받아들일수 있도록 말이지."

목적을 이루기 위해 하야미는 구체적인 방법을 제안했다. 내 메시지 앱의 비밀번호를 가르쳐 달라고 했다. 지난번과 같은 일이 일어나지 않도록 내가 의식을 잃고 있는동안 하야미가 나 대신 미나미에게 답장을 하겠다고. 내가죽은 후에도…….

하야미가 짊어질 부담을 생각하자 바로 대답할 수가 없었다. 하지만 하야미가 그 방법이 가장 좋다고 설득하기에따르기로 했다. 예측할 수 없는 사태에 대비해 스마트폰본체의 암호도 알려주었다.

내게는 남은 시간이 점점 줄어들고 있었다. 대비하고각오를 단단히 하지 않으면 안 된다. 병이 깊어질 경우를대비해 나는 부모님과 함께 올해 안에 자퇴하겠다는 의사

를 학교 측에 전달했다. 내 사정을 배려해서 동급생들에게
는 전학 가는 것으로 이야기해 주기로 했다.

에나와 이치카에게도 전학 이야기를 전했다.

그렇게 모두에게 말하자 마음이 조금 편해졌다. 체온이
낮아져 낮에 조퇴할 때도 전학 준비를 하기 위해서라고 말
하면 다 통했기 때문이다.

내 병은 계속 진행되어 11월로 접어든 뒤에는 꼬박 이
틀 동안 의식을 잃는 일도 생겼다.

빠르면 올해 안에 말기로 들어설 가능성이 있다고 했
다. 그래도 나는 만족했다. 동아리 친구들과 영화를 만들
고 미나미와 함께 지낼 수 있었다. 더 이상 무언가를 원해
서는 안 된다.

— 마코토, 지금 어디야?

어느 날, 나는 의식을 잃었다 밤에 병원에서 눈을 떴다.

비가 부슬부슬 내리는 날이었다. 스마트폰을 확인하자
미나미에게서 묘한 느낌의 메시지가 와 있었다.

— 지금 집인데, 왜?

나를 대신해 하야미가 그렇게 답을 보냈다. 각본을 쓰
는 사람답게 문체에 전혀 어색함이 없다. 완벽히 나를 대
신해 주었다.

다만 미나미가 잠깐 시간을 두고 그 메시지에 답을 보내왔는데, 그 점이 약간 석연치 않았다.

— 나, 지금 너희 집 근처에 있어.

— 응?

— 거짓말이야. 놀랐어? 비도 오고 해서 호러 같은 연출을 해볼까 싶었지.

— 창밖을 확인했지 뭐야. 비에 흠뻑 젖은 미나미가 거기 서 있으면 어쩌나 하고.

— 옛날 드라마라면 빗속에서 끌어안는 명장면이 탄생할 텐데. 해볼까?

— 둘 다 감기 걸리면 큰일이니까 안 돼.

대화를 모두 확인하고 내 느낌은 기우였다고 안심했다.

딱히 의문스럽게 여길 필요도 없었다. 어쩌다 바로 메시지를 보낼 수 없었던 것뿐이었겠지. 하야미에게 의식이 돌아왔다는 사실을 메시지로 전하자, 여느 때와 다름없었다고 얘기해 주었다.

여느 때와 같이.

매일 변함없이, 앞으로도 계속되는 일들. 나는 그런 평범한 일상에서 서서히 떨어져 나가고 있었다.

그런 만큼, 예전처럼 학교에 다니고 동아리실에 얼굴을

내밀 수 있는 날은 더없이 기뻤다.

나는 하루하루 열심히 살았다. 많은 배려와 걱정에 둘러싸여 어떻게든 살아갔다.

어찌어찌 그런 생활을 12월이 다가올 때까지 지속했다.

다만, 이제 한계였다. 체력적으로도 정신적으로도 더는 학교에 다니기가 힘들어졌다.

나는 이걸로 충분하다고 판단했다.

학교생활을 이만 포기했다. 그뿐만이 아니라 미나미와의 일상도……

"미안해. 갑자기 이런 말 하게 돼서."

12월을 며칠 앞둔 그날. 결석도 조퇴도 하지 않고 나는 동아리 활동에 참가했다. 촬영을 돕고 기자재를 들고 동아리실로 돌아왔다. 정리가 끝난 뒤 큰맘 먹고 말을 꺼냈다.

"실은 부모님의 사정으로 일정이 앞당겨져서 올해 안에 외국으로 나가게 됐어. 그래서……, 내일부터 이런저런 수속도 해야 하고 준비로 바빠질 것 같아."

고마운 마음과 안녕이라는 인사를 전했다.

모두가 상냥하고 따뜻하고 멋진 친구들이었기에 나는 마지막까지 즐겁게 보낼 수 있었어. 정말로 고마워.

그런 마음을 담아서 후련하게 말했다.

"이제 학교에는 나오지 못할 거야. 동아리 활동도 오늘로 마지막이고."

내 말이 끝나자 동아리실이 조용해졌다. 히터와 컴퓨터만이 소리와 열을 뿜어내고 있었다.

"네? 정말이에요?"

가장 먼저 반응을 보인 사람은 이치카였다.

말로 하면 더 어수선해질 것 같아서 감사하는 마음으로 이치카를 바라봤다.

이치카. 지금까지 정말 고마웠어. 처음 촬영을 시작했을 땐 불안감이 컸지만 이치카가 자주 말을 걸어줘서 어찌나 안심이 되었는지 몰라. 너의 그 다정한 마음을 잊지 않을게.

"뭐야, 아쉬워. 오늘로 마지막이라니."

다음으로 말한 사람은 에나였다. 조금 전처럼 고마움을 담아 시선을 돌렸다.

에나의 상대역을 연기할 수 있어서 정말 영광이었어. 미래에 에나는 어떤 사람이 될까. 나는 알 수 없겠지만 너의 활약을 응원할게.

"너무해. 쓰키시마는 늘 이렇게 갑작스럽다니까."

에나에게 감사의 말을 전하고 있는데, 하야미가 어이없

다는 듯 한숨을 쉬었다. 하지만 그것은 연기였다. 하야미에게는 미리 오늘 일을 상의했었다. 아무 말 없이 시선을 교환했다. 지금까지의 일은 아무리 감사를 표해도 부족하다. 하야미가 협력해 주었기에 나는 이렇게 지금도 여기에서 있을 수 있다. 너무 폐를 많이 끼쳐서 미안해. 그리고 정말로 고마워.

한 사람, 한 사람의 말에 맞춰 시선을 옮긴 후, 마지막으로 미나미를 바라봤다.

어떤 반응을 보일까. 놀랄까. 슬퍼할까.

"지금까지 고생 많았어, 마코토."

둘 다 아니었다. 미나미는 미소를 머금은 채 차분히 지금까지의 노고를 치하해 주었다.

예상치 못한 반응에 오히려 내가 놀랐지만, 순간 나는 어떤 사실을 깨달았다. 미나미는 어딘가 무리해서 아무렇지 않은 듯 행동하는 것처럼 보였다.

그 느낌에 할 말을 찾지 못했지만 나는 오늘 해야 할 일을 끝내야 한다.

"미안해, 갑자기 말해서."

"할 수 없지 뭐. 부모님 상황에 맞춰야 하니까."

그렇게 말하더니 다시 그녀가 웃었다. 언젠가와 무척

비슷한, 아련한 빛 같은 웃음이었다.

"우와, 웬일로 쓰바사가 어른 같은 소릴 다 하네."

"회장님 같은 분위긴데?"

우리의 대화에 하야미와 에나가 끼어들었다. 덕분에 분위기가 조금 부드러워졌다.

미나미가 두 사람에게 시선을 돌리고 웃는 얼굴로 대답했다.

"이럴 때 칭얼거리지 않고 웃는 얼굴로 배웅하는 게 좋은 여자의 조건이라고 해서."

"뭐? 누가?"

"옛날 영화에서 여배우가."

"왠지 말이랑 발상이 고리타분하다 했더니, 그래서였구나?"

"어, 설마! 고리타분했어?"

"훗, 그렇지 않아요, 선배. 잠깐 무슨 말을 하는 건지 어리둥절했을 뿐!"

"이치카, 그거 내 편 들어주는 말이 아닌데?"

저절로 웃음이 번져나가서 나는 안도했다. 그 말을 계기로 미나미가 애써 무리하지 않게 된 듯, 평소와 똑같은 모습으로 이야기하기 시작했다.

"그러고 보니 말이야."

다섯이서 활동을 시작했을 때의 기억을 꺼내놓더니 지금까지 있었던 일들을 줄줄이 회상하듯 말했다. 나도 그에 동참해 모두와의 마지막 시간을 즐겼다.

그러다 나를 배웅하는 일로 화제가 옮아갔다.

에나와 이치카는 공항까지 와서 배웅해 주고 싶다고 말했다. 하지만 우리 가족이 불편해할 수 있다면서 미나미가 배웅은 하지 말자고 말렸다.

"1년 하고 조금 더 있으면 만날 수 있는걸. 그렇지, 마코토?"

배웅 이야기가 나오면 어떻게 대응할지 하야미와 사전에 의논해 두었는데. 미나미가 배웅은 하지 말자고 말할 줄은 생각도 하지 못했기에 놀라면서도 고개를 끄덕였다.

그 후로도 모두 시끌벅적하게 요 반년간의 일을 떠올리며 추억을 나눴다. 미나미는 나와 눈이 마주치자 다정하게 웃어주었다.

정말 이걸로 끝이구나 생각하니 울컥 슬픔이 밀려왔다. 가능하다면 조금 더 함께 있고 싶다. 때로는 엇갈리는 일이 있더라도 쭉 같은 방향을 보며 살고 싶었다.

하지만 내 눈은 이미 미래로 향해 있지 않다. 지금부터는 과거만 떠올리고 과거만이 소중하겠지. 우리는 바라보는 곳이 다르다. 미나미는 계속 살아가고 나는 죽음을 향해 간다.

"너희를 만나서 정말 행복했어."

마지막으로 나는 그렇게 말했다. 이번 생의 이별이 아니라 흔하게 넘쳐나는 이별의 말처럼 들리도록.

그러자 모두 내게로 시선을 돌렸다. 미나미가 대표로 대답했다.

"우리도 그래. 특히 나는. 마코토를 만나서 정말로 행복했어."

이렇게 나는 이별에 필요한 모든 일을 마쳤다. 오늘을 기점으로 모두와 얼굴을 마주할 일은 없다. 남은 날들을 조용히 보낼 것이다. 그렇게 될 거라고 생각했다.

"아, 그러고 보니까―"

하지만 하야미도 나도 예상치 못한 일이 일어났다.

"올해 안으로 외국에 간다고 했는데, 크리스마스이브 때는 어디에 있어? 매년 우리 집에 모여서 파티를 하거든. 마지막으로 마코토 오빠도 그 파티에 올 수 없으려나?"

뜻밖에도 에나가 이렇게 묻는 바람에 당황하고 말았다.

크리스마스에 관해선 모른 척하고 있었다. 처음부터 단

293

넘했던 일이다. 최후의 이벤트로서 모두와 시끌벅적하게 지내면 좋겠지만 지금의 나는 어떠한 약속도 할 수 없다.

"에나, 쓰키시마에게도 나름대로 계획이나 사정이 있을 테니까 자꾸 부담 주지 마."

"뭐 어때, 권해보는 건데."

하야미가 나무라자 에나가 입을 삐죽거렸다. 문득 미나미를 바라보았다. 미나미는 이 상황을 지켜보고 있는 듯했다. 내 시선을 알아차리고 부드럽게 미소를 띠었다.

그 미소가 어딘가 허전하고 슬퍼 보여서였을까.

"아마 못 갈 거야."

나는 고개를 떨구며 에나에게 대답했다. 다만······.

"하지만······. 만약 그날 봐서 갈 수 있을 것 같으면, 당일 참가도 가능하려나? 아, 준비가 필요할 테니까 그게 무리라면 어쩔 수 없고."

기왕이면 마지막으로, 희망을 걸어보고 싶었다. 그렇게 생각하고 고개를 들었다.

병이 말기로 진행되면 아무래도 얼렁뚱땅 속일 수는 없다. 그 전에 내 몸이 나를 배신하더라도 나름대로 희망을 품어보고 싶었다. 정말로 그것이, 마지막 희망이 될 테니까.

"물론, 당일 참가도 괜찮아."

에나는 웃으며 대답해 주었다.

"시간이 되면 좋겠어요."

이치카도 긍정적인 말을 건네주었다.

"그래, 무리가 되지 않는다면."

하야미는 자상하게 나를 바라보며 말했다.

마지막으로 모두 함께 사진을 찍었다. 그 사진을 메시지로 전송받았다. 하교 시각이 되어 다섯 명이서 노을이 지는 길을 걸어 교문에 도착했다. 미나미 외의 세 사람과는 그 자리에서 헤어졌다.

"마코토. 조금 걷지 않을래?"

다른 친구들을 배웅한 뒤에 말수가 적어진 미나미가 말했다. 나는 고개를 끄덕이고 미나미와 함께 역과는 반대 방향으로 걷기 시작했다. 근처 공원에 가기로 하고 나란히 걷는데 미나미가 내 손을 잡았다.

모두와 함께 있을 때와 달리, 미나미는 별로 이야기하지 않았다. 공원에 도착해 벤치에 앉은 뒤로도 마찬가지였다. 그저 손을 마주 잡은 채 서로의 존재를 느낄 뿐이었다.

어쩐 일인지 잡고 있는 그녀의 손에 때때로 힘이 꽉 들어갔다. 부원들 앞에서는 티를 내지 않았지만 이별을 안타까워하고 있을지도 모른다.

이 감촉을, 이 시간을 기억해 두고 싶다는 바람으로 나도 가만히 손을 꼭 쥐었다.

이윽고 해가 지고 주변에 어둠이 깔렸다. 벤치에서 올려다본 밤하늘에서 별이 빛나기 시작했다.

그 별빛은 몇십 년도 더 전에 출발한 것이라고 어디선가 읽은 기억이 났다. 너무나도 멀리 있어서 빛이 되어 닿는 데도 오랜 세월이 걸린다. 과거에서 온 빛을 우리는 밤하늘에서 느끼고 있었다.

아무 말 없이 있는 것도 싫지는 않았지만 어느새 나는 그 이야기를 하고 있었다.

나는 또다시, 미나미에게 과거가 될 테니까. 당연하지만 이 말은 전할 수 없다.

그래도, 가끔이라도 상관없으니, 고등학교 2학년 겨울에 이렇게 공원에서 손을 맞잡은 누군가가 있었다는 걸, 별빛에 관해 이야기하던 누군가가 있었다는 걸 떠올려 줬으면.

"과거에서 온 빛이라니……, 재미있는 표현이네. 영화에 써먹을 수 있겠어."

"사진 찍어놓지 않아도 괜찮아?"

내가 농담처럼 물어보자 미나미가 미소를 지었다.

"찍어두고 싶으니까 한 번 더 말해봐."

그러더니 스마트폰을 벤치에 올려놓고 밤하늘을 촬영하기 시작했다.

나는 다시 같은 말을 반복했다. 말을 다 끝냈을 즈음에는 저녁 7시가 다 되어가고 있었다.

이제 돌아가기로 했다. 둘이서 역까지 걸었다. 손은 여전히 꼭 잡은 채였다. 역에 도착해 각자 개찰구로 들어섰다.

우리는 서로 반대 방향에서 전철을 타야 했다. 무언가를 암시하듯 내가 탈 전철이 더 빨리 들어올 예정이었다. 미나미가 배웅하겠다며 내가 기다리는 플랫폼까지 와주었다. 전철을 기다리고 있자니 잠시 후 안내 방송이 흘러나왔다. 전철이 도착해 안에 있던 승객들을 토해냈다.

나는 혼자 전철에 올랐다. 뒤를 돌아 플랫폼에 서 있는 미나미를 마주 보고 섰다.

많이, 살아줘. 많이, 사랑하길.

그런 걸 기원했다.

내가 떠맡은 약간의 불행만큼, 네게는 부디 행복이 쏟아져 내리기를. 너의 인생에 수많은 기쁨과 웃음이 넘쳐 흐르기를.

"그럼 이만."

마지막으로 나는 말했다.

"응. 그럼 이만."

미나미도 그렇게 대답했다. 문이 닫히고 그녀를 내버려 둔 채 전철이 떠나갔다.

나는 울지 않고 잘 참아냈다. 미나미 앞에서 울지 않았다. 한심하게도 눈물이 주르륵 흐르기 시작한 내 모습을 차창으로 바라보면서 오로지 그녀의 행복을 빌었다.

4

그다음 주부터 나는 입원 생활을 시작했다.

어느덧 12월을 맞이했다. 시한부 1년을 선고받은 지도 9개월 가까이 지났다. 안타깝게도 병은 거침없이 진행되고 있는 모양이었다. 이러다가 몇 주간의 혼수상태에 빠지면 그걸 신호로 내 병은 말기로 들어선다. 하지만 이제 아무 걱정도 없었다.

나는 기회를 놓치지 않았으니까. 병이 심각해지기 전에 모두와 제대로 이별할 수 있었다.

그리고 아직 말기가 된 것도 아니다. 잘하면 크리스마

스이브 파티에 참가할 수 있다. 어렵다는 건 알고 있었지만 그래도 그것을 마지막 희망으로 삼았다.

입원 생활을 시작한 나를 많은 사람이 찾아왔다. 희귀한 병이므로 어쩔 수 없다.

연구 대상이 된 것이다. 젊은이, 노인, 외국인, 다양한 의사들이 찾아왔다.

의료 관계자뿐만이 아니다. 나를 잘 아는 사람들도 자주 병실을 찾아와 주었다.

"잘 지냈어?"

하야미였다. 그녀는 내가 심각한 병을 앓고 있지 않는 사람처럼 편하게 대해주었다. 하야미와 별것 아닌 이야기를 나누면서 동아리며 미나미에 관해 전해 들었다.

"에나와 이치카는 여전해. 쓰바사도 자기 페이스대로 잘하고 있고."

"그렇구나. 모두 변함없다니 다행이야."

새로운 영화를 제작하는 일도 순조롭게 진행되는 모양이었다. 완성되면 DVD로 만들어 갖고 오겠다고 말했다. 하지만 내가 지금 머무는 곳은 치료가 더 이상 필요 없어진 사람이 남은 시간을 평온하게 보낼 수 있는 병동이었다. 병원의 방침인지 휴게실에도 병실에도 텔레비전이 없다.

"매일 심심하지 않아?"

"뭐 그래도 스마트폰은 사용할 수 있으니까. 깨어 있는 동안은 미나미랑 메시지도 할 수 있고."

"네가 그걸로 좋다면 상관없지만, 스마트폰용 DVD 플레이어를 갖고 왔으니까 필요하면 써. 추천 영화도 몇 편 빌려줄게."

처음 만났을 당시에는 하야미와 이렇게까지 친해질 줄 몰랐다. 호의를 받아들여 영화와 플레이어를 빌렸다. 내 일상에 영화가 추가되었다. 하야미가 스마트폰에 플레이어 전용 앱을 다운받아 주었다. 다만 나는 조금 주의가 부족했다. 스마트폰의 배경화면을 보고 하야미가 놀랐다.

"어? 메시지 앱이랑 캘린더밖에 들어 있지 않네. 어떻게 된 거야?"

그 말대로 내 스마트폰에는 앱이 거의 깔려 있지 않았다. 게임도, SNS도, 뉴스 관련 앱도 없다. 언젠가 다 삭제했다.

"나한테는 이제 필요 없는 것들이니까."

"필요 없다니……."

"예민한 말일지 모르지만, 보고 싶지가 않아. 세상도, 미래도."

전부, 나만을 남겨두고 앞으로 나아가고 있으니까, 라

고는 말하지 않았다. 말할 수 없었다.

내가 머무는 병동에 텔레비전이 없는 건 그 때문이리라. 이곳에서 환자는 세상과 다른 장소에 있다. 세상은 이미 그들과 관계가 없으며 괴롭게만 할 뿐이다.

아무 말 없는 하야미를 보고 나는 실언했다는 사실을 깨달았다. 어떻게든 재밌는 이야기로 화제를 돌려보려고 애썼다.

"이런 생활을 하다 보니까 말이지, 왠지 할아버지가 된 기분이야. 이렇게 말하면 요즘 할아버지들에게 실례일지도 모르지만."

내 의도를 알아차렸는지 쓴웃음이기는 했지만 하야미가 마주 웃어주었다.

"아, 웃기지 좀 마."

"어라? 그러고 보니 오늘 점심 먹었나?"

"병원이 점심 식사를 잊을 리 없잖아."

그러고 나서도 하야미와 이야기를 나눴다. 미나미라면 걱정 없다고 몇 번이나 안심시켜 주었다. 그 점은 걱정하지 않았다. 내가 의식을 잃었을 때도 하야미가 나를 대신해 어색하지 않게 메시지를 보내고 있다. 그러니까 분명, 내가 죽은 후에도 괜찮을 거다.

내가 보내는 답장이 조금씩 늦어지고 메시지가 끊기기 시작하다가, 그렇게…….

자연스럽게 미나미와 나의 관계는 소멸되어 가는 거다.

그때 느낄지 모를 미나미의 쓸쓸함과 슬픔을 생각하면 마음이 너무도 아팠다. 하지만 갑작스러운 이별에 비하면 충격이 덜할 거라고, 그렇게 나 자신을 달랬다.

어느새 석양이 깔리고 있었다. 어두워지기 전에 돌아가는 게 좋겠다고 하자 하야미가 고개를 끄덕였다. 인사를 나누고 병실을 나가려다가 그녀가 돌아보았다.

"있잖아."

침대에서 하야미를 바라보았다. 웬일인지 뭔가 망설이고 있었다.

"쓰바사 말인데……. 쓰바사한테 전부 솔직히 말하면 너는 지금도 쓰바사랑 함께 지낼 수 있을지 몰라. 그렇게 하고 싶은 마음은 없는 거야?"

질문을 듣고 놀랐다. 실은 몇 번이나 생각했던 일이다. 그렇게 하면 분명, 미나미와 함께 지낼 수 있을지 모른다. 내 목숨이 스러질 때까지…….

"그럴 맘 없어."

내가 단호하게 대답하자 이번에는 하야미가 놀랐다.

"이렇게 해야 미나미가 상처받지 않고 지낼 수 있어. 내 죽음에 미나미를 끌어들여서 슬프게 하고 싶지 않아."

아무 말 없이 나를 바라보던 하야미가 마침내 고개를 떨구었다.

"그러지 마……. 마치 너, 쓰바사를 사랑하고 있는 거 같잖아."

하야미가 그렇게 말했다. 나는 잠시 생각한 후에 대답했다.

"그런 거창한 게 아니라 그저 미나미가 소중할 뿐이야."

하야미가 돌아가고 나서 나는 침대에 앉은 채 창밖을 바라보았다.

죽음과 마찬가지로, 내 의식과 감각에서 멀리 떨어져 있었던 것을 생각한다.

해가 지자 여느 때처럼 빛나는 것이 시야에 들어왔다.

과거에서 온 빛이, 밤하늘에서 반짝이고 있었다.

5

하루하루가 선이 아니라 원처럼 지나가고 있었다. 눈을

뜨고, 시간을 보내고, 잠든다. 순수하게 잠을 자는 것인지, 병으로 의식을 잃은 것인지의 차이가 있을 뿐, 기본적으로는 이러한 패턴의 반복이다.

깨어 있을 때는 미나미와 메시지를 주고받았다. 그 세계에서 나는 병과는 아무 관련 없는 사람이며, 외국으로의 이주를 앞두고 있는 평범한 고등학생이었다.

하야미에게 빌린 영화도 보고 있다. 아름다운 스토리에 저절로 눈물이 흐를 때도 많았다. 감정은 아직도 내 안에 그대로 있었다. 무언가를 아름답다고 느끼는 마음은 이곳에 있다.

감상에 젖어 과거에 찍은 사진과 영상을 다시 들여다볼 때도 있었다. 그때의 사진을 스마트폰 배경화면으로 설정해 뒀더니 병문안 온 하야미가 보고는 엄청 웃어댔다. 예전에 나눈 심각한 대화는 두 사람 사이에서 없던 일이 되어 있었다. 영화를 본 소감을 서로 이야기했다.

마침내 크리스마스이브가 다음 주로 다가왔다. 내 상태는 여전히 비슷했지만 기쁜 일이 있었다. 전조가 없다면, 이라는 전제 아래 크리스마스이브에 외출 허가가 떨어진 것이다.

병실에 들른 하야미에게 그 이야기를 전하자 함께 기뻐

해 주었다.

의식을 잃었다가 깨어나기를 반복하면서 드디어 12월 20일을 맞이했다.

아침에 긴장한 채 체온을 쟀다. 지금까지의 경험으로 나는 법칙을 하나 발견했다. 현재 상태에서는 의식을 되찾은 날과 그다음 날에는 증상이 나타나지 않으며, 의식을 잃는 시간은 길어야 꼬박 사흘이다.

오늘이나 내일 의식을 잃으면 크리스마스 전날에는 깨어날 가능성이 있다. 기다리고 있자니 검온 결과가 나왔다. 부디, 하고 간절히 기도했다. 지금까지 체온이 낮게 나오기를 바란 적은 없었다. 언제나 그 수치를 낙담하며 바라보았다. 하지만 이번만큼은……

심장의 고동 소리를 느끼면서 조마조마한 심정으로 체온계를 보았다. 체온이 낮았다.

그날 나는 희망을 품고 하루를 보냈다. 점심시간이 지났을 무렵, 의식을 잃을 전조가 나타났다.

다만……, 조금 이상했다. 지금까지와는 뭔가 다른 것 같았다. 온몸에 힘이 빠지고 의식이 희미해졌다. 그런데 의식이 바로 꺼지지 않았다. 흔들흔들 세상이 계속해서 흔들리고 있다.

땀도 나지 않고 사고가 흐릿해져서 '이건 무슨 일이지' 하고 의아했다. 다른 증상이 나타난 걸지도 모른다고 생각하면서 힘이 들어가지 않는 몸으로 간신히 너스콜을 눌렀다.

툭 하고 실이 끊어지는 것처럼 의식이 끊겼다.

눈을 떴을 때 나는 캄캄한 어둠 속에 있었다.

농담이 아닐까, 생각했다. 설마, 죽은 걸까 하고.

하지만 달랐다. 그저 주위가 어두울 뿐이었다. 나는 살아 있다. 병원 침대에 누워 있다.

살날이 아직 몇 개월 남아 있을 터였다. 그리 쉽게는 죽지 않는다.

그때 문득 생각나 스마트폰을 집어 들었다. 잠들어 있는 동안은 시간 감각이 없을 텐데 무척 긴 시간이 지난 것 같은 기분이 들었다.

오늘은 몇 월 며칠인 걸까. 떨리는 손으로 스마트폰을 눌러 날짜를 확인했다.

12월 24일 오전 3시 50분

아무 말 없이 날짜를 바라보았다. 한순간, 이미 지났나 싶었다.

하지만 아니었다. 몇 번이나 확인했다. 바로 실감이 나지 않았다.

"……돼, 됐다. 됐어."

잠긴 목소리가 내 안에서 밀려 나왔다. 드디어 조금씩 실감이 커지더니 기쁨이 되어 온몸을 휘감았다.

당장은 믿을 수 없었다. 하지만 틀림없다. 오늘은 24일이었다. 나는 크리스마스이브에 눈을 뜬 것이다. 미나미 그리고 부원 모두와 마지막 추억을 만들 수 있다.

이른 새벽이라 미안한 마음이 들었지만 너스콜을 눌러 간호사를 불렀다.

연락을 받은 부모님이 서둘러 병원으로 달려오셨다. 나흘 가까이나 의식을 잃기는 처음이어서 걱정이 많으셨을 것이다. 어머니는 어딘가 몹시 감격한 듯이 나를 바라보았다.

"뭐야……. 정말로, 잘도 잔다니까."

뭔가 농담이라도 건넬까, 생각하는데 아버지가 웃으며 다가왔다. 그 커다란 손으로 내 머리를 마구 헝클며 쓰다듬었다.

"깨어나 다행이구나. 오늘이 바로 그날이지? 이브에 친구들하고 약속 있었잖아?"

"약속이라고 할 정도로 확실한 건 아니었지만⋯⋯. 응, 그렇지만 약속이지."

"오늘이라면 외출도 문제없을 거야. 역시 내 아들이다. 타이밍이 아주 좋아."

"아빠한테는 뭔가 타이밍이 좋았던 일이 있었어?"

"네 엄마라는, 가장 사랑하는 여자를 만나고 너라는 가장 사랑하는 아들을 만난 거지. 전부 최고의 타이밍이야."

"뭐야 그게!"

그렇게 대답하면서도 고마운 마음에 눈물이 나려 했다. 가족과 이야기를 나눈 뒤 늦지 않게 미나미에게 연락하려고 메시지 앱을 열었다.

의식을 잃은 동안에도 하야미가 내 대신 답을 해주고 있었다.

그 내용을 확인했다. 하야미에게서는 별다른 주의 사항이 없었다. 나는 긴장한 채 미나미에게 메시지를 보냈다.

— 오늘 저녁때 파티에 갈 수 있게 되었어.

그러자 바로 읽음 표시가 뜨더니 미나미에게서 답장이 왔다.

— 너무 기뻐.

— 좀 쑥스러운데.

— 너무 기뻐서 온 힘을 다해 보충수업 땡땡이칠 거야.

— 온 힘을 다해 땡땡이치지 마.

— 농담이야. 기다리고 있을게.

— 응. 그리고 선물은 준비하지 못했어. 미안해.

— 마코토가 함께 있는 게 최고의 선물이야. 마음 쓰지 마.

미나미의 답장을 보고 무심코 생각에 잠겼다.

조금만, 울고 싶은 심정이 되었다. 오늘, 이날을 맞이했다는 게 정말로 기뻐서였다. 어느새 나는 슬퍼서가 아니라 기뻐서 눈물을 흘리고 있었다.

지금까지 살아오면서 여러 가지 의미의 눈물을 경험했지만 이처럼 상쾌한 눈물을 흘린 적은 없었다.

하지만 마냥 울고 있을 수만은 없다. 하야미에게도 연락해야 했다. 검사도 앞두고 있다. 나는 인생에서 마지막 크리스마스를 모두와 함께 맞이하기 위해 움직이기 시작했다.

나흘 가까이 의식을 잃기는 처음이라 오전 중에는 여러 가지 검사를 받았다.

담당 의사 선생님이 정성껏 돌봐주어서 심리적인 부담

은 없었다. 몸 상태에 관해 질문을 받아서 목소리가 잠기고 근육통 같은 게 있다고 대답했다.

선생님이 웃으며 나흘이나 잠을 잤기 때문이라고 알려주었다. 하지만 인체는 잘 만들어져 있어서 성대도 근육도 조금씩 사용하자 점점 나아졌다.

점심시간이 지나고 오후부터는 조금 더 정밀한 검사를 받았다. 그래도 중간중간 쉴 틈은 있었다.

한창 바쁘실 어머니가 일을 쉬면서까지 내가 입을 옷을 병실로 가져다주었다. 아버지와 함께 신이 나서 내 외출복을 코디해 주었다. 마침내 입을 옷을 결정했을 즈음 하야미가 병실로 찾아왔다. 아침에 연락했더니 오후에 병문안을 오겠다고 했던 것이다.

"안녕하세요."

하야미는 병실 안에 흩어져 있는 옷가지들을 보더니 뭔가 흐뭇한 듯 웃으며 부모님께 인사했다.

부모님이 하야미를 신뢰하고 있다는 것이 느껴졌다.

"친구끼리 저녁 파티 이야기도 해야 할 테니 우리는 카페에 가 있으마."

아버지가 그렇게 말씀하시고는 어머니와 함께 나가자 병실에는 하야미와 둘만 남게 되었다.

불과 며칠 전에 만났음에도 꽤 오래된 일처럼 느껴졌다. 언제나 그렇듯이 이런저런 잡담을 나누었다. 둘 다 심각한 이야기는 하지 않았다. 서로 농담을 주고받았다.

"기적 같아."

한창 대화를 나누다가 내가 그만 이런 얘기를 꺼내고 말았다. 하야미가 조심스럽게 웃었다.

"거창하네."

"하지만 진짜 그렇게 느껴져. 설마, 마지막에 약속을 지킬 수 있을 줄이야."

"……기적이란 건, 보통은 잘 일어나지 않으니까."

"맞아. 그렇지."

"누군가가 일으키지 않는 이상, 일어나지 않는 거고 말이야."

의외의 말에 놀라서 무심코 하야미를 쳐다봤다. 그러자 하야미는 시선을 돌리며 어색한 듯이 웃고는 말을 이었다.

"분명 네가 일으킨 거야. 다른 누구도 아닌, 네가."

하야미는 쓸쓸하게 웃었다.

"너답지 않은걸."

하야미답지 않은 말에 감동해서 생각한 대로 말해버렸다. 하야미가 노려보더니 아무 말 없이 팔을 때렸다.

도중에 또 검사를 받았지만 체온이 떨어지는 일 없이 오후 시간이 지나갔다.

아버지가 파티 장소에 데려다주고, 끝나면 데리러 오기로 했다. 늦은 오후 검사를 마치고 병실로 오자 부모님과 하야미가 있었다. 하야미도 우리와 함께 에나의 집으로 향했다.

아버지가 운전하는 차에 올라타자 차 안에서 라디오 소리가 흘러나오고 있었다.

오늘은 세상의 화제도 나를 괴롭히지 않았다. DJ가 크리스마스이브에 걸맞은 곡을 틀어주었다. 아버지는 가는 동안 내내 밝은 표정으로 많이 떠들고 웃으셨다. 불편하지 않을까 걱정했지만 하야미는 하야미대로 즐기고 있는 모양이었다.

"그럼 마코토, 즐겁게 보내고 와라."

약속 시간에 맞춰 에나의 집에 도착했다. 하야미와 함께 차에서 내린 뒤 데려다준 아버지께 고맙다고 인사했다. 그리고 그 자리에 서서 에나의 집을 올려다보았다.

그제야 두근두근 심장이 마구 뛰는 게 느껴졌다. 긴장하고 있다는 걸 깨달았다.

"뭘 그렇게 멍하니 있어? 어서 들어가자."

하야미가 나를 재촉하고는 인터폰을 눌렀다. 오랜만에 에나의 목소리가 들려왔다. 대문의 잠금장치가 찰카닥 열렸다. 마당을 가로질러 현관문 앞으로 걸어갔다.

오늘 미나미와 어떤 이야기를 할까. 맨 먼저 뭐라고 말을 걸까. 생각하는 동안 현관에 이르렀다.

"문, 무거우니까 열어줘."

하야미가 부탁하길래 고개를 끄덕이고 손잡이를 잡았다. 그리고 열었다.

"메리 크리스마스!"

문이 열림과 동시에 팡팡 폭죽 터지는 소리가 울렸다. 이런 준비를 했을 줄은 생각도 못 했기에 너무 놀랐다. 눈 앞에는 산타 모자를 쓴 에나와 이치카가 있었다.

두 사람만이 아니다. 미나미도 있었다. 세 사람은 모두 폭죽을 손에 들고 있었다.

"메리 크리스마스, 마코토!"

눈이 마주치자 미나미가 미소를 지었다. 나는 뼛속부터 찌릿하게 마비되는 듯한 느낌에 기쁨의 말조차 잊을 뻔했다. 그래도 그녀의 인사에 대답했다. 크리스마스이브에 어울리는 말을.

"메리 크리스마스, 미나미!"

인생의 마지막 크리스마스이브가, 가장 사랑하는 사람들과 함께 시작되려 하고 있었다.

네게 남은 시간을 나는 모른다

*

9/에나의 방(저녁)

에나와 이치카의 손에 이끌려 마코토가 방으로 들어온다. 즐거워
하는 에나와 이치카.
테이블에는 칠면조 구이를 비롯해 갖가지 크리스마스 요리가 놓
여 있다.

마코토   이 요리는 다 뭐야?

에나와 이치카가 자랑스레, 모두 같이 만들었다고 대답한다. 놀라
는 마코토.
직접 만든 크리스마스 케이크도 준비되어 있다고 이치카가 말한다.

버터가 너무 많이 들어갔다며 난감해하면서도 즐거워 보이는 아오이.

쓰바사   자, 마코토도 왔고 다 같이 건배하자.

이치카   샨메리chammerry(파티용 무알코올 탄산음료)도 준비했
         답니다.

에나   아, 그보다 더 좋은 게 있어요.

에나가 샴페인을 꺼낸다. 당황하는 아오이.

아오이   안 돼, 절대로 그건 안 되는 줄 알아.

불만스러워하는 에나와 다급하게 막아서는 아오이의 모습에 활
짝 웃는 이치카와 쓰바사.
마코토도 미소를 지으며 그 광경을 보고 있다.

※어디까지나 예시. 대본대로 할 필요는 없음. 자연스러운 연기로 흐름에
따라서.

1

12월 24일 오후 6시.

마코토가 에나의 집에 도착했다. 오랜만에 동아리 부원 다섯 명이 전부 모였다.

에나의 가족은 모두 외출했고 집에는 우리뿐이었다. 에나와 이치카는 들떠서 마코토를 안내하고, 요리가 준비된 에나의 방에서 왁자지껄하게 크리스마스 파티를 시작했다.

이치카가 요리를 덜어서 모두에게 나눠주었다. 에나는 모처럼 이렇게 다 모였으니 괜찮지 않겠냐며 집에 있던 샴페인을 꺼내 왔다. 아오이가 기겁하며 에나를 말렸다.

그런 광경을 보면서 마코토는 미소를 지었다. 나와 눈이 마주치자 눈동자 깊은 곳에서 가만히 웃었다.

어느새 나는 마코토에게 다가가 귓가에 대고 속삭였다.

"즐거운 시간이 될 것 같아."

그러자 마코토도 정말 그렇다는 듯이 나를 바라보며 "응" 하고 대답했다.

마코토가 아무런 근심도 없는 모습이라 나는 안심했다.

"잠깐 화장실에 다녀올게."

모두에게 말하고는 혼자 그 자리를 빠져나왔다.

마코토의 어머니에게 메시지를 보내려고 복도에서 스마트폰을 꺼냈다.

1월 18일 오후 6시 21분

오늘이 크리스마스이브가 아니라는 걸 마코토가 의심하지 않아서 나는 정말로 안도했다. 마코토의 어머니에게 간단하게 연락한 뒤 스마트폰을 집어넣고 모두가 있는 방으로 돌아갔다.

그러면서 그날의 일을……. 마코토를 병실에서 발견한 날의 일을 떠올렸다.

"어떻게 된……, 거야?"

전학 관련 일로 학교를 쉬던 마코토가 병실에 누워 있었다. 그리고 아오이는 마코토의 계정을 사용해 마코토인 척 내게 메시지를 보내고 있었다.

대체 뭐가 뭔지 통 영문 모를 일투성이였다. 마코토가 병실에 있는 이유도 모른다. 가벼운 상처나 질환으로 와 있을 만한 곳이 아니다. 설비가 제대로 갖춰진 개인 병실이다.

"마코토는 단지 불면증이라면서?"

질문하자 아오이가 아무 말 없이 나를 바라보았다. 이윽고 어렵게 말을 꺼냈다.

"미안. 아니야."

"그럼 대체……."

"나르콜렙시라고 들어봤어? 가끔 영화에 나오는 그거. 사실은 쓰키시마, 그 병이었어. 돌발적으로 잠들어 버리는……. 하지만 지금 열심히 치료받고 있어."

"아오이!"

나는 냉정하게 설명하려 애쓰는 아오이에게 다가갔다.

"아니지?"

"뭐가?"

"그거 아니지? 아무리 생각해 봐도 아니야. 말해줘, 아오이. 대체 마코토한테 무슨 일이 일어난 거야?"

나도 모르게 아오이의 교복 소매를 붙잡고 물어보자 아오이가 시선을 딴 데로 돌렸다.

"거짓말 아니야. 쓰키시마는 줄곧, 돌발적으로 잠에 빠지는 병으로 고생하고 있었어."

"그럼 더 일찍 그렇게 말해줬으면 좋았잖아? 왜 숨긴 거냐고! 그것도 내가 신경 쓰지 않게 하려고 그런 거니? 일부러 마코토의 계정까지 사용해서 마코토가 거기 있는 것처럼 꾸미고…….”

단지 잠이 드는 병이라면 그렇게까지 무리해서 숨길 필요도 없다. 내게 털어놓으면 된다. 놀라긴 하겠지만 그렇다고 예민하게 받아들이거나 마코토를 싫어하게 될 리도 없다.

그런데 마코토와 아오이는 무리해 가면서까지 뭔가를 숨기려 하고 있었다. 그건 즉…….

“마코토……. 설마, 많이 안 좋은 거야?”

교복 소매에서 손을 떼고 조용한 말투로 물었다. 아오이가 나를 보았다.

“그렇지 않아.”

“거짓말.”

“거짓말 아냐.”

“그러면……, 넌 왜 울려고 하는 건데?”

그 말에 아오이가 흠칫했다. 손으로 눈가를 닦더니 다시 시선을 다른 데로 돌렸다.

아오이는 자신이 생각하는 것 이상으로 정이 많은 아이였다. 하지만 세상의 냉정함이나 남들이 무심코 드러내는 악의를 잘 알아채는 편이다 보니, 사람들에게 강하게 보이기 위해 냉담하게 행동하는 면이 있었다.

사실은 초등학생 때부터 지금까지 조금도 변함없이 다정다감한 사람이었다. 어딘가로 사라져 버린 아버지를 무척이나 좋아해서, 그 아버지가 사라지자 공원에서 남몰래 혼자 울었던…….

"병실이 건조해서 눈이 뻑뻑한 것뿐이야. 공교롭게 지금……."

되돌아보니 공원에서 우는 아오이의 모습을 봤을 때였다. 결코 남들 앞에서 나약한 모습을 보이지 않지만, 요령 없고 착한 이 친구 곁에 계속 함께 있겠다고 결심한 것은.

"아오이……."

"왜?"

"넌 언제나 우리를 지켜준 거지? 이상한 어른이라든지 불순한 생각으로 접근해 오는 사람들에게서……. 마코토의 병을 숨기려고 한 것도 분명 그런 거지? 넌 우리를 지켜주려고 한 거지? 하지만 부탁이야, 진실을 알려줘."

아오이는 그리 쉽게 꺾이지 않았다. 계속 내 시선을 피한 채 아무 말 없이 고개를 떨구고 있었다. 하지만 아오이에게도 한계였으리라. 언제까지고 혼자서 끌어안고 가기는 어려웠을 것이다.

마침내 아오이의 눈에서 반짝이는 것이 흘러내렸다. 오랜만에 보는 오랜 절친의 눈물이었다.

아오이는 눈물을 닦을 생각도 하지 못하고 나를 바라보다가 입을 열었다.

나는 그 입술이 움직이는 모양을 가만히 쳐다보았다. 밖에는 비가 내리고 있다. 비가 끊임없이 내리고 있었다.

"……뭐?"

아오이가 모든 사실을 다 털어놓았을 때 나는 그저 멍하니 서 있을 수밖에 없었다.

"쓰키시마, 병이었어."

아오이는 그렇게 말했다. 그건 알고 있었다. 마코토가 병을 앓고 있다는 건 이곳에 찾아왔을 때부터 눈치채고 있었다. 하지만 아오이가 해준 얘기는 그뿐만이 아니었다.

"올해 3월에, 앞으로 살날이 1년밖에 남지 않았다는 시한부 선고를 받았대. 그래서……."

남은 날이, 1년?

아오이가 자세를 바로잡고 당황해하는 나를 마주 보았다. 아오이는 이제 더 이상 울지 않았다. 뭔가를 각오한 모습으로 다시 내게 말해주었다.

마코토가 올해 3월, 병으로 시한부 1년을 선고받았다는 사실을.

그뿐만이 아니라 지금까지의 일도 모두 털어놓았다. 여름방학 무렵부터 증상이 나타났고 그걸 아오이가 알아차렸다는 것. 그래서 둘이 협력해 필사적으로 감춰왔다는 것. 전부 마코토가 나를 슬프게 하지 않으려고 한 행동이었다는 것.

나는 평정심을 잃고 말았다. 어떻게든 부정하지 않고는 제정신으로 있을 수 없었다.

"거짓말. 마코토는 전혀 그런 내색 안 했어."

"그렇게 보이고 싶어 했으니까. 사람은 자신이 느끼는 게 세상의 전부라고 생각하잖아. 네가 알아채지 못한다면 너의 세계에서는 쓰키시마의 병이 존재하지 않아."

아오이가 그렇게 딱 잘라 말하자, 마코토와 함께 지낸 날들이 내 안에서 소리도 없이 되살아났다. 마코토가 마음을 전했고, 어느새 함께 영화를 만들기 시작했으며, 연인이 되었고, 그래서……

그동안 마코토는 줄곧 병을 끌어안고 있었다. 나를 슬프게 하지 않으려고 영화 주인공과 마찬가지로 병을 감춰왔다. 전학 간다는 거짓말까지 하면서……

이야기를 전부 들은 나는, 침대에 잠들어 있는 마코토

에게로 시선을 돌렸다.

무심코 손을 갖다 댔다. 따뜻하다. 숨도 잘 쉬고 있다. 호흡하면서, 살아 있다.

하지만 앞으로 몇 개월만 있으면, 그렇지 않게 된다니.

현실감은 아득히 멀기만 했고 나는 받아들일 수 없는 슬픔에 고개를 떨구고 말았다.

영화라면 지금, 어떤 장면인 걸까.

가슴 아프게도 이건 영화가 아니었다. 괴로울 정도로, 아플 정도로 현실이었다.

"그날…… 마코토가 동아리실에서 잠들었던 건, 역시 그래서였구나."

"거짓말해서 미안해. 병의 증상이 나타났던 거야. 그걸 나와 보건 샘이 감춘 거고."

그렇게 나를 지켜줬다는 사실을 알고 나자 무슨 생각을 해야 좋을지 알 수가 없었다.

"그래서 넌 어떻게 할 거야?"

하지만 내가 머뭇거리는 동안에도 세계는 계속해서 앞으로 나아간다. 시계 초침은 끊임없이 움직이고 모래시계에서는 모래가 떨어져 내린다. 아무 말도 하지 못한 채 고개를 숙이고 있는 내게 아오이가 물었다.

"어떻게 하다니, 뭘?"

"내가 들킨 게 잘못이지만……. 쓰키시마의 일을 알게 된 이상, 넌 결정해야 하니까."

"그건……."

"네가 병에 대해 알게 됐다는 걸 쓰키시마에게 이야기할 건지, 아니면……, 모르는 척할 건지. 앞으로의 일도 있으니까 가능하면 빨리 결정하는 게 좋아. 쓰키시마가 깨어나기 전에."

나는 지금, 방관자가 아니라 분명히 당사자 중 한 사람이 되어 있었다.

하지만 머릿속이 혼란스러워서 당장은 결정하기가 어려웠다. 조금만 더 생각해 보겠다고 하자, 마코토가 언제 깨어날지 모르니 장소를 옮기는 게 좋겠다고 아오이가 제안했다. 하지만 나는 허락된다면, 내 눈으로 마코토의 현재 상태를 인지한 뒤 결정을 내리고 싶었다.

"알았어. 그럼 내 면회증 줄 테니까 이거 달고 있어. 만약 쓰키시마가 깨어나면……, 그때 일은 네게 맡길게."

아오이가 돌아가고 병실에는 나와 마코토 둘만 남았다. 곁에 놓인 의자에 앉아 마코토를 바라보았다. 밖에는 비가 끊임없이 내리고 있었다. 마찬가지로 실내에도 비가 내렸다.

보슬보슬이 아니라 뚝뚝 내 손에 떨어져 내렸다.

마코토가 죽을 거라는 사실이 전혀 실감 나지 않았다. 그럼에도 온갖 상황이 내게 현실을 일깨우고 있었다.

병실. 잠들어 있는 마코토. 오랜 친구의 눈물. 평범하다고 여겨졌던 마코토가 지금까지 보여준 그늘.

자신이 더 괴롭고 슬플 게 분명한데도 마코토는 거짓말을 하면서까지 나를 슬프게 하지 않으려 했다. 전학을 가서 멀어진 걸로 만들어 스스로 과거가 되려 했다.

하지만 나는 지금, 마코토의 비밀을 알고 말았다. 다 알게 되었다고 말하면 마코토는 더 이상 거짓말하지 않아도 된다. 내 앞에서 굳이 모습을 감출 필요도 없다.

그렇게 하면 우리는 마지막까지 함께할 수 있다. 그것이 최선의 선택이라는 생각이 들었다.

'사람은 자신이 느끼는 게 세상의 전부라고 생각하잖아. 네가 알아채지 못한다면 너의 세계에서는 쓰키시마의 병이 존재하지 않아.'

다만⋯⋯. 그것은 어디까지나 내게 있어 최선의 선택이었다. 조금 전 아오이가 한 말이 무게를 지닌 것처럼 내 마음속에 와닿았다. 아오이는 사실과 진실에 관해 이야기하고 있었다.

내가 마코토의 병을 알고 있다는 사실을 말하면 마코토는 어떤 심정이 될까.

지금까지 마코토는 내가 마코토의 병을 모르는 세계를 필사적으로 지키려 했다.

지금 이런 상황임에도.

과연 내가 하려고 하는 일은 옳은 선택일까.

마코토가 지키려 한 세계를 내가 허물어뜨려도 되는 걸까. 내가 마코토와 마지막까지 함께 있고 싶다고 해서 상대도 똑같은 마음일 거라는 이기심으로 망가뜨려도 좋은 걸까.

인간의 본질은 어쩌면 죽음을 각오했을 때에야 드러나는 것인지도 모른다.

자신이 괴로운 상황임에도 마코토는 나를 먼저 생각했다. 마코토는 그런 사람이었다. 삶의 마지막까지 타인을 생각하는 사람이었다.

마코토라는 사람이 살아 있다는 사실은, 그런 것이었다.

나는 손에 힘을 꼭 주고 마코토를 바라보았다.

이 세계는 불확실하고 모호하며 저마다 옳다고 생각하는 정의가 수없이 존재하는 곳이다. 이곳에서 나는 마코토처럼 마지막까지 타인을 생각하는 사람이 되고 싶었다.

마코토의 마음을 편하게 해주고 싶었다.

그렇다면 선택은 간단하다. 내 소망이 아니라 마코토의 소망을 우선하자.

마코토에게만 거짓말을 짊어지게 하지 말자. 나 역시 거짓말을 짊어지고 살아가는 거다.

마코토에게 보호받기만 하는 게 아니라 나야말로 마코토의 세계를 지켜줄 테다.

마코토의 거짓말을 눈치채지 못한 척하는 거다.

나는 이것이야말로 나의 정의라고 마음을 굳혔다. 지금, 분명하게 결정했다. 확실히 정했다.

결정했다면 그다음은 쉽다. 이 결심을 실행하기만 하면 된다. 계속 실행할 뿐이다. 결심을 굳히고 다시 마코토를 바라보았다. 하지만 감정은 나를 휘젓고 장난질을 쳤다. 시야가 흐려지기 시작했다.

마코토의 거짓말을 지켜주겠다고 결심하면 이제 마코토와는 끝까지 함께 있을 수 없다.

그렇다면 지금, 괜찮을까. 지금 이 순간만은 내 감정에 솔직해져도 괜찮을까.

마코토 앞에서는 절대로 보이지 않을 테니까. 그러니

까…….

나는 일어나서 침대로 다가갔다. 마코토의 가슴에 가만히 내 몸을 포갰다.

목 깊은 곳에서 오열이 밀려 나오기 시작했다. 나는 내 감정을 어찌할 수가 없었다.

어느새 나는 소리 내어 울고 있었다.

아직도 나 자신만을 생각하는 나는, 이 울음소리에 마코토가 깨어나면 좋겠다는 생각까지 했다. 눈을 뜬 마코토는 병실에 있는 나를 보고 놀라겠지. 하지만 분명 모든 걸 알아차리고 안아줄 것이다.

그러면 나는 결심을 뒤집고 너와 마지막 순간까지 함께 있고 싶다고 말하겠지. 하지만 마코토는 단순히 잠을 자고 있는 게 아니다. 내가 아무리 울어도 깨어나지 않는다.

아무리 너를 사랑한다고 말해도 부끄러운 듯 웃어주지 않는다.

가슴에 경련이 일어난 듯 어린아이처럼 흐느끼다가 겨우 눈물을 멈췄다.

나의 선택을 아오이에게 말해주려고 병실을 나왔다.

2

다음 날 방과 후에 마코토는 아무 일 없었다는 듯 동아리실에 얼굴을 내밀었다.

나 또한 평소와 똑같이 대했다.

마코토를 놀리고, 웃고, 함께 영화를 촬영했다. 하루를 마칠 때도 결코 쫓아가거나 하지 않았다. 더 오래 함께 있고 싶다고 해서 마코토를 난처하게 만들지 않았다.

아오이에게는 내 결정을 알려주었다. 아오이는 "알았어"라고 한마디 했을 뿐이다.

마코토가 의문을 갖지 않도록 그날의 메시지도 아오이와 자연스럽게 남겨놓았다.

마코토의 의식이 없을 때도 안심시키기 위해 지금까지처럼 메시지를 교환했다.

마코토와 함께 있을 때는 가능한 한 마주 웃었다. 좋아하는 사람과 함께할 수 있는 1초, 1초가 너무나 소중했다. 마지막을 자각하면 할수록, 그 시간이 더없이 애틋하고 소중했다.

하지만 마코토가 학교에 오는 횟수가 점점 줄어들었다. 병이 계속 진행되고 있었기 때문이다. 동아리실에 얼굴을 비치는 일도 드물어졌다.

그리고 12월을 코앞에 둔 어느 날, 오랜만에 동아리 활동에 참여한 뒤 말했다.

"실은 부모님의 사정으로 일정이 앞당겨져서 올해 안에 외국으로 나가게 됐어."

학교에는 이제 나올 수 없게 된다고. 동아리 활동도 오늘로 마지막이라고.

그 이야기는 이미 아오이에게 들었다. 오늘을 위해 세세한 논의까지 마쳤다.

한편 사정을 모르는 에나와 이치카는 순수하게 아쉬워했다. 마코토가 못내 섭섭한 표정을 지으며 한 사람씩 바라보다가 마지막으로 나를 보았다.

"지금까지 고생 많았어, 마코토."

나는 그렇게 말했다. 마코토의 세계를 지켜주기 위해 웃는 얼굴로 작별 인사를 전했다. 촬영할 때는 모두에게 자연스러운 연기를 요구했으면서 정작 나는 몸이 굳어지는 바람에 어딘가 어색하게 대하고 말았다. 그때 아오이가 끼어들어 농담을 해준 덕분에 분위기가 바뀌어 모두 자연스럽게 웃을 수 있었다.

그런 내 모습을 보고 마코토가 안심하는 것 같았다. 무사히 작별 인사를 나눌 수 있었다.

단 한 가지, 나도 아오이도 예상치 못한 일이 일어났다.

에나가 크리스마스이브 파티에 마코토를 초대한 것이다. 마코토는 약속을 할 수가 없다. 거절하겠거니 했는데 마코토는 그날 봐서 참가할 수 있을 것 같으면 당일에 연락하겠다고 말했다. 마지막에 모두 함께 사진을 찍고 교문 앞에서 헤어졌다. 나는 마코토와 손을 잡고 공원으로 향했다.

공원 벤치에 앉아 있는 동안에도 우리는 잡은 손을 놓지 않았다. 마지막 순간임을 의식하자 애달픈 마음에 마코토의 손을 꽉 힘주어 잡고 말았다. 마코토도 다정하게 내 손을 꼭 마주 잡아주었다.

"밤하늘에 빛나는 별은, 실은 과거에서 온 빛이야."

그렇게 말하고 마코토는 밤하늘을 올려다보더니 웬일인지 약간 감상적인 말을 꺼냈다. 우리가 우러러보는 밤하늘의 저 빛은, 실은 몇십 년도 더 전에 흩뿌려진 과거에서 온 빛이라고 했다.

마코토의 입에서 과거라는 말이 나오자, 슬펐다.

그러나 나는 울지 않았다. 공원에서도, 역 플랫폼에서 배웅할 때도, 마코토 앞에서 눈물을 보이지 않았다.

……하지만 마코토가 탄 전철이 떠나기 전까지였다.

역 플랫폼에 혼자 남았을 때 더 이상 감정을 주체하지 못하고 숨죽여 울고 말았다.

다음 날부터 마코토는 학교에 나오지 않았다. 일정이 앞당겨져 급히 전학을 가게 되었다고 마코토네 반 담임 선생님이 공지를 했고 그 얘기가 우리 반에서도 약간 화제가 되었다.

그런 소문은 며칠만 지나면 사라진다. 수업을 빼먹고 옥상에서 하늘을 바라보는 일이 많아졌다. 마코토는 행복했을까, 그런 생각만 했다.

마코토의 상황을 내게 알려주려고 아오이는 자주 병원을 찾아갔다. 마코토는 입원 생활을 하고 있었다. 세상과의 연결고리가 끊어진 병동에서 조용히 지내고 있다고 했다.

그래도 마코토는 크리스마스이브의 약속을 잊지 않고 있었다. 그 약속을 희망으로 삼고 있다고 했다. 내게도 희망이었다. 거짓말로 만들어 낸 세계에서 마코토와 다시 한 번 만날 수 있을지도 모르니까.

마코토가 오랜 혼수상태에 빠졌다는 소식을 들은 건, 크리스마스이브가 되기 사흘 전이었다.

기말고사가 끝나고 '고교생 영화 콩쿠르'에 출품할 영

화를 편집했다. 기도하는 마음으로 크리스마스이브를 기다리고 있었다. 하지만 종업식을 눈앞에 둔 그날, 아오이가 내게 말했다.

"쓰키시마⋯⋯, 크리스마스이브 파티에 못 올지도 몰라."

마코토가 의식을 잃었다고 했다. 하지만 내게는 생각이 있었다.

"파티는 꼭 이브가 아니더라도 크리스마스 당일이나 다음 날에 해도 상관없지 않아?"

에나와 이치카에게는 마코토가 올 수 있는 날로 바꾸자고 하면 아무 문제 없다. 마코토에게는 영화 편집 작업이 늦어져서 파티 일정을 미뤘다고 설명하면 자연스러울 것이다.

그렇게 하면 마코토도 파티에 올 수 있다. 모두와 함께 마지막 추억을 만들 수 있다.

아오이가 찬성해 줄 거라고 생각했는데 웬일인지 표정이 어두웠다.

"쓰키시마 부모님과 얘기해 봤는데⋯⋯. 쓰키시마의 병, 말기로 이행됐을 가능성이 있대. 그래서 이틀이나 사흘 사이에 깨어나지 못할 수도 있다고."

나는 너무 놀라서 눈을 크게 뜨고 아오이를 바라보았다.

"한 달 가까이 잠들 가능성도 있나 봐. 눈을 뜨는 건 1월이 될지도 모른대."

그날 방과 후, 나는 아오이와 함께 마코토가 있는 병동으로 향했다. 아오이가 사전에 이야기를 해두어서, 병동 휴게실에 마코토의 부모님이 나와 계셨다. 부모님을 뵙기는 처음이었다.

마코토의 부모님은 아오이에게 지금까지의 일을 전부 들었다고 말씀하셨다.

"마코토의 거짓말을 지켜줘서 고마워요."

그러고는 나에게 고개를 숙이셨다.

나는 바로 머리를 마주 숙이고 내 소개를 했다. 이어서 마코토의 현재 상태에 관해 상세히 물었다.

많지 않은 사례를 참고하더라도 마코토의 병이 말기로 이행한 것은 틀림없는 듯했다. 그 경우 아오이가 말한 대로 12월 안에는 깨어나지 못할 가능성이 컸다.

"마코토도 크리스마스 파티를 무척 고대하고 있었는데. 다만……, 참가하지 못할 수도 있다고, 마음 한구석에선 각오하고 있었던 것 같기도 하고."

마코토의 아버지가 조심스럽게 웃어 보이며 말했다. 웃는 인상이 마코토와 무척 닮았다.

"항상 마코토를 위해 애써줘서 정말 고마워요. 깨어나면 또 슬며시 메시지라도 보내주면 좋고. 그것만으로도 만족할 테니까."

마코토의 아버지가 이렇게 부탁해 오자 아오이가 고개를 끄덕였다.

"이브 날 파티에 관해선 제가 얘기할게요. 저희 모두 쓰키시마와 함께하고 싶었다고요. 그리고 괜찮다면 부원 모두에게 크리스마스에 어울리는 메시지 카드를 받아둘게요. 서프라이즈로 건네주면 쓰키시마가 기뻐할지도 모르니까요."

아오이의 제안에 마코토의 부모님이 기뻐하셨다. 그리고 아오이가 구체적인 계획을 이야기하기 시작했다. 나는 조용히 그 계획을 들었다.

메시지 카드를 전해주면 마코토는 분명 기뻐할지도 모른다. 애초에 참가할 수 있을지 없을지는 확실하지 않았다. 각오도 했을 터였다.

하지만……, 그런 결말은 너무 슬펐다. 마코토를 위해 할 수 있는 일이 뭔가 더 있지 않을까. 필사적으로 고민해 봤지만 좀처럼 좋은 생각이 떠오르지 않았다.

부모님과 이야기를 나눈 뒤 마코토를 만나러 아오이와

병실로 향했다. 마코토가 침대에서 잠들어 있었다.

예전 병실도 깨끗했지만 지금의 병실은 전체적으로 분위기가 달랐다. 안정감 있는 인테리어에 창으로 부드러운 햇살이 들어와 실내를 비추고 있었다.

마코토가 머무는 병동은 조금 특수한 곳인 듯했다. 아오이가 말을 골라가며 설명해 주었는데 병이 나을 가망이 없는 환자들이 평온하게 지내기 위한 장소라고 했다.

그 말처럼 병동에는 평온한 고요함이 가득 차 있었다.

자세히 보니 휴게실에도 병실에도 텔레비전이 없었다. 하지만 스마트폰은 사용할 수 있는 모양이었다. 마코토가 깨어 있을 때 여기서 내게 메시지를 보냈겠지.

그 스마트폰은 지금 침대 가까이에 놓여 있었다. 그리로 시선을 돌리는데 아오이가 스마트폰을 냉큼 손에 집어 들었다.

"넌 내게 빚이 있으니까, 이 정도는 괜찮지?"

계속 잠자고 있는 마코토에게 그렇게 말하고는 내게 스마트폰의 잠금화면을 보여주었다.

거기에는 영화 제작 동아리 부원들이 함께 찍은 사진이 있었다. 춘추복으로 갈아입기 전에 찍은 사진이다. 마코토가 우리를 얼마나 소중히 여기고 있는지가 고스란히 전해져 와 눈물이 날 것만 같았다.

사진은 그것만이 아니었다. 아오이가 비밀번호를 입력하자 잠금이 해제되었다. 아오이가 비밀번호를 알고 있다는 데 놀랐지만, 건네받은 스마트폰을 보고 아무 말도 할수가 없었다.

거기에는 내가 있었다. 이상한 모습을 한 내 사진이 배경화면으로 설정되어 있었다.

마코토와 처음 데이트했을 때의 사진이었다. 커다란 코와 수염이 붙은 파티용 선글라스를 쓴 내가 사진을 찍어주는 사람을 향해 활짝 웃고 있었다. 내가 마코토에게 찍어달라고 했던 그 사진이다.

굳이 이런 사진을 선택하지 않아도 됐을 텐데, 싶으면서도 이보다 더 좋은 사진은 없을지 모른다는 생각이 들었다. 이곳에는 평화로운 일상만이 있었다.

시한부인 생명도, 병도, 거짓말도, 사실도, 진실도……. 어려운 건 아무것도 없다. 다만 평화로운 나날이 담겨 있었다.

나도 모르게 눈시울이 뜨거워졌다. 확실히 본 건 아니지만 예전에는 이 사진이 없었던 것 같았다. 입원 생활을 시작한 뒤 마코토가 새로 설정했겠지.

사진을 온전히 보려 한 것인지 화면에 표시된 앱 수가 한정되어 있었다.

아니, 아무리 그래도 조금 이상했다. 한정되어 있다기보다는 극단적으로 적었다.

"쓰키시마, 세상을 보고 싶지 않대."

내 생각을 알아차렸는지 아오이가 그 이유를 말해주었다. 나는 아오이를 쳐다봤다.

"세상을 보고 싶지 않다니……. 왜?"

"……자신과는 이제 관계없는 일이라고 생각한 걸지도 모르지. 세상 소식을 접하면 상처받을 일이 많지 않을까. 쓰키시마에게는 더 이상, 미래가 없으니까."

아오이의 대답에 망연자실해지고 말았다. 마코토를 상처 입히는 세상을 용서할 수 없어서. 하지만 그건 어쩔 수 없는 일이었다. 그래서 마코토는 세상과의 연결고리를 끊고…….

그 자리에 선 채 꼼짝도 할 수 없었다. 그때 아오이가 안타깝고 괴로운 마음을 떨쳐내기라도 하듯 웃으며 말했다.

"그래도 우리는, 우리가 할 수 있는 일을 열심히 해야해. 에나와 이치카가 편집 작업을 도와주고 있으니, 우리도 그만 동아리실로 돌아갈까. '고교생 영화 콩쿠르'에 작

품을 내지 못하면 그동안 협력해 준 쓰키시마를 볼 면목도
없고 말이지."

아오이는 자칫 우울해질 수 있는 분위기를 어떻게든 밝
게 만들려고 애썼다.

나도 그런 아오이의 마음을 헤아리고 미소를 지어 보였
다. 마코토의 부모님께 접수만 하면 언제든지 병실에 찾아
와도 된다는 허락을 받았다. 또 오겠다고 속으로 마코토에
게 인사하고 병실을 나와 고요한 복도를 걸어갔다.

"아! 비행운이다."

아오이가 창밖으로 눈을 돌리더니 말했다. 나도 따라서
하늘을 바라보았다.

비행운 한 줄기가 쓸쓸한 듯이 걸려 있었다.

고요한 곳에서 고요한 광경을 바라본다. 이곳은 모든
소음으로부터 보호받고 있었다.

실제 귀로 들을 수 있는 소음뿐 아니라 갖가지 정보도
차단되어 있다. 세상을 비추지 않고 아무도 이곳에 있는
사람을 상처 입히지 않는다. 스마트폰이 없으면 날짜 감각
마저 없어질 듯……

……날짜 감각?

순간 내 머릿속을 뭔가가 스쳐 지나갔다. 영감이나 직

감이라고 불리는 그런 종류의 것이었다.

그 생각을 붙잡으려고 멈춰 섰다. 그러자 앞서 걷고 있던 아오이가 뒤를 돌아보았다.

"왜 그래?"

아오이의 물음에 대답하지 않은 채 나는 생각에 깊이 빠져들었다.

방금 나는 뭘 떠올린 걸까. 무엇이 사고를 헤집고 지나간 걸까.

번뜩인 그 발상을 놓치지 않으려고 필사적으로 생각을 붙잡아 거슬러 올라갔다. 영화를 만들 때 여러 번 경험한 감각이었다.

마코토. 스마트폰. 크리스마스이브. 마코토에게 해줄 수 있는 일. 앱. 세상의 정보가 없는 곳. 날짜 감각.

집중해서 사고의 연상을 따라가다 보니 뭔가가 하나로 이어졌다.

아, 그거다. 나는 내 직감을 찾아냈다. 이번에는 그것을 논리적으로 풀어나갔다.

과연 그게 가능할지는 알 수 없다. 하지만, 가능할지도 모른다.

나 혼자서는 어렵겠지만 모두 협력해 준다면……. 마코토에게 해줄 수 있는 일이, 있을지도 모른다. 그건, 그건…….

"마코토가 깨어난 날을 크리스마스이브로 하면, 안 되려나?"

내가 중얼거리자 아오이가 의아한 표정으로 나를 바라보았다.

"뭐? 그게 무슨 말이야?"

내 심장은 괴로울 정도로 세차게 고동치고 있었다. 나는 조심스럽게 생각을 거듭했다.

이 발상을 놓치고 싶지 않았다. 아니, 놓치지 말아야 했다.

지금까지 계속해서 뭔가를 만들어 온 의미가 여기에 있는지도 모르니까.

"지금 마코토가 있는 병동에는 텔레비전이 없어. 병실뿐만이 아니라 휴게실에도 없었어. 그리고 마코토의 스마트폰에는 메시지 앱 외에 다른 앱이 거의 설치되어 있지 않아. 세상을 보고 싶지 않다는 이유로. 그렇지?"

"그야, 그렇지."

내 말뜻을 헤아려 보려는 듯이 아오이가 신중하게 대답했다. 지금 두 사람 사이에 흐르는 공기는, 영화가 완성되려는 찰나에 내가 변경안을 내던 때의 분위기와 무척 비슷했다.

"그리고……. 예전에 이치카가 영화에 관한 아이디어를 내면서 한 말 생각나? 메시지 앱의 송수신 날짜가 스마트폰과 연동되어 있다고 했던 거."

내 물음에 아오이가 고개를 끄덕였다. 확인해 봐야겠지만 메시지 수신일은 스마트폰의 기본 날짜를 변경하면 의도적으로 조정할 수 있다는 얘기가 된다.

오랜 잠에서 깨어난 마코토가 그날을 12월 24일이라고 착각하도록 만드는 거다.

나는 어떻게 하면 실제로 그 계획을 실행에 옮길 수 있을지 궁리했다. 만약 마코토가 1월에 눈을 뜬다 해도 상관없다. 마코토가 믿으면 그날이 크리스마스이브가 되는 거니까.

사실과 진실. 여기서도 그것이 얼굴을 내밀고 나를 가만히 바라보았다.

몇 가지 장애물이 있겠지만 앞뒤 말 맞추기도 결코 불가능하지는 않을 것 같았다.

다음에 마코토가 의식을 잃었을 때 스마트폰 날짜를 원래대로 되돌려 놓으면 되니까.

내가 계속 설명하는 동안 아오이는 아무 말 없이 내 말에 귀를 기울였다.

"있잖아, 쓰바사. 그건 곧⋯⋯."

반대하려나 싶었지만 아오이가 냉정하게 계획을 보완해 주었다. 내 설명이 부족한 부분에 대해선 질문을 하고 자신의 머리로 이해하려 애를 썼다.

일단 장소를 옮겨서 얘기하기로 하고 병원 안에 있는 카페로 들어갔다. 정말 메시지 수신일을 의도적으로 바꿀 수 있는지 등 몇 가지 확인해야 할 사항이 있었다.

아오이의 도움을 받아 시행착오를 겪으면서 효과적인 방법을 찾아나갔다. 하나씩 해결될 때는 둘이서 눈을 마주 보며 좋아했다. 다행히 마코토의 스마트폰 비밀번호는 아오이가 알고 있었다.

다시 한번 냉정하게 마음을 가다듬고 이 계획을 진행할 경우 어떤 방법으로 실행할 수 있을지 의논했다. 역시 몇 가지 문제점이 있었지만 치명적인 걸림돌이 아니라서 미리 대처하면 모두 해결이 가능했다.

하지만 이 계획을 실행에 옮기려면 우리의 노력만으로는 부족했다. 병원에도 협력을 구해야 하고 에나와 이치카에게도 마코토의 상황을 전부 털어놓아야만 한다.

무엇보다 마코토 부모님의 도움이 반드시 필요했다.

둘이서 한 번 더 고민해 보기로 하고 집으로 돌아가 각자 생각을 정리했다.

— 가능할 거 같아.

밤 9시경, 아오이가 메시지를 보내왔다. 나 혼자만이 아니라 아오이도 같은 생각을 하고 있어서 마음이 든든했다.

아오이가 마코토의 부모님과 약속을 잡아 다음 날 저녁, 마코토의 집에서 우리 계획을 말씀드리기로 했다. 마코토의 부모님께는 차분히 잘 이야기한 것 같다. 아오이도 도와주었다.

설명이 다소 서툴렀을지 모르지만 부모님은 우리가 하려고 하는 일을 이해해 주었다. 다만, 망설이셨다.

"그렇게까지 무리하지 않아도 된단다."

마코토의 어머니가 웃어 보이면서도 괴로운 듯이 말씀하셨다.

"우리는 찬성이야. 우리 아들을 위한 일인걸. 거짓말하는 건 아무것도 아니야. 다른 사람에게 피해를 주는 게 아니라면 마코토를 위해서 무슨 일이든 하고 싶어. 기꺼이 머리도 숙일 수 있단다. 하지만 말이다……. 너희들은 무리할 필요 없어. 아무리 연기할 수 있다 해도, 그러면 너희들 마음이 아플 뿐이야."

"그래도……."

나는 외람되다는 걸 잘 알면서도 거듭 부탁했다. 하지만 우리가 가장 중요하게 여겨야 할 것은 우리보다 마코토였다. 자신보다 타인이다.

그걸 내게 가르쳐 준 사람은 다름 아닌 마코토였다. 지금까지 마코토가 해준 일들을 말하면 나뿐만 아니라 에나와 이치카도 그렇게 생각할 게 분명하다.

그런 마음을 전하자 마코토의 어머니는 테이블의 한 점을 응시하기 시작했다. 분명 병실에서 줄곧 잠들어 있는 마코토를 떠올리고 계신 거겠지.

마코토의 아버지는 계속 아무 말이 없으셨다. 무언가를 깊이 생각하고 계신 듯했다.

"마코토는……, 어릴 때 자주 아파서 좀처럼 친구가 생기지 않았지."

마침내 아버지가 우리를 보며 그런 이야기를 꺼내셨다.

"언젠가 그런 마코토에게도 친구가 생기면 좋겠다는 생각을 했단다. 하지만 그건 쓸데없는 걱정이었어. 지금 이렇게 좋은 친구들과 여자친구가 있고 말이야. 마코토를 이렇게까지 생각해 주는 걸 보니 정말로 고맙고 기쁘구나."

마코토는 예전에 자신의 아버지와 내가 비슷하다는 이야기를 한 적이 있다.

씩씩하고 천진난만한 점이 닮았다고. 하지만 그건 아버지가 의도적으로 만들어 보여준 부분일 것이다. 내 눈앞의 아버지는 누구보다도 아들을 사랑하고 다정다감하며 사려 깊은 분이었다.

절대 누구든 무리하지 않는다. 마음이 아파 괴로워지면 그 사람의 판단으로 계획을 중단해도 좋다. 이 두 가지 조건을 걸고 마코토의 부모님은 내가 생각한 계획을 추진하는 데 동의해 주셨다.

한번 그렇게 결정하자 모든 일이 일사천리로 진행되었다. 다음 날은 2학기 종업식이었다. 에나와 이치카에게 아침 일찍 동아리실에서 보자고 연락했다.

그곳에서 아오이와 나는 마코토의 일을 전부 털어놓았다. 병과 시한부 사실뿐 아니라 마코토의 현재 상황을 그대로 전했다. 그리고 이어서 우리의 계획을 설명했다.

두 사람은 몹시 놀라고 충격을 받았다. 처음에는 상황을 쉽게 받아들이지 못하는 듯했지만 그래도 시간이 지나자 이해하고 우리의 계획에 적극 동참해 주었다.

두 사람이 가보고 싶다고 해서 종업식이 끝나자마자 우리 넷은 마코토가 입원한 병원을 찾아갔다.

이치카는 실제로 마코토의 모습을 보고는 울음을 터뜨

렸다.

"마코토 오빠가 주인공이었어."

에나도 깊은 생각에 잠긴 듯 마코토를 바라보더니 이렇게 중얼거렸다.

마코토는 나를, 나만을 슬프게 하지 않으려고 병을 숨긴 게 아니었다. 자신과 관련된 모두를 걱정했다. 당연히 그 테두리 안에는 에나와 이치카도 포함되어 있다.

두 사람에게 계획을 전한 다음, 병원 측에 협력을 얻는 데는 마코토의 부모님과 담당 의사 선생님이 힘이 되어주었다. 애초에 마코토가 머무는 병동은 세상과의 연결고리가 약하고 정신적인 면의 케어에 중점을 두고 있었다. 마코토가 눈을 떴을 때 달력과 서류에서 실제 날짜를 알아차리지 못하도록 협력해 주기로 했다.

다만, 가장 좋은 결말은 마코토가 크리스마스나 그 전날 깨어나는 것이었다.

그런 가능성이 전혀 없는 건 아니니까.

크리스마스이브 날 나는 오후부터 마코토의 병실에 있었다. 마코토가 깨어나면 놀랄지도 모르지만 그럴듯한 변명도 생각해 두었다. 마코토를 바라보면서 지금 당장이라도 눈을 뜨는 모습을 수없이 상상했다.

마코토는 당황하겠지만 나는 마코토의 거짓말을 반드시 지켜줄 것이다. 그리고 모두에게 연락한 다음 마코토를 데리고 나가 함께 파티를 시작한다. 함께 웃기 위해서.

하지만 마코토는 깨어나지 않았다. 나를 보고 놀라는 일도 없었다.

이브만이 아니라 크리스마스 당일에도 눈을 뜨지 못했다. 다음 날도, 그다음 날도.

28일 저녁까지 기다렸다가 나는 각오를 굳혔다. 마코토의 스마트폰을 손에 들었다.

마음대로 만져서 미안해, 사과하면서 스마트폰 본체의 날짜를 변경하고 자동 조정 기능을 해제했다.

12월 23일.

그 이후, 마코토의 스마트폰 날짜를 12월 23일로 변경하는 것이 내 일과가 되었다.

마코토가 눈을 떴을 때 걷는 데 불편하지 않도록 간호사가 정기적으로 마사지를 실시할 때도 도왔다. 에나도 이치카도 협력했고, 아오이 역시 투덜거리면서도 참여했다.

그 무렵에는 '고교생 영화 콩쿠르'에도 어떻게든 신작 출품을 끝내놓았다.

"이번에는 나한테 맡겨줘."

겨울방학이 시작된 뒤로 아오이가 동아리실에 틀어박혀 작업을 해준 덕분이었다.

1년의 끝자락을 향해 가면서 세상은 시끌벅적 들떠 있었다. 그 가운데 나는 마코토의 병실을 꾸준히 찾아갔다. 저녁이 되어 병실을 나설 때면 스마트폰의 날짜를 12월 23일로 변경했다.

마코토가 깨어날 날을 대비해 당일의 일정도 시뮬레이션했다. 마치 영화 대본처럼 구체화해서 아오이에게 보여줬다. 에나, 이치카와도 의논해 가며 계획을 짰다.

12월 31일 저녁에는 마코토의 병실에 들렀다가 넷이 함께 제야의 종소리를 들으러 갔고, 다음 날은 넷이서 새해 첫 참배를 하러 갔다. 아무도 말하지 않았지만 모두 마코토를 위해 기도했을 것이다.

아직도 마코토는 눈을 뜨지 않았다.

이윽고 새해 초 연휴가 지나가고 겨울방학도 끝났다. 마코토는 여전히 잠을 자고 있다.

기다리는 시간은 길게만 느껴지는데, 하루하루는 빠르게 지나갔다.

1월도 둘째 주가 지나고 셋째 주로 들어섰다. 새로 촬영할 영화에 관해 고민해야 할 일도 많은데 머릿속은 온통 마코토 생각으로 꽉 차 있었다.

나뿐만 아니라 우리 동아리 부원들은 누구나 같은 상황이었다. 동아리실에 모여 있어도 마음은 다른 데 가 있는 듯 스마트폰을 만지작거리거나 책을 읽거나 하늘을 바라보며 지냈다.

마코토는 정말 깨어날까. 사례가 별로 없는 병이라 그 무엇도 확실하게 알 수 없다고 한다. 그렇다면 이대로 의식을 되찾지 못하는 일도, 있을지 모른다.

그런 생각이 고개를 들 즈음이었다. 마코토의 어머니에게서 연락이 온 것은.

3

그날 나는 아침 일찍 커피를 마시며 내 방에 멍하니 앉아 있었다.

창밖으로 아침이 차오르는 모습을 바라보는 게 좋았다. 맑고 푸른 세계에 고요히 빛이 드리우면서 자동차와 오토바이가 움직이기 시작한다. 보랏빛이 감도는 푸른 하늘이 어느새 하얗게 바뀐다.

하루가 열린다.

한 손에 커피를 들고 창밖을 바라보는데 취침 모드를 해제해 둔 스마트폰에서 메시지 알람이 울렸다. 아오이가 보냈나, 하고 살펴보았더니 아니었다. 마코토의 어머니였다.

— 마코토가 깨어났단다.

아주 짧은 문구였지만 지금까지 살아오면서 이토록 애타게 기다려 온 말은 없었다. 그 순간 온몸이 굳은 듯 꼼짝도 할 수 없었다. 마음을 가다듬고 바로 답장을 보냈다.

그렇게 메시지를 주고받으면서 마코토가 오늘이 12월 24일이라는 데 조금도 의심을 품지 않는다는 사실을 알았다.

동아리 부원들에게 마코토가 눈을 떴다는 사실을 다급히 알렸다. 회신 알람이 울릴 때마다 모두가 기뻐하는 모습이 생생히 그려졌다. 그때 마코토에게서 메시지가 들어왔다.

— 오늘 저녁때 파티에 갈 수 있게 되었어.

한 달 가까이 마코토는 잠에 빠져 있었다. 하지만 아무 일도 없었다는 듯이 연락해 왔다. 아니, 사실이 그렇다. 마코토에게는 아무 일도 없었다.

우리의 소망이 그렇게 만들었다.

나 역시 아무 일 없었다는 듯이 답장을 보내고 서둘러

저녁 파티 준비를 시작했다. 부모님께는 미리 사정을 말씀드렸다. 평일이었지만 학교를 쉬고 에나의 집으로 갔다.

모두에게는 절대로 무리하지 말라고 당부해 두었다.

그런데 이치카마저 학교를 결석하고 파티 준비를 도왔다. 에나의 방을 예쁘게 장식하고 크리스마스에 어울리는 요리도 만들었다.

병원에 있는 마코토 곁에는 부모님과 담당 의사 선생님이 함께해 주었다.

오후에는 아오이도 병원으로 갔다. 가능한 한 마코토와 함께 있으면서, 마코토가 진짜 날짜를 눈치채지 못하고 있다는 소식을 전해주었다.

어느덧 해가 지고 마코토가 올 시간이 가까워졌다. 마코토의 아버지가 에나의 집까지 차로 데려다주기로 되어 있었다. 이동 중에는 크리스마스이브에 녹음해 두었던 라디오 방송을 틀기로 했다.

자동차 이동 경로도 사전에 마코토의 아버지와 현장 답사를 다녀왔다. 일루미네이션이 철거된 거리를 보고 마코토가 의심하지 않도록 번화가를 피했고, 행여나 광고 같은 곳에서 연도나 날짜를 알아차리지 못하게끔 주의를 기울였다.

모든 것이 순조롭게 진행되고 있다고 아오이가 규칙적
으로 연락해 왔다. 드디어 마코토가 에나의 집 앞에 도착
했다.

긴장할 필요 없었다. 그저 즐기면 된다. 그게 자연스러
운 모습이다.

마침내 인터폰이 울리고 에나가 대답했다. 셋이 현관
앞에 서서 기다렸다.

"저기, 쓰바사 선배."

마음을 진정시키려 하고 있는데 에나가 말을 걸었다.

"왜 그래 에나?"

"마코토 선배가 들어오기 전에, 항상 하던 그거, 외쳐줘
요. 그러면 우리는 무적이니까."

'그거'라고 해서 무슨 뜻인지 바로 알아차리지 못하다,
겨우 그 의미를 이해했다.

"알았어" 하고 웃는 얼굴로 대답했다. 심호흡을 한 뒤
말했다.

"그럼 자, 어디 해볼까. 슛 들어갑니다. 레디……, 액션!"

몇 초 후 문이 열렸다.

동시에 폭죽을 터뜨리자 문을 연 사람이 깜짝 놀랐다.

그곳에 서 있는 사람은 틀림없는 마코토였다. 의식을

되찾은 마코토가, 오늘이 크리스마스이브라고 믿고 있는 마코토가 그곳에 있었다.

"메리 크리스마스, 마코토!"

내가 그렇게 말하며 미소 짓자 마코토가 몹시 감동한 표정을 지었다.

"메리 크리스마스, 미나미!"

반가운 미소로 내게 인사를 건넸다.

크리스마스 파티는 예전 뒤풀이 때처럼 시끌벅적하고 즐거웠다.

마코토만 오늘의 진짜 날짜를 모른다. 그래도 아무런 문제가 없었다.

에나와 이치카는 진심으로 오늘이 크리스마스이브라고 믿는 듯 행동했고 마코토에게 여느 때보다 더 많이 말을 걸었다. 아마 마코토에게는 전학으로 인한 작별이 아쉬워서 일부러 더 떠드는 모습으로 보였을 것이다.

그런 두 사람과 달리 아오이는 좋은 의미에서 평소와 다름이 없었다. 때때로 마코토에게 신랄한 말을 서슴없이 건넸다. 마코토는 피식 웃었지만 그런 모습까지도 예전의 두 사람 그대로였다. 나 역시 과하지 않고 자연스럽게 마코토를 대할 수 있었다.

크리스마스이브 파티는 신작 시사회와 뒤풀이를 겸했기에 '고교생 영화 콩쿠르'에 출품한 영화도 함께 보았다. 영화 감상이 끝난 뒤에는 다 같이 소감을 나누고 개선해야 할 점도 논의했다.

새해 초에 낙선했다는 결과를 받았지만 마코토에게는 그 사실을 말하지 않기로 했다.

그런 뒤 이치카가 만든 크리스마스 케이크를 먹으면서 에나가 제안한 보드게임을 했다.

한창 즐거운 시간을 보내다가 여느 때처럼 에나가 아마자케를 가져왔다. 아오이는 주저주저하다 결국은 마셨고 나중에는 이치카까지 가세해 세 사람이 소파에서 잠이 들었다.

마코토와 나는 언젠가처럼 둘만의 세상에 남았다.

밖은 쌀쌀했지만 그날과 똑같이 마코토를 베란다로 이끌었다. 나란히 서서 별이 가득한 하늘을 올려다보았다.

두 사람의 손이 자연스레 하나로 이어졌다. 말이 필요 없을 정도로 만족스러운 시간이 흘러갔다.

즐거웠어, 하고 말하면 이 시간이 끝나버릴 것만 같았다. 아마 둘 다 똑같이 느끼고 있겠지. 그래서 서로 아무 말도 할 수 없었을 것이다.

아무 말 없이 연인의 손에서 전해져 오는 온기를 느끼며, 나는 죽음을 생각했다.

죽는다는 건 어떤 걸까. 세상에서 사라진다는 건 어떤 것일까.

그건 지금의 내게는, 너무나 좋아하는 사람과 손을 잡을 수 없게 되는 일이었다. 손을 잡아도 마주 꼭 잡아줄 수 없게 되는 일. 두 번 다시 눈을 마주치지 못하게 되는 일.

서서히 사람들에게 잊히는 일. 과거가 되는 일.

"나는 잊지 않을 거야. 절대로 마코토를."

나도 모르게 그런 말을, 마코토가 뭔가를 눈치챌 수도 있는 말을 흘리고 말았다. 하지만 그건 죽음이 아니라 전학으로 인한 작별을 안타까워하는 말로도 들렸다.

밤하늘을 바라보던 마코토가 내게로 시선을 돌렸다. 잠시 가만히 바라보더니 말했다.

"잊어도 괜찮아."

쓸쓸한 듯한 표정을 지으면서도 마코토가 다정하게 웃어주었다.

"미나미에게는 가능성이 많잖아. 앞으로도 분명 많은 사람을 만날 거고 많은 사람이 미나미의 영화를 볼 거야.

나는 그런 미나미의 미래를 그리고 행복을 기원할게. 멀리 떨어져 있어도 항상, 언제까지나."

나는 아무 말 없이 마코토를 바라보았다.

"이거, 작별 인사같이 돼버려서 미안. 대학생이 되면 또 함께 영화를 만들 텐데 말이야."

마코토는 끝까지 밝은 모습을 보였다. 그러다 살짝 홀리듯 웃으며 말을 이었다.

"실은 오늘, 오지 못할 줄 알았어. 이런저런 일들이 있어서. 오게 되어서 정말 다행이야. 마지막……, 일본에서의 마지막 추억을 만들 수 있어서 정말 다행이야. 고마워, 미나미."

마코토는 홀가분한 표정이었다. 어떤 미련도 후회도 없어 보였다. 한없이 맑았다. 자신의 생명을 단념하고 이 세상과 결별할 결심을 하고 있었다.

지금의 내가 할 일은 "응"이라고 대답해 주는 것이었다.

"외국에 나가더라도 아프지 말고."

그렇게 마코토의 거짓말에 끝까지 맞춰주는 일이었다.

그것이 마코토의 세계를 지키는 데 필요한 일이고 내가 해야 할, 연인을 위한…….

"미나미, 왜 그래?"

더 흘릴 눈물도 남아 있지 않다고 생각했건만, 이 중요한 순간에 또다시 눈물은 제멋대로 나를 휘둘렀다.

시야가 흐려지고 눈물이 흘러나왔다. 눈동자에서 쉴 새 없이 뚝뚝 떨어졌다.

멈춰. 자기 생각만 하지 마. 우는 건 단지 나 자신을 편하게 하려는 행위다. 마음을 가라앉히면 괜찮을 거야. 나는 할 수 있어. 제대로 말할 수 있어. 마코토의 소망을 존중할 수 있어.

작별의 말도 할 수 있다. 그러니까 울지 마. 울지 마. 미나미.

"마코토를, 사랑해."

사랑은 아직, 내가 모르는 말이었다.

하지만 내 안에서 눈물과 함께 그 말이 밀려 나왔다. 단지 말이라고 해도, 아니 말이기에 더욱더 소리 내 전해야 한다고 생각해서였다.

그동안 살아온 내 짧은 인생에서 마코토에게 바칠 말은 사랑 외에는 찾을 수 없었기에 아무리 부끄러워도, 유난스럽게 들려도, 아끼지 말고 말로 표현해야 한다는 생각이 들어서였다.

내 말을 듣고 마코토가 놀랐다. 그리고 내가 좋아하는,

다정한 표정으로 미소를 지었다.

나는 필사적으로 계속 말했다. 한심해도, 더듬거리면서도, 내 감정을 말로 건넸다.

미리 준비한 것이 아니라 저절로 내 안에서 밀고 나온 말이었다.

나는 아마 앞으로도 마코토 이상으로 누군가를 좋아할 일은 없을 것이다.

마코토는 내게 사랑을 가르쳐 준 사람, 사랑한다는 마음을 진심으로 전하고 싶어진 사람이다. 자상하고, 강해 보이지 않으면서도 강하다. 그늘이 있고 영화 주인공 같으며, 아니 정말로 영화 주인공이다. 좋아하는 이유는 아무리 말해도, 영화로 만들어도 부족할 정도이다.

하지만 그렇기에 더더욱 마코토의 인생에 방해물은 되고 싶지 않으니까.

우리, 여기서 헤어지자고 말했다.

대학교도 무리해서 일본으로 돌아올 필요 없다. 외국에서 하고 싶은 일을 찾아 각자의 환경에서 자신의 길을 걸어가자고 말했다.

마코토의 인생에 많은 기쁨과 멋진 미래가 기다리고 있기를 바란다고.

그것은 마코토의 가슴에 비수를 꽂는 말일지도 몰랐다. 하지만 마코토의 세계를 지키기 위해, 나는 울면서도 미소를 띤 채 그런 말을 꺼냈다.

마코토는 내가 하는 모든 말을 깊이 새기듯이 묵묵히 듣고 있었다. 그러다 중간에 눈동자에서 반짝이는 것을 쏟아내기 시작했다. 처음 보는, 연인의 눈물이었다. 눈물을 흘리면서도 마코토는 몇 번인가 작게 고개를 끄덕였다. 나를 바라보면서 열심히 웃어 보였다.

"나도 네가 소중하니까 헤어지는 게 좋을 것 같아."

나는 입술을 떨면서 그저 "응"이라고 대답할 뿐이었다.

"지금까지 고마웠어. 미나미를 만나서, 행복했어."

모든 것을 내던지고 마코토와 함께하는 길을 선택하고 싶다는 충동이 꿈틀거렸다. 그 충동을 필사적으로 억눌렀다. "응"이라는 대답만 들려주었다. 마코토가 바라는 엔딩은, 바로 그곳에 있으니까.

"나도 기도할게. 미나미의……, 아니 쓰바사의 인생에 많은 기쁨과 멋진 미래가 기다리고 있기를. 나도 너를, 진심으로 사랑하니까."

서로에게 세상은 이곳뿐이었다. 보통 때라면 하지 못할 말도, 호칭도 자연스럽게 꺼낼 수 있었다.

"드디어 이름으로 불러줬네."

"계속, 그렇게 부르고 싶었어."

"그럼 앞으로는 마음속에서 나를 떠올릴 때마다 그렇게 불러줘. 하지만 마코토는 너의 세계를 만들어도 좋아. 그 것만은 잊지 말아줘."

"그건, 너도 마찬가지야. 빨리 나보다 더 좋은 사람을 만들어."

"무리."

"무리여도."

그 말을 마지막으로 우리는 굳었던 표정을 풀고 마주 웃었다.

밤하늘 아래서, 사귀기 시작한 장소에서 우리는 그렇게 헤어졌다.

나는 지금까지, 마지막에 가서 영화 내용을 몇 번이고 변경해 왔다. 이번에도 그랬다. 아오이의 시나리오에서 나 와 마코토는 장거리 연애를 하다가 자연스럽게 연락이 끊 어지는 설정이었다.

다만 무의식적인 생각이었을까. 그건 마코토에게 떳떳 하지 못한 일 같아서 나는 시나리오를 변경했다. 이게 잘한 일인지 아닌지는 아오이를 비롯한 세 명이 판단해 주겠지.

우리는 눈물을 닦고 실내로 돌아와 자고 있는 세 사람을 깨우려 했다.

방 안에는 잠자는 숨소리가 아니라 억누르는 듯한 울음소리가 났다. 에나는 소파 등받이에, 이치카는 두 손에, 아오이는 쿠션에 얼굴을 묻고 있었다.

터져 나오는 오열을 눌러 참느라 저마다 등을 들썩이며 떨고 있었다.

이윽고 에나와 이치카가 일어나 마코토를 부둥켜안았다. 그리고 흐느끼며 말했다.

"외국에 가서도 잘 지내야 해."

"선배를 잊지 않을게요."

한편 아오이는 우는 얼굴을 절대로 보이지 않았다.

"어째서 외국 같은 데로 전학을 가냐고!"

이 단 한마디를 했을 뿐이다. 내 오랜 친구는 고개를 다른 곳으로 돌리고서 조용히 울고 있었다.

어느새 마코토가 병원으로 돌아가야 할 시각이 되었다. 마코토의 아버지가 집 앞으로 데리러 오셨다. 우리는 모두 문 앞에서 마코토를 배웅했다.

"오늘 정말 고마웠어."

조수석에 올라탄 마코토가 차창을 내리고 감사의 말을 전했다. "안녕!"이라고도.

"안녕. 마코토. 잘 지내."

"바보."

"금발 누나한테 걸려들지 말고!"

"선배. 잘 지내요."

저마다 인사를 건네고 나서 마코토를 태운 차가 사라져 가는 모습을 지켜보았다.

그렇게 우리는 무사히, 이 이야기를 완성할 수 있었다.

그때까지 우리는 서로의 얼굴을 제대로 보지 않았다.

"네 얼굴, 화장 지워져서 난리 났어."

아오이의 말을 듣고 거울을 보니, 확실히 꼴이 말이 아니었다.

"뭐 그래도 나보단 나아."

에나의 얼굴이 정말로 엉망이어서 우리는 서로 마주 보며 웃었다. 이야기의 끝에는 환히 웃는 얼굴이 있었다.

마코토가 죽었다는 소식을 들은 것은 그로부터 두 달 뒤인 봄방학 때였다.

마코토의 어머니에게 상세한 이야기를 들을 수 있었다.

괴로워하지 않고 편안히 잠든 것처럼 마코토는 이 세상을 떠나갔다고 한다.

경야通夜(장례를 치르기 전에 가족과 지인들이 모여 밤새 명복을 비는 일)에도 장례식에도 넷이 함께 갔다. 공식적으로 마코토는 전학을 간 걸로 되어 있기에 같은 학교 학생은 아무도 없었다. 대신 보건 선생님이 참석해 마코토의 명복을 빌었다.

마코토의 부모님과는 그 자리에서도 이야기했다. 사실은 그날이 크리스마스이브가 아니었다는 것, 아오이 외의 부원들도 병을 알고 있었다는 것을 마코토는 끝까지 눈치채지 못했다고 한다.

마지막으로 의식이 있었을 때, 웃는 얼굴로 아무런 미련도 없다는 말을 했다고 한다.

누군가가 살고, 죽고, 그렇게 해서 홀가분한 마음을 갖는다는 건 잘못되었다는 생각이 든다.

하지만 나는, 내가 한 선택을 후회하지 않았다.

당연하지만 마코토가 죽어서 다행이라는 생각 같은 건 하지 않는다. 다만 마코토가 고통스러워하지 않고 자신의 세계를 지킨 채 세상을 떠나갔다면, 그건 잘된 일이라고 믿었다.

나는 가장 사랑하는 연인을, 이 봄에 잃었다.

이런 세계에서도 앞으로 영화를 계속 만들 수 있기를 빌었다.

봄방학이던 어느 날, 나는 마코토와 처음 데이트했던 공원에서 세상을 비추는 도구를 손에 들었다.

하늘을 비추었다. 푸르른 녹음을 비추었다. 흔들리는 나뭇잎에서 바람을 비추었고 달리는 자동차에서 사람들의 일상을 비추었다. 그리고 빛을, 구름을, 대지를, 자연을 비추었다.

하지만 이제는 내가 더는 비출 수 없는 대상이 있다는 데 생각이 미치자, 참지 못하고 울고 말았다.

나는 마코토의 세계를 지켜줄 수 있었지만, 나의 세계에서는 중요한 것을 결정적으로 잃고 만 것이다. 그래서 눈시울이 뜨거워지며 왈칵 눈물을 쏟고 말았다.

언젠가 이 슬픔에도 익숙해지는 날이 올까. 하지만 지금만큼은 슬프고 분해서 마음껏 울고 싶다.

나는 흐릿해진 세상에서, 촬영한 동영상을 가만히 바라보았다.

내가 찍은 것은 마코토가 없는, 그래도 맑을 정도로 아름다운 공백의 경치였다.

Scene6.

과거에서 온 빛

*

이야기하고 싶었던 것, 찍고 싶었던 것, 남기고 싶었던 것. 나는 지금까지 그런 것들을 모두 영화에 담아왔다.

　그리고 영화의 마지막에는 반드시 엔딩 크레디트가 흘러나왔다.

　등장인물이 무언가를 이루어도, 이루지 못해도. 무언가를 극복해도, 극복하지 못해도. 엔딩 크레디트가 흐른 뒤 끝나는 것이 영화의 규칙이다.

　다만, 인생은 다르다.

　영화라면 엔딩 크레디트가 흘렀을 법한 장면을 지나도, 인생은 계속된다.

　마코토가 이 세상에서 사라진 지, 이제 곧 10년이 지나려 한다.

그동안 말로 다 하지 못할 만큼 많은 일이 있었다.

마코토가 세상을 떠난 그해, 우리는 연말에 다시 '고교생 영화 콩쿠르'에 참가했다. 그리고 새해에 들어서 각본상과 여우주연상, 우수 작품상을 받았다.

조금 늦었지만 마코토에게 주는 이별 선물 같은 것이었다. 반드시 입상하자고 모두와 다짐했다. 우리는 가장 진지하게 영화 제작에 몰두했다. 공들여 계획을 세우고 촬영에 임했다.

세 분야의 상을 휩쓸었을 때는 정말로 기뻤다. 그 기쁨을 마코토와 함께 나누고 싶었다.

나는 영상 관련 학과가 있는 도내의 대학교에 추천 전형으로 입학했다. 아오이도 마찬가지였다. 우리는 대학에서도 영화를 만들었다. 나는 3학년 때 큰 상도 받았다.

주변 사람들에게 종종 프로 영화감독이 될 수 있을지도 모르겠다는 말을 들었다. 언제부터인가 나도 프로 영화감독을 목표로 삼게 되었다. 천국에 있는 마코토도 틀림없이 기뻐해 줄 것 같았다.

하지만 안타깝게도 말처럼 쉬운 길이 아니었다. 아무리 능력이 뛰어나더라도 세상에는 그보다 더 뛰어난 사람이 있기 마련이다. 그런 상황에서도 나는 노력하겠다고 마음 먹었다. 영화를 만드는 일은 내 인생이었으니까.

대학교를 졸업한 뒤에는 영화 만드는 일과 가까운 곳에 있고 싶어서 중견 영화 제작사에 입사했다.

조감독 가운데서도 가장 막내인 서드third 조감독이 되어 밤낮없이 영화 현장에서 일에 파묻혀 살았다. 하지만 영화감독이 되는 길은 너무도 가혹했다. 1년이 지나자 함께 영화감독을 목표로 일하던 동료들이 거의 이 업계에서 모습을 감추었다.

그래도 나는 포기하지 않았다. 영화 기획서를 모집한다는 이야기가 현장에 돌기라도 하면 일하는 와중에도 기획서와 각본을 써서 반드시 응모했다. 그러는 사이에 어느덧 3년이 지났다.

옛 동료나 대학 친구들이 착실하게 사회인으로서 생활해 나가는 동안 나만 여전히 자리를 잡지 못한 채 꿈만 좇고 있었다.

내가 처한 현실은 내가 가장 잘 알고 있었지만 기죽지 말고 끝까지 해보자고 마음을 다잡았다.

하지만 꿈꾸던 미래는 그리 쉽게 보이지 않았다. 재능 있는 사람 중에서도 극히 일부만이 영화감독의 자리를 거

머칠 수 있었고 결국 나는 격무에 시달린 나머지 건강이 나빠졌다.

그래도 나는 더 노력하고 싶었다. 노력할 수 있을 거라고 믿었다.

그러나 한심하게도……, 거기서 좌절하고 말았다. 스물여섯 살 때였다.

꿈에서 깨어난 듯한 심정으로 영화 관련 일을 그만두고 일반 회사로 이직했다.

잘한 거야. 애썼어. 학생 때는 상도 여러 번 받았잖아.

그렇게 자신을 타이르면서 하루하루를 보내기 시작했다. 감사하게도 이직한 회사에는 좋은 사람들만 있어서 업무도 쉽게 익힐 수 있었다. 어려운 일은 별로 없었다.

아침에 눈을 뜨면 회사에 갔다. 매일 똑같은 업무를 하고 집에 돌아가서 잠을 잤다. 그리고 이러한 나날을 반복하는 데 길들여졌다.

그렇게 1년 가까이 지나고 나자 어느 순간 깨달았다.

내 발밑에서 컨베이어 벨트가 돌아가고 있다는 사실을. 내가 그 위에 올라타 있다는 사실을.

'하루하루가 컨베이어 벨트에 올라탄 것처럼 지나가고 있어.'

최근 10년 사이에 내가 달라졌듯이, 내 주변에서도 많은 것이 바뀌었다.

하나는 아오이다. 아오이는 대학교 입학을 기점으로 자신이 감독이 되어 영화를 만들기 시작했다. 감독으로서 영화를 만들고 싶다고 내게 말했을 때 나는 적극 찬성했다.

대학교 재학 중에 아오이가 내게 작품에 관한 조언을 구하기도 했고, 합동으로 영화를 만들기도 했으며, 아오이가 내 작품에 예전처럼 조감독으로 참여하기도 했다.

아오이는 감독으로 활동하면서 점점 재능을 꽃피워 나갔다. 생각해 보면 내게 처음 영화를 권해준 사람이 아오이였다.

활동을 시작한 지 2년 정도 지나자 각본을 포함해 아오이의 작품이 주목받게 되었고, 콩쿠르에서 입상하는 횟수가 늘어났다. 아오이가 만든 영화의 강점은 각본에 있었다.

대학교 4학년 때 아오이가 쓴 각본이 TV 방송국이 주최하는 시나리오 공모전에서 큰 상을 받기도 했다. 그 시나리오가 지상파 방송국에서 영상화되었고, 몇 년 뒤에는 상업영화 감독으로 데뷔할 수 있었다.

"아버지의 한을 풀어주고 싶었는지도 몰라. 인생은 어쨌든 단 한 번이니까. ……그걸 알려준 사람이 쓰키시마였어."

아오이는 언젠가 내게 그렇게 말했다.

달라진 또 한 사람은 에나였다.

우리보다 1년 뒤에 에나도 도내에 있는 대학교에 진학했다. 사전에 오디션을 통과해서 입학과 동시에 유명한 연출가가 운영하는 극단에 들어갔다. 부모님과 의견이 맞지 않아 여러 가지 고비가 있었던 모양이지만 에나는 마코토가 세상을 떠나고 얼마 지나지 않아 진지하게 배우의 길을 선택했다.

아직 고등학생이었을 때 지금까지보다 더 힘껏 노력하고 싶다고 이야기하더니 실제로 행동에 옮겼다.

연기의 폭을 넓히려고 다양한 커리큘럼에 자발적으로 참가하고, 평소의 이미지와 다르게 체력 훈련에도 열심이었다.

진지하게 마음먹고 노력하기 시작한 에나가 두각을 드러내는 데는 그리 오랜 시간이 걸리지 않았다. 대학교 재학 중이던 2학년 때 처음으로 주연 자리를 꿰찬 무대가 호평을 받아 세상의 주목을 한 몸에 받았다. 그 후에도 극단에서 계속 활동하다가 마침내 연예 기획사에 스카우트되어 여배우가 되었다. 대학에 다니면서도 상업영화에 등장했다.

나는 고등학생 때 순진하게 믿고 있었다. 우리 동아리 부원 넷이서 앞으로도 변함없이 영화를 만들어 나갈 거라고.

동아리 부원이었던 또 한 사람, 이치카는 영상보다 글쪽에 관심을 두었던 모양으로 고향에 있는 대학교에 진학하더니 졸업 후에는 출판사에 취직해 편집자가 되었다.

결국 고등학교를 졸업한 뒤 넷이서 함께 영화를 찍은 것은, 아오이와 내가 고향에 돌아온 대학교 1학년 여름방학 때뿐이었다. 그리고 지금, 나는 더 이상 영화를 찍지 않는다.

일을 하다가 평소와 다른 일이 생기면 모두 그 전처럼 되돌리기 위해 노력했다.

그렇게 같은 일을 끝없이 반복했다.

그러다가 어느 날 동료에게 고백을 받았다. 그때는 거절했지만 누군가와 사귀다가 언젠가 결혼해서 아기를 낳는 그런 인생도 있을 수 있겠구나, 싶은 생각을 처음으로 하게 되었다.

그 무렵이었다. 우리 집에 어떤 우편물이 배송되어 온 것은.

막 4월로 접어든 그날, 일을 마치고 혼자 살고 있는 아파트로 돌아왔을 때, 누가 보낸 건지 감을 잡을 수 없는 우편물이 우편함에 들어 있었다.

일반적인 우편물과는 달랐다. 봉투에 영어가 적혀 있는 걸 보니 외국에서 온 것 같았다. 발신인 부분에 주소가 기재되어 있지 않았지만 이름을 보고 소스라치게 놀랐다.

Makoto Tsukishima

이게 무슨 장난인가 싶었다. 그렇지만 장난으로 마코토의 이름을 사용할 만한 사람은 딱히 떠오르지 않았다. 당황한 채 방으로 들어가 조심스럽게 우편물을 열었다.

안에는 편지 봉투와 얇은 케이스에 든 최신 메모리 카드가 있었다.

봉투에서 편지를 꺼냈다.

'미나미 쓰바사 님에게.' 기억 깊숙한 곳에 묻혀 있던 반가운 글씨체가 보였다. 이 글씨는 낯익었다. 마코토는 매우 정갈하게 글씨를 썼었다. 감탄하면서 들여다보던 당시의 기억이 되살아났다.

역시 마코토가 보낸 우편물이 틀림없었다. 하지만 마코토는 이미 10년 전에 세상을 떠났다. 머릿속이 혼란스러웠지만 최대한 침착하게 편지 내용을 읽어나갔다.

미나미 쓰바사 님에게.

오랜만입니다. 잘 지내는지요?

고등학교 2학년 때, 당신이 만든 영화 제작 동아리에 부원으로 들어갔던 쓰키시마 마코토입니다. 내가 외국으로 전학 갈 때까지 한때는 연인이기도 했지요.

그때는 여러 가지로 고마웠어요.

그로부터 10년이라는 세월이 지나 각자 다른 인생을 걸어가고 있을 테니, 지금이라면 적당한 시기일 거라는 생각에 이렇게 펜을 들었습니다.

외국에 나와 여러 가지 많은 일이 있었지만 난 지금도 어떻게든 잘 지내고 있어요.

괴로울 때, 슬플 때, 견디기 힘들 때, 그럴 때마다 떠오르는 건, 그때 영화 제작 동아리에서 당신과 함께 지냈던 날들입니다.

정말로 즐거웠어요. 지금도 어제의 일처럼 생생히 떠오릅니다.

이미 기억에서 지워졌을지 모르지만 전학 가기 전에 모두와 크리스마스이브를 함께했던 일은 특히 기억에 남아 있습니다.

나를 영화 제작 동아리의 일원으로 맞아줘서 정말로 고마웠어요.

미련을 보이는 행동은 피하려고 당신의 현재에 관해서는 알아보지 않았습니다.

하지만 분명 재능을 발휘하고 있을 거라고 믿어요.

설령 재능을 발휘할 수 없는 환경이라 해도 내 인생에서, 당신은 최고의 영화감독이었습니다. 최고의 회장이고 최고의 연인이었어요.

멀리서나마 당신이 언제까지나 건강하게 활약하면서 행복하게 지내기를 기원할게요.

편지는 아직 끝나지 않았지만 더는 읽을 수가 없었다.

처음에는 무척 놀란 상태로 글을 읽었다. 마코토는 언제 이 편지를 쓴 것일까. 어떤 심정으로 편지를 써 내려갔을지 생각하니 그의 다정한 마음이 그리움으로 울컥 솟구쳤다.

점차 시야가 흐려져서 글씨를 읽을 수가 없었다.

이 편지를 쓴 건, 죽음을 향해 가고 있던 사람이었다. 그런 사람이 죽은 후의 일까지 생각해서 내게 편지를 남겨놓았다.

눈가가 뜨거워져서 호흡을 가다듬었다. 세수를 하고 남은 부분을 마저 읽기 시작했다.

결코 긴 글이 아닌데도 역시 한 번에는 읽을 수 없었다. 또다시 시야가 흐려지고 눈에서 눈물이 흘러내렸다. 그래도 시간을 들여 어떻게든 전부 다 읽었다.

편지 봉투 안에는 동봉된 메모리 카드에 관한 간단한 메모도 들어 있었다.

노트북을 켜고 그 메모리 카드를 재생했다.

동영상 파일이 딱 하나 들어 있었다.

마코토는 옛날 데이터를 정리하다가 우연히 고등학교 2학년 때 사용한 스마트폰에 저장돼 있던 영상을 발견했다고 했다. 그리고 서툴지만 영화로 만들어 보았다고 쓰여 있었다.

아마도 병원의 그 개인 병실에서 노트북으로 편집했을 것이다.

내가 마코토에게 영상 편집 방법을 가르쳐 주었다. 그리운 시절, 동아리 활동을 하던 날들의 한 장면이다.

보든 보지 않든 선택은 내게 맡기겠다고, 마코토는 그렇게 썼다.

동영상 파일의 상세 정보를 살펴보았다. 타임스탬프가

몇 주 전 날짜로 조정되어 있었다. 세심하게 배려했구나 싶어서 피식 웃음이 났다. 나는 동영상을 재생했다.

냉정하게 말하면 그건 영화라고 할 만한 것이 못 되었다.

그저 영상을 모아놓은 수준이었다. 화면의 초점이 흔들리거나 기울어 있기도 했다. 각본다운 각본도 없다.

그 자리에 함께 있던 사람만이 알 수 있는 장면이 펼쳐졌을 뿐…….

하지만 나는 그저 울고 말았다.

그곳에는 고등학교 2학년이던 내가 비치고 있었다. 마코토와 처음 데이트하던 날의 내가, 석양으로 물드는 선로 옆을 걸어가는 내가, 동물원에서 신나 하던 내가, 동아리 모임을 마치고 돌아가는 길에 카페에서 웃던 내가, 여름 햇살 속에서 활짝 웃는 내가 있었다.

그뿐만이 아니었다. 촬영하던 틈틈이 카메라를 돌려 담았던 걸까. 모두와 즐거운 듯이 영화를 찍고 있는 내가 있었다. 그 무렵, 영화를 찍으며 너무나 즐거워하던 내가 비쳐 있었다.

그 영화도 이제 끝나가고 있다. 남은 재생 시간을 확인하며 아쉬워하는 한편, 마지막 장면을 똑바로 바라보았다. 동아리실에서 잠든 내가 화면에 나타났다.

아마도 여름방학이었을 것이다. 동아리 활동이 끝나고 마코토와 둘만 남았을 때였다.

동아리실이 석양으로 물들어 가는 가운데, 동영상을 찍고 있던 마코토가 "미나미!" 하고 책상에 엎드려 자고 있는 나를 불러 깨웠다. 가까이 있던 화이트보드에는 영화에 관한 안건이 빽빽하게 쓰여 있었다.

생각하다가 지쳐 잠든 모양이었다. 그런 기억이 어렴풋이 났다.

이름을 불린 내가 벌떡 고개를 들었다.

"어? 왜 찍고 있는 거야?"

잠이 덜 깬 눈으로 내가 물었다.

"잠이 들면 일어났을 때의 자연스러운 모습을 찍어달라고, 네가 그랬잖아?"

마코토가 씨익 웃으며 대답했다.

"아하, 그랬지!"

내가 해맑게 웃고 있다.

"영화 만드는 거 재밌어?"

마코토도 웃으며 나에게 물었다.

나는 조금도 주저하지 않고 웃는 얼굴로 대답했다.

"응. 미치도록."

그리고 영화가 끝났다.

지금의 일상이 내게로 돌아왔다. 영상 플레이어의 화면은 까맣게 바뀌었고 그곳에 울고 있는 내가 비쳤다. 조금 전까지 영상 속에서 웃고 있던 내가, 그로부터 10년이 지난 뒤의 내가 비치고 있었다.

많은 생각이 단번에 머릿속을 가득 메웠다. 나는 쓰러지다시피 울었다.

이유를 알 수 없었다.

다정한 마코토가 그리워서였을까, 소중하고 아련해서였을까. 지금의 내가 한심해서였을까, 분해서였을까. 이 영화를 만들어 준 사람은 이제 없다는 걸, 잃어버렸다는 걸 알고 있기 때문일까. 아니면 그 전부일까.

모든 건 되돌아오지 않는다는 것. 지나간 시간은 빠르고 차갑다는 것. 그런 잔혹함을 절절히 느꼈다. 하지만 내 안에 남아 있는 것은 그뿐만이 아니었다.

그대로 눈물이 그칠 때까지, 나는 하염없이 울었다.

마침내 눈물을 다 흘리고 나자 왠지 마음이 후련해졌다.

생각해 보니 최근 몇 년 동안 나는 마음이 메말라서 어떤 일에도 눈물을 흘린 적이 없었다.

그렇게 어딘가 개운해지자 누가 이 편지를 내게 보냈을
까, 하는 현실적인 의문이 들었다. 생각하고 말고 할 것도
없었다. 이런 일을 할 사람은 정해져 있다. 아오이다.

아오이와는 지금도 좋은 친구로 지내고 있다. 에나와
이치카도 마찬가지다. 관계는 변함없다.

하지만 저마다 소속되어 있는 업계가 다른 데다, 특히
에나와 아오이가 무척 바빠 최근에는 만나지 못했다.

만나서 잠깐 얘기 좀 하자고 아오이에게 메시지를 보냈
다. 몇 시간 후 답장이 왔다. 토요일 저녁때라면 한 시간 정
도 시간을 낼 수 있을 것 같다고 해서 도내의 카페에서 만
나기로 약속했다.

"이 편지 네가 보낸 거 맞지?"

만나기로 한 날, 카페에서 자리에 앉아 주문을 마치자
마자 나는 아오이에게 물었다.

오랜만에 만난 소꿉친구는 살짝 놀라며 겸연쩍은 듯 웃
었다.

"뭐, 그건 그렇지만. 쓰키시마의 부모님일 수도 있겠다
고는 생각 안 했어?"

"이런 일을 해줄 수 있는 사람은 한정되어 있고, 마코토
가 부모님께 부탁하기는 어렵지 않았을까 싶어서. 그러니

까 너 말고는 없어."

3주기 무렵까지는 마코토의 부모님과 만나곤 했다. 두 분은 마코토가 남긴 〈난치병 소녀가 죽는 이야기〉를 보고, 대학생이던 나의 활동을 응원해 주셨다.

그런 기억을 떠올리며 대답하자 "그렇군" 하며 아오이 가 웃었다.

주문한 커피가 나오고 아오이가 커피잔을 입으로 가져 가며 말했다.

"말해두지만 편지도 영상도 나는 안 봤어. 쓰키시마가 10년 후에 보내달라고 부탁했고 난 건네받은 데이터를 메 모리 카드에 옮겨 담았을 뿐이야."

"10년……이라. 마코토가 뭔가 말했어?"

물어보자 아오이가 잠깐 심각한 표정이 되었다. 손에 들고 있던 커피잔을 테이블 위에 내려놓았다.

"그때는 딱히 아무 말도 없었어. 크리스마스이브 뒤로 는 쓰키시마도 의식을 잃고 있을 때가 많았고, 나도 만나러 가는 건 삼갔으니까. 갑자기 불려 간 셈이었지. 다만……, 그보다 전에 잠깐 이야기한 적이 있는데, 그때……."

아오이가 꺼리거나 괴로워할 필요는 없다. 그래도 아오 이는 괴로운 듯이 말을 이었다.

"쓰바사는 미래에 영화감독이 될 수 있을까, 라는 말을 했었어."

"응? 마코토가……."

"나는 그렇게 쉽지 않을 테니 알 수 없지, 하고 대답했어. 애초에 네가 영화감독이 되고 싶어 하는지도 몰랐고, 되려 한다고 해서 될 수 있는 직업도 아니니까. 운도 꽤 있어야 하고. 나처럼 운과 각본만 있을 뿐 실력이 없는 감독도 있긴 하지만 말이야."

아오이는 어딘가 자신을 비하하며 웃고 있었다. 하지만 아오이는 인터넷에서 이름을 검색하면 촉망받는 20대 영화감독 중 한 사람으로 꼽힐 만큼 잘나가고 있다.

부럽다거나 분하다는 생각은 들지 않는다. 순수하게 친구로서 자랑스러운 마음뿐이다.

"그렇지 않아. 넌 실력도 있고 대단해. 노력해서 프로 영화감독이 됐으니 정말 대단한 일이지."

"나는……, 닥치는 대로 다 하니까. 기품이 없어. 다만 대중이 뭘 좋아하고 원하는지를 아니까 그런 작품만 만들고 있는 거야. 너처럼 정말로 아름다운 작품을 만들 수 있는 감독이 못 된다고."

"무슨 말을 하는 거야? 그러고 보니 지쳐 있는 거야?"

"미안. 그럴지도 모르겠어."

이야기를 들어보니 아오이는 지금, 상업영화의 각본 작업에 참여하면서 감독으로서 여러 작품의 기획을 동시에 진행하고 있다고 했다. 그중에는 에나가 출연하는 작품도 있다고 하여 나는 친구들의 활약 소식에 진심으로 기뻐했다. 그리고 그렇기에 더 밝은 모습을 보이려 애썼다.

그런 내 노력을 알았는지 아오이도 마주 웃어 보였다. 고등학생 때처럼 서슴없이 농담을 주고받았다.

이윽고 헤어질 시간이 되어 우리는 카페에서 일어났다. 또 만나기로 약속하고 헤어지려는 순간, 아오이가 마지막으로 물었다.

"혹시나 해서 말인데, 넌 이제 영화를 만들 생각이 없는 거야?"

그 물음에 나는 입을 꾹 다물었다. 잠시 침묵한 뒤 대답했다.

"……모르겠어. 영화를 만드는 의미도 이젠 잘 모르겠고."

그럴 필요 없음에도 나는 애써 웃음을 지어 보였다. 아오이의 눈을 피하면서…….

"의미 같은 게 어딨어. 의미는 만드는 거지."

"응?"

되묻는 내게 아오이가 담담히 말했다. 나도 모르게 시선을 옮기자 오랜 친구가 나를 바라보고 있었다.

"내가 좋아하는 영화감독이 옛날에 했던 말. ……그 말을 들었을 때 생각했어. 아아, 나는 이 사람을 이길 수 없겠구나 하고. 그 생각은 지금도 변함없어."

아오이가 한 말은, 내가 중학교 2학년 때 에나에게 한 말이었다.

대단한 철학도 없으면서 천진하게 내뱉은 말이다. 그리고 나는 내가 감독이었을 때, 그렇게 순간적으로 나온 말에 그 사람의 모든 것이 드러난다고 믿었다.

하루하루가 컨베이어 벨트에 올라탄 것처럼 지나갔다. 또 월요일이 되고 나는 평소와 다름없는 일상을 보내기 시작했다. 그 일상 속에서 어떤 말이 계속 머릿속을 스쳐 지나갔다.

'쓰바사는 미래에 영화감독이 될 수 있을까, 라는 말을 했었어.'

'넌 이제 영화를 만들 생각이 없는 거야?'

나는 지금 예전의 내 꿈과 적절한 거리를 두고 있다고 생각한다. 동경한 나머지 너무 애태울 일도 없고 혐오하면서 외면할 일도 없다. 화제가 되고 있는 영화도 본다.

하지만 마음속에서는 늘 생각했다. 영화의 세계에서 살아가고 싶다고.

그런 생각과 함께 마코토가 했다는 말이 자꾸만 떠올랐다. 그리고 궁금했다. 내가 영화감독이 되기를, 마코토도 원했던 걸까.

그 대답을 찾기라도 하듯이, 되풀이되는 일상 속에서 마코토가 찍은 영화를 여러 차례 되감아 보았다. 그 영화는 별것 아닌 연인끼리의 장난이었고, 일상에서 찍은 동영상을 열심히 잘라 이어 붙인 것일 뿐이었다.

하지만 수차례 되돌려 보았기 때문일까. 처음엔 몰랐던 것이 차츰 느껴지기 시작했다.

나는 언제나 영화 생각뿐이었다. 마코토에게도 영화 이야기만 하고 있었다.

"마코토는 어떤 영화를 좋아해?"

"영화에는 어떤 장면이든 의도와 의미가 있어. 그 점이 좋아."

"응. 무척."

어느 순간 문득, 마코토가 만든 영화의 의미 자체에 생각이 미쳤다. 아오이가 들었다는 말과 어우러져 영화의 의미가 오직 내 안에서 살아나려 하고 있었다.

어쩌면 이 영화에는 내게 보내는 응원의 의미도 있지 않을까. 내가 아무리 애써도 영화감독이 되지 못했을 때를 위해서. 영화를 포기하려 할 때를 위해서.

다시 한번 영화를 동경하던 10년 전의 그날들을 떠올려 보라고.

"실제로 어떤 의미였어?"

나는 그날, 주말을 이용해 오랜만에 고향을 찾았다. 몇 년 만에 마코토의 묘지에 갔다. 묘지는 침묵할 뿐 아무 대답도 없다. 살아 있는 자가 죽은 자와 이야기할 수 없듯이, 그 반대도 마찬가지다.

성묘를 마친 뒤에는 편지를 가지고 마코토의 부모님 댁으로 향했다. 미리 연락을 드렸던 터라 마코토의 부모님이 반가이 맞아주셨다. 이번 고향 방문의 목적은 두 분에게 편지를 보여드리기 위함이었다.

거실로 안내받아, 마코토가 내게 남긴 편지를 건넸다.

두 분은 나란히 앉아 그 편지를 조용히 읽었다. 아차 싶었을 때는 마코토의 어머니 눈에서 이미 눈물이 흐르고 있었다. 다 읽고 나서 눈물을 닦으며 상냥하게 미소 지었다.

"연락받았을 때는 무척 놀랐는데 여기까지 와줘서 정말

고마워요. 하야미에게도 폐를 끼친 것 같고."

나는 살며시 고개를 가로저었다. 아오이의 마음이라면 잘 알고 있다. 동료나 친구를 위한 일을 결코 귀찮게 여기지 않는 성격이다.

나는 마코토가 만든 영화도 가지고 갔다. 다만 마코토가 나를 위해 만든 영상이라는 말을 들은 두 분은 당신들이 볼 게 아니라고 사양하셨다. 내가 소중히 간직해 주면 된다고.

마코토의 어머니가 자리에서 일어나더니 거실에서 나갔다. 내가 아버지와 이야기하고 있는데 다시 돌아오셔서는 마코토의 유품이라며 노트를 두 권 건네주었다.

"괜찮다면 영화 만드는 데 참고해 줘요."

마코토의 편지에 쓰여 있는 대로 내가 그것을 가지러 왔다고 생각하신 모양이다.

"아니에요. 전 이제 영화를 만들지 않거든요."

그렇게 대답할 생각이었는데, 두 분의 온화한 미소를 보니 차마 입이 떨어지지 않았다. 너무 오래 머물러도 실례가 될 터라 차를 내오시기 전에 감사 인사를 드리고 나왔다.

저녁때는 본가에서 부모님과 함께 저녁을 먹기로 되어

있었다. 바로 본가로 돌아갈까 잠시 망설이다가 시간에도 여유가 있길래 몇 년 만에 고향 거리를 걷기로 했다.

마코토와 처음 데이트했던 공원이며 함께 돌아다녔던 거리를 산책했다.

변함없는 듯하면서도 많은 곳이 달라져 있었다. 10년이란 그만한 세월이었다.

마코토의 영화에 나온 동물원으로 발길을 돌려볼까도 생각했지만 전철을 갈아타야 해서 그곳까지 갈 시간은 되지 않았다. 대신 우리가 다녔던 고등학교를 찾아갔다.

토요일이긴 했지만 졸업생이라고 하니 친절히 응대해주었다. 교사 안을 자유롭게 둘러봐도 좋다는 허락을 받았다. 발길 닿는 곳마다 추억이 넘쳐흐르고 있었다.

옛날의 나라면 스마트폰으로 동영상을 찍었겠지, 라는 생각을 하며 보건실, 두 건물을 잇는 복도에도 가보았다. 그러는 동안 해가 저물기 시작했다. 감사의 말을 남기고 학교를 나섰다.

마지막으로 학교 근처에 있는 공원으로 발걸음을 옮겼다. 겨울 어느 날, 마코토와 앉았던 벤치가 변함없이 그곳에 있었다. 그 벤치에 앉아 고심 끝에 마코토의 노트를 가방에서 꺼냈다.

편지를 들고 미나미 쓰바사가 집에 찾아오면 이 노트를 전해주세요. 그때까지 절대 내용은 읽지 않으셨으면 해요.

표지에 붙어 있는 포스트잇에는 그런 말이 적혀 있었다. 가만히 노트를 펼쳤다.

그곳에는 마코토의 고뇌가 일기처럼 쓰여 있었다.

시한부 선고를 받았을 때부터 그 후의 나날들, 자신이 느낀 감정 등 가족에게도 차마 털어놓지 못한 심경의 변화가 어두운 그늘까지도 포함해 가득 엮여 있었다. 때로는 섬세하게, 때로는 마구 휘갈기듯이.

하지만 그 일기는, 어느 시기부터 뜸해졌다. 분명 마코토가 영화 촬영에 참여하기 시작했을 즈음부터일 것이다. 다시 쓰기 시작한 것은 8월로 들어선 뒤였다.

8월 9일

또 전조가 나타났다. 두려워서 노트를 집어 들었다.

나는 다시 병원의 개인 병실에 있다. 이곳은 참 싫다. 여기에는 있고 싶지 않다.

미나미를 만나고 싶다. 그 동아리실로 돌아가고 싶다.

의식을 잃을 때를 기다리는 건 정말이지 무섭다.

이제 익숙해지지 않았느냐고 스스로 타일러도 보지만, 자신을 속이는 것도 한계다.

빨리 정말로 익숙해지면 좋겠다.

생각해 보니, 그날 병의 전조가 나타난 모양이었다. 마코토의 불안한 마음이 언어로 표출되어 있었다.

그런 와중에 나의 이름을 노트에서 발견하고 나는 또다시 눈시울이 뜨거워졌다.

다른 날에는 마코토의 비밀을 알고 있던 아오이의 이름도 등장했다.

8월 21일

하야미가 협력자가 되어주었다. 처음에는 무서운 사람이라고 생각했다. 하지만 그렇지 않았다.

모두 다정하다. 누구든 사실은 상냥하다.

이렇게 좋은 사람들만 있는 세계에서, 죽고 싶지 않다. 살고 싶다.

더 많은 사람과 만나고 어울려 살아가고 싶다.

부탁이니까 병이여, 날 방해하지 말아줘.

나도 계속 다정한 마음으로 있게 해줘.

마코토의 마음속에 어떠한 갈등과 고민이 있었는지, 그 전부는 알 수 없다.

다만 이것만큼은 말할 수 있다. 마코토는 어느 때에도, 어떤 상황에서도 따뜻했다.

병에 걸렸다고 해서 조금도 달라지지 않았다.

똑똑히 내 눈에 비친 당신은, 한없이 다정했다.

춥지도 않은데 몸이 떨려와, 나는 일기를 전부 읽기가 힘들었다. 페이지를 넘기며 눈에 들어온 부분을 확인해 나갔다.

<u>9월 14일</u>

참기 힘들어서 암흑 노트에 전부 토해내려고 한다.

병이 원망스럽다. 미워서 견딜 수가 없다. 운명이다. 단념하자.

하지만 단념할 수 있을 리가 없다.

미나미와 미래를 얘기하고 싶다. 별것 아닌 일들을 함께하고 싶다.

시간을 헛되이 써버리는 사치를 부려보고 싶다.

동물원은 정말 즐거웠다. 또 휴일에 데이트하고 싶다. 약속을 잡고 싶다.

10월 23일

나는 바보다. 이제 내가 싫어지려 한다. 미나미와 약속해 놓고는 아침에 볼썽사납게도 의식을 잃고 말았다. 많은 사람에게 폐를 끼쳤다.

하야미, 미안해. 하야미의 어머니, 죄송합니다.

아버지도, 어머니도, 죄송해요.

슬프게 하고 싶지 않아서 노트에 사과하는 아들을 용서해 주세요.

11월 29일

오늘 동아리를 그만뒀다. 모두와 작별했다.

미나미와도 안녕을 고했다.

꼭 안아주고 싶었다. 울고 소리치면서 끝까지 함께 있고 싶다고 어리광 부리고 싶었다.

바보다, 나는. 그랬더라면 좋았을걸.

자신의 행복을 포기하지 말라고, 하야미가 말했다. 그 말이 맞았다.

그 말대로 했으면 좋았을걸.

나는 곧 죽을 테니까 뭐든 용서받을 거라고. 운명에, 신에게, 소리쳤어야 했다. 죽은 후의 일 따위, 타인의 사정 따위 난 모른다고.

바보다. 바보. 어리석기 짝이 없다.

하지만, 괜찮다. 안아줄 수 없지만, 끝까지 함께 있을 수 없지만.

하지만, 괜찮다. 이걸로 됐다.

미나미가 부디 행복해지기를. 미래에 꿈을 이루기를.

그러면 나는 천국에서 심술궂은 신에게 말해줄 테다.

내 옛 연인은 참 대단하죠? 하고.

하지만 빼앗아 가는 건 허락하지 않겠다. 할머니가 될 때까지, 빼앗아 가는 건 허락하지 않을 테다.

2월 15일

괴로운 일도, 토해내고 싶은 일도, 후회도 없다.

마음이 후련하고 편하다.

미나미를 만나고 나서 이 암흑 노트에 무언가를 쏟아내는 일도 줄었다.

하지만 나는, 역시 이 노트에 구원받았다. 고마워.

이날을 마지막으로 마코토의 일기는 끝났다.

마코토에게는 크리스마스이브가 지나, 나와 헤어지고

한참 지났을 무렵이었다.

마코토의 스마트폰에 설정해 둔 날짜는 크리스마스이브 파티 후 마코토가 의식을 잃었을 때, 부모님께서 제날짜로 되돌려 놓았다. 그 이후 마코토는 진짜 날짜대로 살아갔다.

마코토에게는 어떤 후회도 미련도 없었다는 걸 다시금 알고는 진심으로 기뻤다.

그리고 이 노트는 거기서 끝이 아니었다.

마지막 일기 다음에 글이 하나 더 쓰여 있었다. 미래의 내게 보내는 편지였다.

미나미 쓰바사 님에게.

사실은 이 노트를 버릴 작정이었습니다.

다만 다시 읽어보니, 내 인생의 진짜 모습이 쓰여 있기도 하고 시한부를 선고받은 사람의, 자연스러운 심정이 고스란히 담겨 있기도 합니다.

가령 10년 후, 내가 완전히 과거가 된 뒤라면 당신에게 전해 사용하게 해도 좋지 않을까, 라는 생각이 들어 결국 남겨놓기로 했습니다.

이미 알고 있을 거라고 생각합니다만, 나는 죽었습니다.

거짓말을 해서 미안해요. 그리고 그 이상으로 많이, 고마웠어요.

나는 죽을 때까지 혼자 지낼 생각이었습니다. 담담하게 혼자가 되려고 했어요.

그랬는데 지금 사진과 동영상, 추억에 둘러싸여 있는 난, 혼자가 아니군요.

당신이 아니었다면, 있을 수 없었던 일입니다. 정말로 고마워요.

길어져도 안 되니까 이제 그만 끝맺으려 합니다.

인생에서 마지막으로 남길 말은 뭐가 좋을까, 그것을 쭉 생각했습니다.

바로 좋은 생각이 떠오르지 않으니, 죽기 전에 떠오르면 그때 쓸게요.

그다지 좋은 말이 아니더라도 웃지는 말아요.

마코토의 마지막 말이 노트에 남겨져 있다는 사실을 알고 나는 꼼짝할 수가 없었다.

내 감정은 이미, 아주 작은 자극만 받아도 툭 하고 눈물이 되어 흐를 것만 같았다. 그래도 호흡을 가다듬고 마음을 가라앉히며 마지막 말로 시선을 옮겼다.

애틋한 바람이 마음속을 훑고 지나갔다. 다정하고 따뜻하고, 뭔가 덧없이…….

나는 영원히 당신의 팬입니다.

해가 저물고 어느새 가로등 불빛이 노트를 비추고 있었다.

언젠가처럼 그 자리에 비가 내리기 시작했다. 마코토의 노트가 젖지 않도록 손으로 눈물을 닦았다. 하지만 눈동자에서 내리는 비는 그칠 줄 모르고 끝없이 흘러내렸다.

마음이 진정될 때까지 기다렸다가 나는 뺨과 손에 잔뜩 묻은 눈물을 손수건으로 닦아냈다. 콧물을 훌쩍거리며 또 다른 노트를 손에 들었다.

그것은 생전의 마코토가 하고 싶은 일을 적어 내려간 노트인 듯했다.

마코토의 어머니는 내게 그 노트도 함께 넘겨주었다. 마코토의 소망이 담겨 있는 노트를 가만히 펼쳤다.

· 미나미 쓰바사에게 내 마음을 전한다.

나는 거기서 내 이름을 발견했다. 우리의 모든 이야기는 분명 여기서 시작되었다.

두 눈을 감고 귀를 기울이면 다정한 마코토의 목소리가 들려올 것만 같았다.

어느 날 마코토의, 긴장한 얼굴이 떠오르면서⋯⋯.

'사실은 나, 널 좋아했어. 아, 그렇다고 뭐 사귀고 싶다거나 그런 건 아니고 그냥 팬 같은 거랄까⋯⋯.'

눈꺼풀 안에서 감정이 넘쳐흘러 다시금 뺨을 타고 흘러내렸다. 눈을 뜨자 밤하늘에 별이 반짝이고 있었다. 깊디깊은 밤하늘이 펼쳐져 있고, 볼 줄 아는 사람이 보면 의미를 연결 지을 게 분명한 별자리가 소리도 없이 세상을 에워싸고 있었다.

과거로 빠져들어, 예전에 마코토가 이곳에서 했던 말을 떠올렸다.

별은 과거에서 온 빛이라는 이야기를.

반짝이는 밤하늘을 바라보면서 나는 생각했다. 마코토가 만든 영화의 의미를 줄곧 생각하고 있었다. 마코토는 그 영화에 어떤 의미를 담았던 걸까.

어딘가에 답이 있을 거라고 생각했지만 노트에도 편지에도 확실한 답은 없었다.

애초에 의미 같은 건 없을지도 모른다.

하지만 그렇다면……, 괜찮은 걸까. 그야말로 영화를 좋아하는 사람이 자주 그러듯이.

그 영화를 미래의 나에게 보내는 응원으로 여겨도, 좋은 걸까.

별빛은 몇십 년도 더 전에 흩뿌려진 것이라고 한다. 그와 마찬가지로 10년의 세월이 지나 마코토에게 건네받은 영화를, 나만의 빛으로 삼아도 괜찮은 걸까. 마코토가 보낸 마지막 선물로서.

영화를 너무나도 좋아했던 나 자신을 잊지 않고, 어떤 과거도 잊지 않도록…….

깨닫고 보니 어느새 또다시 눈물이 끝없이 흘러내리고 있었다.

이렇게 눈물을 흘리기는 처음이었다. 홀가분하게. 꿈이 깨졌기에 흘릴 수 있었고, 하지만 깨져도 몇 번이고 도전하면 된다고, 지금이야말로 깨달으면서.

영화라면 엔딩 크레디트가 흐를 법한 장면이 지나도, 인생은 계속된다.

이것이 지금도 변함없이 실감하면서 여전히 살아가고 있는 바로 내 인생이다.

내게 있어 그 장면은 마코토와 보낸 크리스마스이브 파티였다. 모두 마코토의 마지막을 곱게 수놓았다.

병원으로 돌아가기 위해 마코토가 탄 차를 넷이 배웅하면서 엔딩 크레디트가 흐른다.

쓰키시마 마코토	쓰키시마 마코토
미나미 쓰바사	미나미 쓰바사
하야미 아오이	하야미 아오이
도사키 에나	도사키 에나
나가세 이치카	나가세 이치카
각본	미나미 쓰바사, 하야미 아오이
감독	미나미 쓰바사

영화라면 여기서 막이 내린다.

그 후, 사람들은 일상으로 돌아가야 한다. 아무리 아쉬워도 자리에서 일어나 자신의 일상으로 돌아가야만 한다. 영화에서 얻은 것을, 때로는 꼭 쥐고서……

눈물을 닦고 벤치에서 일어나, 나도 다시 내 일상으로 돌아가기로 했다.

그 일상 속에서 꿈을 이루기 위해, 다시 달리기로 했다.

다양한 경험을 한 지금의 나에게 두려움은 없었다. 무엇보다 고개를 들어 하늘을 올려다보면 그곳에 빛이 있다.

길을 잃은 사람에게도, 꿈을 좇다 좌절한 사람에게도, 똑같이 길을 비춰주는 빛이 있다.

나는 이제 길을 헤매지 않을 것이다.

엔딩 크레디트가 흐르는 저 앞의 세계에서, 나는 살고 있다. 새로운 이야기를 시작한다.

영화감독을 지망한 여성이 꿈을 거머쥐려 하는 이야기이다.

당연히 쉽게 되지는 않을 것이다. 어떤 인생도 상처 없이 살아갈 수는 없으니까.

예전에 다니던 회사로 돌아온 나는 다시 영화 제작 현장에서 조감독으로 온 힘을 다해 일했다.

주위 사람들이 걱정하는 가운데, 내 꿈을 좇았다. 수도 없이 좌절하고 넘어졌다. 과로로 한 발짝도 앞으로 내딛지 못할 때도, 앞이 보이지 않아 내디디기가 망설여질 때도 있었다.

그래도 계속 걸어가는 한, 어딘가에 다다를 수 있다고 믿었다.

스물아홉 살 때 기회가 찾아왔다.

몇 년 동안 준비해 온 영화의 기획이 통과되어 예산이 할당되었다. 전문 배우를 섭외해 촬영하고 미니 시어터이긴 하지만 상업 작품으로서 영화를 상영하게 되었다.

하지만 상영 기간이 그리 길지 않아, 신인 감독으로서 전례 없는 출발을 한 것은 아니었다. 다행히 평판은 나쁘지 않았다. 입소문을 타고 관객들이 와주었지만 크게 흥행하지는 못했다.

그래도 만족스러웠다. 영화 상영 마지막 날 저녁, 나는 도내에 있는 미니 시어터로 발길을 옮겼다. 관객의 한 사람으로서 객석에 앉아 이야기를 끝까지 지켜보았다. 엔딩 크레디트를 바라보았다.

〈과거에서 온 빛〉 감독·출연

쓰키시마 마코토	이이지마 다쿠
미나미 쓰바사	하즈키 지히로
하야미 아오이	나루세 사키
도사키 에나	노무라 시호
나가세 이치카	사사키 히나타

보건 교사	도사키 에나(우정 출연)
각본	미나미 쓰바사, 하야미 아오이
감독	미나미 쓰바사

나는 마코토의 인생을 영화로 제작했다. 실화를 바탕으로 한 영화 기획 공모전이 열렸을 때, 마코토의 부모님께 동의를 얻은 뒤 준비하고 있던 기획서를 보냈다.

내가 다시 영화감독이 되기로 마음먹은 계기는 역시 마코토였다. 그렇다면 영화감독이 될 때는 마코토에 관한 영화부터 시작하고 싶었다.

그것은 과거에 마코토가 나름대로 나를 영화로 만들어 준 데 대한 답례이기도 했고, 더불어 마코토의 편지에 쓰여 있던 말을, 나도 내 나름대로 실현해 보겠다는 다짐이기도 했다.

설령 재능을 발휘할 수 없는 환경이라 해도 내 인생에서, 당신은 최고의 영화감독이었습니다. 최고의 회장이고 최고의 연인이었어요.

멀리서나마 당신이 언제까지나 건강하게 활약하면서 행복하게 지내기를 기원할게요.

나는 이미 수없이 읽은 편지 내용을 떠올렸다. 그 뒤에는 마코토가 보낸 선물이 있었다.

마코토는 자신의 인생을, 비밀을, 내게 주었다.

지금부터 하는 말은, 쓸지 말지 망설였지만 과감히 쓰려고 합니다.

나는 고등학교 때 당신에게 감춘 것이 있었습니다.

지금도 당신이 영화를 만들고 있고 혹시라도 소재나 아이디어로 고민이 된다면, 그리고 괜찮다면 나의 비밀을 사용해 주세요.

이 편지를 가지고 우리 부모님을 찾아가면 전부 이야기해 줄 것입니다.

부끄러운 말이지만, 괴로웠을 때의 심경을 고스란히 적어놓은 노트도 있어요.

흔해빠진 소재일지 모르지만 뭔가 조금이라도 도움이 된다면 좋겠습니다.

나는 반년 정도밖에 동아리 활동에 참가하지 못하고 툭하면 빠지곤 했지만 즐겁게 영화를 만드는 당신이 좋았습니다.

함께 영화를 만들던 날들이 내게는 보물입니다.

나의 인생을 꽉 채워주어서 정말로 고마웠어요.

내게, 당신은 빛이었어요. 생명의 빛이고 희망의 빛이었습니다.

부디 언제까지나 건강하게 잘 지내요. 안녕.

쓰키시마 마코토

엔딩 크레디트가 올라가고 조명이 켜졌다. 나는 모든 관객이 빠져나갈 때까지 객석에 앉아 있었다. 마지막으로 자리에서 일어나 그곳을 떠나려다 스크린을 돌아보았다. 깊숙이 머리를 숙였다.

건물을 나오자 밤이 되어 있었다. 어느새 아늑한 밤하늘이 펼쳐져 있었다.

미니 시어터 앞에는 나를 기다리는 사람들이 있었다.

조금 전 본 영화에서 보건 선생님 역으로 우정 출연해 준 에나였다. 촬영할 때는 자주 간식을 사다 주기도 하고, 엑스트라로 출연도 해준 이치카도 있었다.

몇 년에 걸쳐 기획서 작성을 도와주고 공동으로 각본을 집필해 준 아오이도 함께였다.

"어서 와, 나의 히어로."

아오이가 활짝 웃으면서 내게 그렇게 말했다. 나도 모

르게 눈물이 울컥 치솟았다.

눈물을 감추려고 그 말을 애써 농담으로 얼버무렸다.

"히어로는 늦게 등장한다던데, 혹시 늦었다는 뜻이야?"

"하긴 그러네. 꽤 시간이 걸렸으니까. 여기까지 다다르는 데 말이야."

내 농담에 아오이가 손발을 맞춰주었다. 슬쩍 웃음을 주고받았다.

"정말 그래요. 기다리다 지쳤어. 선배가 날 배우로 캐스팅해 줄 날을 손꼽아 기다렸다니까."

에나도 분위기를 밝게 만들려는지 아오이의 말에 맞장구를 쳤다.

하지만 에나는 툭하면 눈물을 흘리는 사람이다. 어머니와 재회했을 때도, 마코토의 장례식 때도 자신의 감정을 숨기지 못하고 소리 내 울었다. 지금도 눈동자에는 살짝 빛나는 것이 고여 있었다.

에나와는 대조적으로 어른이 되어 침착해진 이치카는 내게 마음을 써주었다.

"하지만 잘됐어요. 지금 선배, 엄청나게 생기 있어 보여요. 영화 일을 그만두고 이직했을 때는 좀 지친 얼굴이었거든요."

예나 지금이나 변함없는, 자그마하고 상냥한 이치카를 가만히 바라보았다.

"……이치카 말이야. 정말로 옛날부터 상냥하네. 요리도 잘하고."

"에? 선배, 왜 그래요, 갑자기?"

"아니, 그런데 아직도 결혼 못 하고 있는 게 신기해서."

"뭐야, 편집자는 바쁘다고요!"

무심코 던진 말에 이치카가 어렸을 때처럼 발끈해서 반격해 왔다.

"미안, 미안."

내가 사과하자 에나가 웃으며 말했다.

"아, 또 괴롭힌다~"

그런 우리를 바라보며 아오이도 다정한 표정으로 웃고 있었다.

하나의 이야기가 끝나고 엔딩 크레디트가 흐른다. 그 후로도 인생은 계속된다.

하지만 조금 다르다. 지금이기에 알 수 있다.

계속되고 있는 게 아니다. 인생이 새롭게 시작되는 것이다. 그것은 때로 산혹한 일일지도 모르지만, 우리는 모든 과거를 소중히 여기면서도 새로운 이야기를 시작해야 한다.

나는 앞으로 어떤 이야기를 시작할까. 어떤 영화를 만들어 나갈까.

오늘은 영화 상영 마지막 날이라 세 사람에게 뒤풀이를 겸한 식사 초대를 받았다. 음식점을 향해 모두 함께 걸으며 나는 그런 생각을 했다.

목적지로 가는 도중, 밤하늘을 올려다보니 별이 반짝이고 있었다. 머리 위에서 빛나는 별빛에 아무 말 없이 시선을 빼앗겼다.

앞으로도 나는 분명히 인생에서 몇 번이고 좌절할 것이다. 벽에 부딪히고 눈물도 흘리겠지.

그래도 나는 이제 문제없다는 생각이 들었다.

밤하늘에 별이 있으니까. 내 안에 소중한 과거가 있으니까.

사라지지 않는 과거에서 온 빛이 밤하늘에서 그리고 내 안에서 눈부시게 빛나고 있었다.

이 소설을 떠올린 것은 영화 〈오늘 밤, 세계에서 이 사랑이 사라진다 해도〉의 촬영 현장에 견학을 갔을 때였습니다.

하나의 장면을 촬영하기 위해 수많은 사람이 모여 있었습니다. 긴장감이 가득한 현장에서 카메라가 돌아가는 동안 몇십 명이 숨을 죽이고 있었지요. 감독의 "컷!" 하는 목소리가 들리면 현장이 다시 움직이기 시작합니다.

그러한 광경에 감동해서 다음에는 영화를 둘러싼 이야기를 써야겠다고 생각했습니다. 영화라면 엔딩 크레디트가 흐를 장면이 지나도, 인생은 계속되니까요.

제게 영화화는 하나의 목표점이고, 엔딩 크레디트가 흐른 뒤에도 그 후의 인생을 살아갑니다.

하지만 인생은 단지 계속되는 게 아니라 새롭게 시작되는 것이라는 사실을 깨달았지요.

새롭게 시작해야 한다고 말입니다.

무언가를 잃었을 때나 단념했을 때, 개인적인 이야기의 상실은 다양한 형태로 인생에 찾아옵니다. 금세 새로운 이야기를 시작할 수 있는 사람이 있는가 하면 당연히 그렇지 못한 사람도 있습니다.

하지만 아무리 괴로워도, 오래 걸려도, 사람은 다시 자신의 이야기를 새로이 시작할 수 있다고 믿습니다. 모든 과거를 소중히 여기면서 새롭게 살아갈 수 있다고요.

이하, 감사의 말입니다.

만남이 있으면 헤어짐도 있어, 이 작품을 쓰는 도중에 담당 편집자님이 바뀌었습니다. 데뷔 때부터 지금까지 저를 이끌어주셔서 정말로 감사했습니다.

새로운 담당 편집자님께도, 도중에 합류한 상황에서 힘과 지혜를 빌려주신 데 깊이 감사드립니다. 앞으로도 잘 부탁드려요.

표지를 담당해 주신 고이치 씨. 언제나 멋진 작품을 만들어 주셔서 감사합니다.

영화 관계자 시사회에서 드디어 만났지요. 후쿠모토 씨 뒤에서, 고이치 씨 옆에서, 완성된 영화를 함께 보던 순간은 평생 잊지 못할 거예요. 또 만나요.

마지막으로 이 책을 펼쳐 든 독자 여러분께.

늘 같은 말이지만, 감사의 말을 쓰면서 실제로 머리를 숙이지 않았던 적은 단 한 번도 없습니다. 이번에도 마찬가지예요.

이 책을 읽어주셔서 정말로 감사합니다. 한 분 한 분께 직접 감사 인사를 드릴 수 없기에 대신 여기서 머리 숙여 감사의 말씀을 올립니다.

언젠가 어디에선가 또 만나요.

이치조 미사키

오늘 밤,
거짓말의 세계에서

잊을 수 없는
사랑을

*

초판 1쇄 발행 2023년 11월 13일
초판 23쇄 발행 2024년 12월 10일

지은이　　이치조 미사키
옮긴이　　김윤경

책임편집　안희주
디자인　　어나더페이퍼
책임마케팅 김서연, 김예진, 김소희, 김찬빈, 박상은, 이서윤, 최혜연, 노진현,
　　　　　　최지현, 최정연, 조형한, 김가현, 황정아
마케팅　　최혜령, 도우리
경영지원　백선희, 권영환, 이기경
제작　　　제이오

펴낸이　　서현동
펴낸곳　　㈜오팬하우스
출판등록　2024년 5월 16일 제2024-000141호
주소　　　서울시 강남구 테헤란로 419, 11층(삼성동, 강남파이낸스플라자)
이메일　　info@ofh.co.kr

ⓒ 이치조 미사키

ISBN 979-11-93358-14-6 (03830)

모모는 ㈜오팬하우스의 출판브랜드입니다.

• 이 책은 저작권법에 따라 보호받는 저작물이므로 무단전재와 복제를 금지하며,
　이 책 내용의 전부 또는 일부를 이용하려면 반드시 저작권자와 ㈜오팬하우스의 서면동의를 받아야 합
• 책값은 뒤표지에 표시되어 있습니다.
• 잘못된 책은 구입하신 서점에서 바꿔드립니다.